BRUNZKACHL
EIN MÜNCHEN-KRIMI

ROLF MAI

mitteldeutscher verlag

Die Handlung und Figuren dieses Romans sind frei erfunden. Ähnlichkeiten mit lebenden oder verstorbenen Personen sind nicht beabsichtigt und wären rein zufällig.

4. Auflage 2023
© 2019 mdv Mitteldeutscher Verlag GmbH, Halle (Saale)
www.mitteldeutscherverlag.de

Alle Rechte vorbehalten.

Gesamtherstellung: Mitteldeutscher Verlag, Halle (Saale)
Umschlag: imprime creative agency, Steinhöring b. München

ISBN 978-3-96311-094-8

Printed in the EU

PROLOG

Strahlender Sonnenschein, saftiges Grün, Schmetterlinge auf Kornblumen, das Summen von Bienen – kurzum: ein Traum – und in dem rannte der kleine Junge wie ein geölter Blitz über die prächtig blühende Almwiese.
„Hannes, du Hundskrüppel, du verreckter!"
Alles war ganz vertraut. Der Geruch, die Geräusche und vor allem sein cholerischer Vater, der nach einem seiner sonntäglichen Wirtshausbesuche mal wieder stockbesoffen nach ihm brüllte.
„Hannes! Zefix! Herkommen sollst!"
Das Versteck des Jungen war ein kleiner Heuschober, der einsam auf der Almwiese stand. Als sein Alter laut schnarchend seinen Rausch ausschlief, schlich er sich hinaus und streunte umher. An warmen Sommertagen zog es ihn immer zu dem uralten Baum mit den süßen, rotglänzenden Sommeräpfeln. Prall und saftig. Die Äste bogen sich unter ihrem Gewicht. Er pflückte sich ein besonders schönes Exemplar, schloss die Augen, atmete das Aroma und biss genussvoll hinein.
Seine Zähne bohrten sich in festes Muskelfleisch. Der Apfel war verschwunden. Er schmeckte Blut. In der Hand hielt er ein Herz. Er wollte es wegwerfen, doch seine Finger hielten es fest umklammert. Blut quoll zwischen ihnen hervor und lief daran herab. Er wollte davonlaufen, doch seine Beine gehorchten ihm nicht. Er wollte schreien. Das gelang ihm.
Schweißgebadet wachte er auf und öffnete die Augen. Um ihn herum war es stockfinster. Mit lautem Sirren erwachten Neonröhren an der Decke zum Leben und tauchten den Raum in kaltes Licht. Die Helligkeit schmerzte, er kniff die Augen zu.

Als er sie langsam öffnete, liefen ihm Tränen über die Schläfen. Er starrte an die Decke. Weiße Sterilität, ein Monitor – schwarz. Er wollte sich umsehen. Das funktionierte nicht. Arme und Beine konnte er auch nicht bewegen. Hatte er einen Unfall? Keine Erinnerung! Das atmosphärische Knistern eines Lautsprechers unterbrach seine Gedanken.

„Hallo, Hannes. Schön, dass du wach bist!"

Die Stimme kannte seinen Namen. Sie erfüllte die aseptische Leere des Raumes, schien aus den Wänden zu kommen, die er nicht sehen konnte. Von überall her.

„Dann können wir es ja zu Ende bringen."

Was zu Ende bringen? Es blieb ihm keine Zeit, darüber nachzudenken. Der Monitor über ihm zeigte nun ein Bild. Er sah sich selbst auf einem OP-Tisch liegen. Seine Pupillen verengten sich auf ihr Minimum, Adrenalin durchflutete ihn. Nur sein Kopf war fixiert und ihm war schlagartig klar, warum er sich nicht bewegen konnte. Er schrie. Niemand hörte ihn. Diesmal war es kein Traum.

KAPITEL 1

Eine Hand reckte sich in das wolkenlose Blau über der bayrischen Landeshauptstadt, darin ein leeres Bierglas. Dieses gehörte Kriminalhauptkommissar Herbert Wamprechtshammer. Ein kurzes Nicken von Bedienung Wiegald – der lieber Willi genannt werden wollte – bestätigte die Bestellung einer dritter Halben Giesinger. Schließlich war Wamprechtshammer nicht im Dienst. Schon seit geraumer Zeit nicht, denn er erholte sich noch immer von einem formidablen dienstlichen Hexenschuss. Oder wie der Orthopäde meinte: „Discusprolaps, eindeutig Discusprolaps, vulgo Bandscheibenvorfall, Herr Wamprechtshammer. Da müssen S' wohl oder übel kürzertreten!"

Berti, wie ihn seine Freunde und Kollegen zu rufen pflegten, verkörperte eher den gemütlichen intellektuellen Typ, dessen immer noch volles Haar sich trotz seiner knapp dreiundfünfzig Jahre gegen das Ergrauen wehrte – jedoch leider mit nachlassendem Erfolg, wie er allmorgendlich feststellen musste. Dezent gebräunt, mit weißem Hemd, Jeans, einem dunkelblauen Baumwoll-Caban, randloser Brille und gepflegtem Dreitagebart wäre er eher als Senior-Model für Prostata-Generika durchgegangen. Allerdings hatte sein ansonsten deutlich sichtbarer „Stau am Mittleren Ring" nur wegen der strengen Reha-Diät gerade keine Hauptverkehrszeit. Aber mit ein bisserl Bier und Hendl kriegen wir dich schon wieder hin, dachte er und streichelte zärtlich über seinen fast nicht mehr vorhandenen Bauch. Nein, Herbert Wamprechtshammer war ganz und gar nicht eitel, doch er kultivierte seinen sehr eigenen Münchner Stil, und ohne ein gewisses Quantum Gemütlichkeit lief bei ihm gar nichts. Entspannt im Stuhl zurückgelehnt, die Hände hinter dem Kopf verschränkt, ließ er seinen Blick über die Lindwurmstraße mit ihren haushohen Pappeln schweifen – die greisliche Schwester der Leopoldstraße, wie er sie gerne nannte –, da kam auch schon Willi angeschwebt.

„Mei, endlich is weniger los! Ein Stress is des immer an solchen Tagen. Ja sag mal, Berti, jetzt warst aber lang ned da. Morden s' so viel in München? Oder magst mich nimmer?", fragte er in dem beleidigten femininen Singsang, der Wamprechtshammer immer zum Schmunzeln brachte.

Eigentlich war Wiegald Semmeling ein maskuliner Prachtkerl in Lederhosen, mit Wadeln wie Baumstämme und einem Kreuz, als hätte er aus der Mutterbrust pures Testosteron eingesaugt. Allerdings steckte im restlichen Willi ziemlich viel naive Prinzessin und eine unbelehrbare Vorliebe für fiese Machos. Wamprechtshammer hatte ihm in der Vergangenheit bereits mehrmals sprichwörtlich den Arsch retten müssen, wenn er sich mal wieder unsterblich in den Falschen verliebt hatte.

„Morde? Ja, schön wärs! Die einzigen Morde hätte es beinah in meiner Reha-Klinik geben! Die haben mich nur mit Rohkost gefüttert! Rohkost! Vegetarisch! Kein Bier! Nix! Kannst dir das vorstellen, Willi!"

Willi zog die Augenbrauen nach oben.

„Aber des is doch gesund, Berti. Schaust auch fantastisch aus. Also ich hab da letztens so einen Kerl kennengelernt, der isst nur so Paleo-Zeugs, Nüsse und so was. Der sieht gaaaanz toll aus und meinte, ich sollte jetzt auch ..."

„Willi, bring mir mein Hendl. Aber gleich! Und lass mich mit dem Gesundheitsschmarrn in Ruh!", raunzte ihn Wamprechtshammer genervt an.

Willi schob beleidigt ab, kam aber nach ein paar Minuten mit einem vollgeladenen Teller zurück und platzierte diesen ein wenig affektiert vor dem Kommissar.

Das war Wamprechtshammers perfekter Moment. Vor ihm lag ein goldbraun-knuspriges halbes Hendl, das nur darauf wartete, genussvoll verspeist zu werden. Zuerst war die resche Haut dran, dann das saftige Haxerl. Darauf folgte das zarte Brustfleisch. Das Flügerl hob er sich immer bis zuletzt auf. Als er es gerade hingebungsvoll abknabberte, gab sein Smartphone lautstark einen Klassiker der Rockgeschichte zum Besten. Er versuchte, dem immer lauter werdenden „Thunder", mit hendlfettigen Fingern Herr zu werden. Beim dritten Mal hatte er es endlich geschafft.

„Herrschaftszeiten, Kruzif...! WAMPRECHTSHAMMER! Was gibt's?"

Sein Handy duftete nach Hendl und er hatte immer noch Hunger.

„Doch, Sigi, du störst. Aber wurscht. Ja, mir geht's gut. Aber mir tät's noch besser gehen, wenn du dich kurzfasst."

Ein frommer Wunsch, denn am anderen Ende der Leitung startete sein Kollege Sigi Leininger mit deutlich fränkischem Dialekt einen seiner gefürchteten Vorträge. Wamprechtshammer bestellte noch ein Bier, denn so ein Telefonat mit dem aus Nürnberg stammenden Oberkommissar dauerte erfahrungsgemäß etwas länger. Nach viel „Hmmhmm", „A geh!" und „Naa echt?" wusste er dank dessen zwanghafter Ausführlichkeit fast alles über seinen scheinbar nicht besonders beliebten Stellvertreter. Der „elendigliche Dibferlasscheißer", wie Leininger ihn mit leidenschaftlicher fränkischer Verachtung nannte, war zu dessen Leidwesen auch noch ein waschechter Preuße. Doch scheinbar – und Sigi Leiningers Genugtuung darüber konnte man förmlich greifen – war der Sportfreak wohl etwas zu ehrgeizig gewesen. Der hatte nämlich letzte Woche beim Mountainbiken am Isar-Trail den falschen Weg eingeschlagen und einen wahrhaft spektakulären Abflug in den gleichnamigen Fluss hingelegt. Dort blieb er nach ein paar hundert Metern Spülgang an einer Staustufe hängen. Diesen Stunt hatte er nur überlebt, weil ein paar beherzte FKK-Rentner – die sich dank fast schon sommerlicher Temperaturen bereits an der Isar sonnten – den unfreiwilligen Highflyer gerade noch rechtzeitig aus den Fluten angeln konnten. Jetzt lag er im künstlichen Koma auf der Intensivstation.

Mein lieber Herr Gesangsverein, dachte Wamprechtshammer, in deiner Haut möchte ich nicht stecken. Aber danke trotzdem – you made my day!

Er bedeutete Willi, dass er es jetzt eilig hatte, was dieser mit einem fragenden Blick quittierte, hinterließ den Preis für seine Zeche plus ordentlich Trinkgeld auf dem Tisch und verließ eilig die Dachterrasse des Stüberls. Draußen schwang er sich auf sein ohne jegliche Würde gealtertes Herrenrad und machte sich – trotz Krankenstand und drei Halben Münchner Hell im Blut – auf den Weg zu seiner Dienststelle in der Münchner Innenstadt. Dabei pfiff er leise „I believe I can fly" vor sich hin. Er war mehr als gespannt darauf, was der Leininger eigentlich von ihm wollte, da er ihn gar so inständig darum gebeten hatte, im Polizeipräsidium vorbeizuschauen. Wamprechtshammer kannte seine Pappenheimer.

KAPITEL 2

Kaum hatte Wamprechtshammer die Diensträume seiner bereits ziemlich in die Jahre gekommenen Dienststelle betreten, erblickte ihn auch schon Theresa Gruber, sprungfederte ihm fröhlich entgegen und umarmte ihn stürmisch.

„Beeertiii, schön, dass du wieder da bist! Ich hab dich schon vermisst ... hoppla, ich komm ja um dich rum. Hast ganz schön abgenommen. Sauber, sag ich!"

Sie schlug ihm mit der flachen Hand auf den fast nicht mehr vorhandenen Bierbauch, stemmte die Arme in die Hüften und schob bewundernd nickend die Unterlippe nach vorne, während sie ihn von oben bis unten musterte. Wamprechtshammer musste grinsen. Nicht wegen des Kompliments, vielmehr wegen Kriminalkommissarin Gruber. Die sah nämlich nicht so aus, wie ihr Name und ihr Münchner Dialekt vermuten ließen, sondern wie die kleine Schwester von Lucy Liu, also eindeutig asiatisch und ausgesprochen hübsch. Und sie unterschritt signifikant die Mindestgröße für Polizeibeamte in Bayern. Wie sie es geschafft hatte, dennoch Polizistin zu werden, wusste sofort jeder, der sie einmal in Aktion gesehen hatte. So auch Tommy Schlierseer, Kampfsportleiter und praktisch der Prototyp eines Chauvinisten. Der wollte dem „süßen Asia-Schneckerl" beim ersten Selbstverteidigungstraining mal zeigen, wo der Bartl den Most holt. Major Tom hob daraufhin ab und landete mit einem doppelten Nasenbeinbruch und einer ausgerenkten Schulter im Krankenhaus. Theresa Gruber zitierte man zu ihrem disziplinarischen Vorgesetzten Herbert Wamprechtshammer. Der rügte sie mit versteinerter Miene wegen übertriebener Härte, konnte einen Lachanfall nicht mehr zurückhalten, kaum dass sie das Zimmer verlassen hatte, und holte die asiatische Ein-Frau-Armee sofort in sein Team für Sonderermittlungen.

„Schauts mal, wer endlich wieder da ist!"

Theresa hielt Wamprechtshammer immer noch an der Hand, wie einen kleinen Jungen, den die Kindergartentante das erste Mal seinen neuen Spielkameraden vorstellt.

„Du, Reserl ..."

„Ja, Berti?"

„Du kannst mich jetzt wieder loslassen, ich schaff das schon ..."

„Oh, sorry ..." Theresa bekam rote Ohren. Man musste sie einfach liebhaben. Und besser das als zum Feind, dachte Wamprechtshammer.

Nach allgemeinem „Grüß Gott" und „Hallo" sowie vielfach gemurmeltem „Gut schaust aus" und „Schlank bist worden" reichte es Wamprechtshammer.

„So, Ladies and Gentlemen, ich hab euch alle lieb, aber jetzt langt's. Auf geht's, Sigi, ab ins Chefkabuff. Ich bin ja schließlich nicht zum Spaß hier. Du wolltest was mit mir besprechen."

Die zwei machten es sich in seinem recht spartanisch eingerichteten Zimmer möglichst gemütlich. Sein havarierter Stellvertreter hatte es ein wenig umgestaltet, was Wamprechtshammer ordentlich wurmte.

„So ein Loamsiader, so ein damischer."

„Was sagst, Berti?"

„Ach nix, denk bloß laut."

„Gell, der nervt, sogar wenn er ned da is."

„Mhmm."

„Mei, ich sag dir's, Berti. Der ist mir vielleicht auf den Docht gegangen. Also man soll ja nicht schlecht über Leut reden, denen's nicht gut geht, aber der ..."

„Du, Sigi ..."

„Ja?"

„Lass gut sein, ich weiß. Warum hast mich eigentlich angerufen? Ich kenn dich doch. Spuck's aus!"

„Ja, also ... wieso???"

„Leininger!!"

Wamprechtshammer sah ihn über seine randlose Brille hinweg strafend an.

„Jetzt schau mich ned so an, Chef, Berti. Bitte! Ich weiß dann echt ned, wo ich anfangen soll."

„Am besten vorn ..."

„Allmächd, na biddschön, wannsd mechsd ...!"

Vor lauter Nervosität fränkelte er noch mehr.

„Mia ham a Leich!"

„Soll so ab und zu bei uns vorkommen, hab ich gehört ...", warf Wamprechtshammer leicht genervt ein.

„Ja, aber so eine ned. Keine Arm', keine Bein', aber mit Kopf. Die Extremitäten wurden chirurgisch entfernt, Herz und Augenlider auch. Profiarbeit. Schaut aus, als hätt das der Täter nicht zum ersten Mal gemacht. Und wahrscheinlich auch nicht zum letzten. Und deshalb hab ich dich angerufen. Wir ham an Engpass. Wir brauchen dich, Berti. Dringend. Ich und die Theresa, mia schaffen des ned allein. Meinst, du könntest dich gesundschreiben lassen?"

„Ja, is scho gut, Sigi. Kannst wieder aufhören mit dem Gwuisl. Mir wär sowieso langweilig geworden und ich hab schon überlegt, wie ich die nächsten vier Wochen rumkriegen soll. Wo habts denn die halbe Leiche gefunden?"

„Also gefunden hat die ein Jogger am Isarufer. Vorgestern. War aber wohl noch nicht lang im Wasser gelegen. Also die Leiche, nicht der Jogger ..."

Interessant, was die derzeit so alles aus der Isar ziehen, dachte Wamprechtshammer und konnte sich beim Gedanken an seinen verunfallten Kollegen, trotz aller Tragik, ein Grinsen nicht verkneifen.

KAPITEL 3

Margot Szymanski war stellvertretende Leiterin der Abteilung Erhebung beim Münchner Finanzamt und sie liebte ihren Job. Sie war bestens gelaunt und der heutige Arbeitstag ein voller

Erfolg. Fünf Ablehnungsschreiben für Stundungsanträge, fünf Schmarotzer, die jetzt am Rande des Existenzminimums leben mussten. Keiner hatte Gnade verdient, außer einer: Die Inhaberin eines Tante-Emma-Start-ups hatte die Stundung und Ratenzahlung ihrer Einkommensteuer beantragt, weil ein Baugerüst vor dem kleinen Laden ihren Umsatz um mehr als ein Drittel hatte zurückgehen lassen. Außerdem hatte der Besitzer der Immobilie eine empfindliche Mietsteigerung angekündigt. Gierige Geldsäcke, dachte Margot und drückte ein Auge zu. Schließlich war sie kein Unmensch.

Sie begann ihren Schreibtisch zu ordnen. Wie so oft war Margot die Letzte in ihrer Abteilung. Sie packte ihre Laufklamotten aus dem Schrank und begann sich in ihrem Büro umzuziehen. Besuch um diese Zeit war ohnehin mehr als unwahrscheinlich, also sparte sie sich den Weg zu den Duschen. Die hatte man vor einigen Monaten neu eingebaut, und diese Annehmlichkeit ermöglichte es ihr endlich, jeden Tag zur Arbeit und wieder nach Hause zu laufen. Das war von großem Vorteil, denn sie war eine wahre Sportfetischistin und das Sitzen tagsüber zermürbte sie. Sie hielt sich fit und der viele Sport machte sich bezahlt. Für ihre knapp vierzig Jahre war sie schlank, durchtrainiert und steckte mit ihrem Aussehen viele Fünfundzwanzigjährige locker in die Tasche. Dass nicht nur sie das so empfand, bewiesen etliche junge Kollegen, die ihr des Öfteren mehr als eindeutige Blicke zuwarfen. Den einen oder anderen Gutaussehenden hatte sie sich schon gegönnt. Auch dazu waren die Duschen ganz gut geeignet.

Aber jetzt war Sport angesagt und danach Entspannung mit Enrique, ihrem scharfen Nachbarn, der gern mal auf ein Nümmerchen vorbeischaute, aber zum Glück danach immer gleich wieder abzog. Enrique stand auf ihren makel- und haarlosen

Körper und sie auf Enriques ... nun ja ... Gardemaße. Sie joggte los, in den fast an ihre Dienststelle angrenzenden Olympiapark. Die lange Runde sollte es heute schon sein und mindestens zweimal Konditionsspitzen am Olympiaberg trainieren – auch wenn es dann schon dunkel war.

Die letzten Meter durch den Park bis zu ihrer Wohnung im Olympiadorf legte Margot im Sprint zurück. Die Hochhäuser der Trabantenstadt, die man Anfang der Siebziger für die Olympischen Spiele in München errichtet hatte, ragten wie ein dunkles Gebirge vor ihr auf. Trotz des vielen Betons war es hier grün und erstaunlich ruhig – und anonym. Das liebte Margot an ihrer Wohnung. Keine nervigen Nachbarn und aufgezwungene Gespräche im Hausflur. Sterile, lange, leere Gänge und ein viriler, fescher Portugiese als Nachbar, was wollte man mehr?

Sie nahm den Aufzug in den zehnten Stock, schloss ihre Wohnung am Ende des langen Flures auf, zog sich aus und sprang unter die Dusche. Herrlich! Warmer Schaum mit dem Duft von Rosmarin und Minze hüllte sie ein und entspannte sie. Als sie sich abtrocknete, betrachtete sie sich im Spiegel und war zufrieden. Ihr Bauch ein leichter Lady-Sixpack, ihre Brüste trotz der schlanken Figur ein weiches, aber straffes C, das Enrique gerne vielseitig nutzte. Jetzt war sie heiß. Wo blieb der Mistkerl nur? Ihr Smartphone surrte auf der Ablage vor dem Spiegel. „KOMM RÜBER :-D" – die Message war eindeutig, aber eher selten. Warum nicht? Versauen wir halt mal nicht mein Bett, dachte Margot und schlüpfte in ihren Seiden-Jumpsuit, einen Hauch von Nichts. Dass sie jemand so auf dem Flur sehen könnte, machte sie nur noch schärfer.

Mit wenigen schnellen Schritten eilte sie über den Gang zu Enriques' Appartement. Die Tür war nur angelehnt. Interessant, dachte sie, heute willst du es aber wissen. Margot betrat lautlos die Wohnung. Es roch nach Bleu de Chanel, seinem Lieblingsduft, und nach gegrilltem Steak, was sie wunderte, denn Enrique kochte nie. Aber egal, der Knabe hatte wahrscheinlich mehr Fantasie, als sie vermutete. Sie folgte dem Geruch, er kam aus seinem Schlafzimmer. Einerseits gut, andererseits erstaunlich. Steak im Schlafzimmer? Sie öffnete die Tür und plötzlich entglitt ihr die Realität, sie riss die Augen auf und wollte schreien, doch es gelang ihr nicht. Der Anblick war absurd. Enrique lag nackt auf dem Kingsize-Bett, die Augen schreckgeweitet und starr, denn seine Mitte, sein Prachtteil, brannte lichterloh, wie eine einzelne Kerze auf einer Karamelltorte. Ihre Blase entleerte sich und die Beine versagten ihren Dienst. Das Letzte, was sie hörte, war das „Tiktiktik" eines Tasers, der sie mit dreihunderttausend Volt von diesem Anblick erlöste.

KAPITEL 4

Von Sigi Leininger bis ins kleinste Detail über den aktuellen Fall aufgeklärt, verließ Wamprechtshammer die heiligen Hallen des Polizeipräsidiums. Das war schon ein äußerst dubioser Fall, den er ihm da geschildert hatte. Tatsächlich eine Seltenheit und für jeden leidenschaftlichen Kriminaler ein echtes Schmankerl. Erst jetzt merkte er, wie sehr ihm das alles während seiner unfreiwilligen Auszeit gefehlt hatte. Er war wie elektrisiert und fühlte sich fit wie seit Wochen nicht. Wie hätte das auch funktionieren sollen, so ganz ohne Bier und Hendl, dachte er und schwang sich auf sein Rad, das wie üblich nicht abgeschlossen war. Den alten Bock wollte scheinbar niemand, und solange den keiner klaute, fehlte Wamprechtshammer der Grund, sich ein neues Zweirad zu kaufen. Blieb immer noch die Möglichkeit, dass das Ding irgendwann auseinanderbrach.

Derart motiviert radelte er quer durch München, die Sonnenstraße hinunter, am Sendlinger Tor vorbei und dort scharf rechts Richtung Untersendling – einem der letzten Stadtviertel der Landeshauptstadt, das noch nicht vollständig mit „Isarpreißn" – wie sie ein gerade recht beliebter bayrischer Kabarettist passend nannte – versaut war. Hier gab es noch die bayrische Form der Kneipe, die „Boazn", und davon nicht zu wenig. Er beschloss, heute mal „Bei Dagmar" vorbeizuschauen. Der Besitzer hieß Toni, und auch das zeigte, dass hier ein strenges Gleichstellungsprinzip herrschte: Ganz egal, ob Adliger, Anwalt, Bauarbeiter oder Polizeibeamter, an Dagmar-Tonis Theke gab es keinen Standesdünkel. Genau danach war Wamprechtshammer heute zumute. Ein wenig Ratsch und Tratsch konnte nicht schaden. Außerdem gab es am morgigen Tag noch ein klitzekleines Problem zu lösen, das einer abendlichen Stärkung bedurfte: Er musste der Amtsärztin irgendwie klarmachen, dass er wieder voll einsatzfähig war.

Das wird ganz bestimmt keine leichte Partie, überlegte er, denn schließlich kannte er sie etwas besser, als ihm in diesem Moment lieb war. Beim Gedanken an den Termin war ihm plötzlich ein wenig unwohl.

KAPITEL 5

„Des glaubst doch wohl selber nicht, dass du schon wieder voll einsatzfähig bist!"

Dr. Katharina Perlmoser stemmte die Fäuste energisch in die Hüften und blitzte ihn mit grünen Katzenaugen an. Wamprechtshammer hatte weiche Knie – und die hatte er ganz selten.

„Doch, schon. Unbedingt sogar!", versuchte er, kleinlaut dagegenzuhalten.

„Ach ja? Tatsächlich? Ja dann: Hände ausstrecken, Knie durchgestreckt lassen und runter mit den Händen, bis zu den Zehenspitzen ..."

„Ääääh, mmpfh ...!!"

„Weiter!"

„Gestern hat des noch einwandfrei funktioniert ...!", presste Wamprechtshammer schwitzend zwischen zusammengebissenen Zähnen hervor, während er versuchte, in dieser entwürdigenden Position seine Finger auch nur in die Nähe der Zehen zu bringen.

„Mhm, schon klar. Mit dem Biertrinken geht's dafür schon wieder ganz gut, gell?"

„Wie meinst?" Wamprechtshammer rappelte sich schwitzend hoch und setzte seine Unschuldsmiene auf.

„Ja, weil man's riecht. Herrschaftszeiten, Berti. Ich schreib dich doch nicht zum Spaß acht Wochen krank und schick dich auf Reha, nur damit du innerhalb einer Woche alles wieder ruinierst! Und dann kommst du und meinst, du seist diensttauglich! In dem Zustand!"

„Ah geh, Kathi. Ich hab doch nur meine Rückkehr ein bisserl gfeiert, und ..."

„Nix und, und nenn mich nicht Kathi. Die Zeiten sind vorbei. Glaubst du vielleicht, du bekommst von mir einen Gesundheitsbonus, bloß weil wir mal verheiratet waren? Das wär ja noch schöner!"

Jetzt war sie eindeutig in Rage, und Wamprechtshammer erinnerte sich daran, wie das immer ausging, damals, vor vielen Jahren, als sie noch ein Paar waren: nicht gut. Aber das hatte sie eigentlich nicht auseinandergebracht. Ganz im Gegenteil. Katharina mochte ihn immer noch – und er mochte Kathi. Nur eben anders, denn sie hatte nach ein paar wilden und darauffolgenden langweiligen Ehejahren festgestellt, dass sie mit Männern gar nicht so viel anfangen konnte, sondern mehr auf Frauen stand und eine Trennung doch wohl besser wäre, bevor sie sich ihrer neuen geschlechtlichen Leidenschaft widmete. Aus verständlichen Gründen war das Wamprechtshammer damals auch mehr als recht. Also gingen sie gemeinsam getrennte Wege – er als mittlerweile eingefleischter Single und sie mit ihrer neuen Partnerin Gertraud, die er liebevoll „Gerdl" nannte und mit der er zum Leidwesen von Katharina öfter mal das ein oder andere Bier trank. Denn Gerdl war ein echter Pfundskerl – sowohl optisch als auch seelisch, und derart maskulin, dass Wamprechtshammer sich manchmal dabei ertappte, wie er an seiner eigenen Männlichkeit zweifelte.

„Geh komm, Katharina, bitte. Der Leininger hat dir doch sicher auch schon die Ohren vollgesuselt. Mach's halt für ihn, der weiß nicht aus noch ein."

Wamprechtshammer versuchte eine Art Dackelblick, was ihm gehörig misslang.

„Komm, jetzt schau nicht so waidwund, das nehm ich dir nicht ab. Ja, hat er! Und du kannst froh sein, dass ich nicht so viele Überstunden habe, wie der mir mein Ohr abkauen wollte. Ihm und deinen Kollegen zuliebe mach ich eine echte Ausnahme. Ich schreib dich heute eingeschränkt diensttauglich, aber nur unter Vorbehalt und der Bedingung, dass du weiterhin zweimal die Woche zur Physio gehst und dich wöchentlich von mir durchchecken lässt. Keine Alleingänge und insbesondere keine Hundertzwanzig-Kilo-Leichen rumwuchten, nur weil du mal wieder nicht auf den Erkennungsdienst warten kannst. Verstanden?"

„Verstanden, Sir, Katharina, Sir!!" Er schlug die Hacken zusammen und salutierte, machte auf den Fersen kehrt und verließ mit einem „Grüß Gerdl schön von mir" schwungvoll den Raum.

„Sie heißt Gertraud, zefix", schnauzte Katharina ihm hinterher und verdrehte kopfschüttelnd die Augen. Wann wird der endlich mal erwachsen?, dachte sie und musste schmunzeln.

KAPITEL 6

Den Besuch in der Autopsie hätte sich Wamprechtshammer gerne erspart. Er hatte schon mit dem Gedanken gespielt, sich stattdessen eine dieser verhassten Physiotherapie-Stunden anzutun. Aber mitgehangen, mitgefangen, dachte er und gab sich einen Ruck. Es war nicht die Obduktion, die ihm dabei zuwider war, sondern dieser Gschaftlhuber von einem Rechtsmediziner, der jeden arrogant und herablassend behandelte, der ihm nicht zur Nase stand – und das war scheinbar der gesamte Rest der noch lebenden Menschheit. Vielleicht passierte das mit einem, wenn man den ganzen Tag Tote in unterschiedlichen Verfallsstadien auseinanderschnippeln musste? Mochte man dann nur noch die Toten? Es schauderte Wamprechtshammer und trotz aller Überlegungen fehlte es ihm eindeutig an Empathie für diesen hochnäsigen Deppen. Da er sich dessen Namen einfach nicht merken wollte, nannte er ihn Dr. Seltsam.

So betrat er mit gemischten Gefühlen und Theresa samt Sigi im Schlepptau das blassgelbe Gebäude des pathologischen Instituts. Dieses lag – wie passend – gleich gegenüber dem alten Münchener Südfriedhof, der den Bestattungsbetrieb allerdings schon längst eingestellt hatte und seitdem ein begehbares Kulturdenkmal war. Wamprechtshammer liebte diese Oase der Ruhe und Entspannung, auf deren Gelände gefühlt die Hälfte aller Straßennamensgeber Münchens beerdigt worden waren. Mit dem Gedanken daran ließ sich die kommende Begegnung zumindest etwas besser ertragen.

Durchtrainiert, braungebrannt, zu weiße Zähne, das Haar stramm zurückgegelt und ein Blick, als wären alle anderen Individuen nicht mehr als Kakerlaken zu seinen Füßen – wie meistens bei ihren Besuchen kam ihnen auf halbem Weg zu den Untersuchungsräumen bereits Dr. Seltsam mit federnden Schritten entgegen. Wamprechtshammer stellte es die Haare auf und auch Theresa und Sigi wirkten leicht angespannt.

„Grüß Gott, die Herrschaften, zum zweiten Mal in dieser Woche, wie kann ich Ihnen denn diesmal weiterhelfen?", begrüßte sie der Doktor mit näselndem Tonfall und hochgezogenen Augenbrauen.

„Ja, wenn das so ist", entgegnete Wamprechtshammer, „dann hätten wir gerne das Bullen-Mittagsmenü: drei Leberkässemmeln, drei Cola und drei Kaffee to go, danke sehr ..."

„Ha, ha, Wamprechtshammer. Sie lassen sich auch immer was Neues einfallen, witzig wie eine Wasserleichenobduktion. Wobei, das erinnert mich an etwas, was war das nur? Ach ja, wir haben ja tatsächlich eine solche, wenn auch irgendwie nur zur Hälfte, nicht wahr? Die Herren und Damen Kriminaler können wohl nicht genug davon kriegen, was?"

Die Augenbrauen von Dr. Seltsam wanderten weiter Richtung Stirn und er legte den Kopf leicht schräg, was in noch abschätziger erscheinen ließ.

„Ja da schau her, der Herr Doktor bringt's mal wieder auf den Punkt. Dann lassen Sie uns mal loslegen, bevor wir uns noch vor Zuneigung abbusseln. Bitte den Doktor voranzuschreiten."

Wamprechtshammer deutete einen Diener an und machte eine ausladende Handbewegung.

Bitte, lieber Gott, lass mich meine Dienstwaffe vergessen, wenn ich diesem Leichenfledderer mal nachts begegnen sollte, dachte er und folgte seinen Kollegen und dem Mediziner zum Autopsieraum.

Dr. Seltsam hatte die Tür bereits geöffnet, als Sigi plötzlich anfing, nervös an sich herumzunesteln.

„Des gibds doch ned. So a Mist aber aach!"

Leise fluchend arbeitete er sich durch die Taschenflut seiner Multifunktionscargohose. Dr. Seltsam blieb im Türrahmen stehen und ließ genervt die Schultern sinken.

„Was ist denn nun schon wieder? Könnten die Herrschaften mal die Kindereien lassen?"

„Ich kann den Gruch ned ab und hab mei Mendolbixla fagessn, so a Mist, so a dabbicher!"

„Tut mir leid, Sigi, ich hab nix dabei." Wamprechtshammer zuckte mit den Schultern. „Du vielleicht, Reserl?"

„Für den armen Sigi doch immer. Da, schau her, nimm des." Sie reichte ihm eine kleine rote Blechdose mit asiatischen Schriftzeichen.

„Nachdem wir die olfaktorischen Probleme des Herrn Kriminalkommissars gelöst haben, könnten Sie Ihre Aufmerksamkeit jetzt wieder auf die wichtigen Dinge lenken? Danke schön!", näselte es aus dem Autopsieraum.

Sie betraten den sterilen Sektionssaal. „Mortui Vivos Docent" – „Die Toten lehren die Lebenden" – prangte groß in Frakturschrift über der Tür, und der Herr über diese Toten hatte hinter dem Untersuchungstisch bereits eine theatralische Pose eingenommen. Mit ausgebreiteten Armen stand er dort wie ein Magier kurz vor dem Zersägen der Assistentin, entfernte mit einem Ruck das Tuch und gab damit den Blick auf den armseligen Rest von dem frei, was einmal ein stattliches Mannsbild von knapp zwei Metern gewesen war.

„Sehen Sie ganz genau hin, Herrschaften. Noch nicht einmal ich bekomme so etwas besonders oft zu Gesicht, geschweige denn einer von Ihnen. Was Sie hier sehen, ist Präzisionsarbeit, professionell ausgeführt und bestens vorbereitet. Der Mörder versteht sich ganz ohne Zweifel ausgezeichnet auf die hohe Kunst der Amputation."

„Könnten S' das vielleicht ein bisserl weniger pathetisch vortragen? Nüchterne Fakten genügen uns auch", entgegnete Wamprechtshammer leicht säuerlich.

„Banausen sehen immer nur die Tat, das Verbrechen, und nicht deren Ausführung und Komplexität. Aber wenn Sie wollen, mein lieber Herr Kriminalhauptkommissar, dann halten wir uns nur an die für Sie ach so wichtigen Fakten", gab Dr. Seltsam beleidigt zurück. „Also, wir haben hier die Leiche eines circa fünfunddreißigjährigen Mannes, dessen Arme und Beine sowie die Palpebrae, sprich Augenlider, und das Herz mit chirurgischer Präzision entfernt wurden. Alle Eingriffe fanden prämortal statt, und zwar in der Reihenfolge linker Arm, rechter Arm, linkes Bein, rechtes Bein, Augenlider und natürlich zuletzt das Herz."

„Warum sind Sie sich wegen der Reihenfolge so sicher?", wollte Theresa Gruber wissen.

„Ts, ts, nicht so stürmisch. Lauschen Sie einfach geduldig meinen Ausführungen, dann können Sie sich störende Zwischenfragen sparen. Ach, da fällt mir auf, soll ich Ihnen einen Hocker bringen lassen? Damit Sie, nun ja, die Leiche nicht immer von unten betrachten müssen, Frau Kommissarin?"

„Nein, ich seh genug. Danke der Nachfrage!"

Theresa ballte die Fäuste. Das Knacken klang nach Ärger und Wamprechtshammer legte ihr vorsichtshalber beruhigend die Hand auf die Schulter. Nichts brachte die ansonsten entspannte und stets gut gelaunte Asiatin mehr auf die Palme als anzügliche Bemerkungen über ihre Größe oder ihr Aussehen. Außerdem konnten sie heute einen zerbeulten Rechtsmediziner ganz und gar nicht brauchen – leider.

„Um die voreilige Frage nachhaltig zu beantworten", fuhr dieser fort, „möchte ich auf die unterschiedlichen Stadien der Wundheilung hinweisen, welche auch nach zweitägigem Spülgang in der kühlen Isar noch deutlich zu erkennen sind. Womit wir schon beim nächsten Punkt wären: Die geringen Abrasionen am Körper des Toten weisen auf ruhiges Gewässer hin, was bedeutet, dass der oder die Täter sich der Leiche vermutlich nahe oder in der Ruhewasserzone entledigten, wo sie ja schließlich gef... Herr Kollege Kommissar! Finden Sie das so traurig, dass Sie gleich weinen müssen?"

Dr. Seltsam fixierte Sigi Leininger mit stahlblauem Blick – diesmal mit nur einer hochgezogenen Augenbraue.

„Ich? Äh, naa! Ja, sach amohl, Deresa, was issn des für a

Deuflszeuchs? Allmächd, ich krieg ja Hirnfrost!" Sigis Gesicht ähnelte immer mehr dem von Rocky Balboa nach dem finalen Titelkampf.

„Oh, shit! Sorry, tut mir leid. Ich hab dir gar nicht gesagt, dass das vietnamesischer Tigerbalsam ist. Viel stärker als deine Mentholsalbe."

„Ja, woher soll ich denn des wiss'. Sakra, des haud nei. I seh nix mehr!"

Jetzt wurde es sogar Wamprechtshammer zu viel.

„Ja, Kreizsakra, so werden wir ja heut gar nimmer fertig! Theresa, bringst du den Sigi bitte mal hier raus und hilfst ihm. Der hat ja einen Belli auf, nimmer lang, dann platzt ihm der."

Theresa schnappte sich den zugeschwollenen, tränenüberströmten Sigi und führte ihn vorsichtig nach draußen.

„Und wenn's ned hilft, erlös ihn von seinen Qualen. Is ja kein Problem, wir sind ja eh in der Rechtsmedizin!", rief ihnen Wamprechtshammer hinterher.

„Dangge für dei Mitgefühl, Chef!", schniefte es beleidigt von draußen zurück.

Nun konnte er endlich ohne weitere Unterbrechung, wenn auch widerwillig, den Ausführungen von Dr. S. lauschen. Nach einer gefühlten Ewigkeit, die, wie er nach einem Blick auf die Uhr feststellte, gerade mal dreißig Minuten gedauert haben musste, hatte Wamprechtshammer alle wichtigen Fakten beisammen und konnte die Vorhölle und deren Zeremonienmeister verlassen. Draußen schnaufte er erst mal tief durch, es hatte zu regnen begonnen. Die Luft roch feucht und sauber. Eine Wohltat nach der fast sommerlichen Föhnhitze im Frühling, solange es sich nicht einregnete. Unter den hohen Säulen des Instituts warteten Theresa und der ziemlich lädierte Sigi.

„Na? Naserl wieder gepudert?", ulkte Wamprechtshammer, worauf dieser vernehmlich schniefte und ein beleidigtes „Ja, passt schon" nachschob.

„Gut, dann zurück ins Büro. Geh doch schon mal vor und hol den Wagen, Sigi", Wamprechtshammer konnte sich den alten Derrick-Kalauer nicht verkneifen. „Dann kannst noch ein bisserl auslüften."

„Immer ich! Und dann noch bei dem Regen", maulte Sigi, zog sich die Jacke über den Kopf und rannte los.

Wieder im Polizeipräsidium angekommen, machten sie es sich im engen Chefkabuff bequem, um alle Fakten noch einmal durchzusprechen.

KAPITEL 7

„So, Leut, was hamma?"

Wamprechtshammer ließ sich ungebremst in seinen alten, abgewetzten Bürostuhl fallen. Dieser ächzte bedenklich. „Reserl, du holst Kaffee? Und ich müsst noch irgendwo ..., ja, sag mal, wo sind s' denn? Hat dieser Gloifl mir die auch verzogen? Ich fahr sofort ins Krankenhaus und zieh ihm seine Schläuch raus! Wer mir meine Butterkeks verräumt, der hat's nicht anders verdient. Zefix! Und wo ist eigentlich meine Kaffeemaschine?"

„Nicht aufregen, Berti. Schau, was ich dabei hab!"

Theresa kam mit einer Kanne frischen Kaffees und drei Packungen echten Zweiundfünfzigzahnigen zurück. Während Leiniger geschäftig Teller und Tassen auf dem Schreibtisch verteilte, war Wamprechtshammers Laune augenblicklich wieder auf normalem Level.

Er schnappte sich einen Butterkeks, tauchte ihn in seinen mit Milch und Zucker reichlich denaturierten Kaffee und schmatzte genüsslich.

„Also, unser Burschi in der Patho schaut ordentlich mitgenommen aus, ist aber fachgerecht tranchiert worden. Was ihr allerdings noch nicht wisst und auch nicht wissen könnt – weil ja der Herr Leininger Pippi in den Augen hatte – , ist, dass unser Toter in komplettem Zustand mal fast zwei Meter groß war, ungefähr hundertzehn Kilo gewogen hat, fünfunddreißig bis vierzig Jahre alt, sehr sportlich und wohl auch recht wohlhabend war."

„Da war aber nicht viel übrig, um das festzustellen. Wieso wohlhabend?", fragte Leiniger kekskauend.

„Zahnstatus, lieber Sigi, der Zahnstatus. Dem seine Kauleisten waren in perfektem Zustand, eins a gepflegt, gebleached und mit nagelneuen Veneers. Popstar-Smile sozusagen. Des dürft eine Stange Geld gekostet habe. Seine Beißerchen hat uns der Täter ja gelassen – und ich vermut mit Absicht."

„Wir gehen immer von einem Täter aus, wieso keine Täterin?" Theresa knabberte einen Zahn vom Keks.

„Wie? Wie soll denn des gehen? Des müsst ja mindestens a russische Leistungsringerin sein, die so an Kerl stemmt!"

„Sag niemals nie, Sigi!" Der zweite Zahn war ab vom Keks. „Aber du hast recht, ich find das auch eher unwahrscheinlich. Wobei, auch ein Mann hätt da ganz schön zu tun. Also ich glaub, du hättest da schon ein paar Probleme, so einen Kaventsmann zu stemmen." Unschuldiges Grinsen. Dritter Zahn.

„Ja, Herrschaften, wenn ihr das ausdiskutiert habt, kämen wir zum nächsten Punkt", unterbrach Wamprechtshammer das sich anbahnende Geplänkel.

Und der nächste Punkt war tatsächlich ein ganz entscheidender. Obwohl der Tote aufgrund der Vielzahl an Amputationen für mehrere Wochen – wenn nicht sogar Monate – in der Gewalt des Täters gewesen sein musste, gab es keine Vermisstenmeldung, auf die das Profil des Opfers passte. „Außerdem braucht man für die planmäßige Ausführung einer solchen Tat ausreichend Ressourcen an Raum, Geld und Zeit. Von dem nötigen Know-how ganz abgesehen."

Wamprechtshammer war jetzt warmgelaufen und die Kekspackung leerte sich zusehends.

„Das Opfer ist professionell sediert, anästhesiert und medikamentiert worden und die Ausführung ist, wie ihr ja bereits von unserem Doktor Seltsam wisst, feinstes Amputationshandwerk. Dem alten Perversling hab ich übrigens versprechen müssen, dass ich den Sausack, der den armen Kerl so zerlegt hat, nach seiner genauen Vorgehensweise frage, bevor ich ihm die Eier wegschieß. Der hat doch an Vogel, unser Leichenfledderer!"

„Hör auf, Berti, da schüttelt's mich gleich." Theresa hatte den Keks nun entzahnt. „Aber wieso hat er ihm die Augenlider entfernt, bevor er das Herz rausoperiert hat?"

„Tja, Reserl, jetzt wird's ganz grausig und unser zartes Sigilein sollte jetzt weghören. Unser Täter hat seinem Opfer zunächst die Augenlider amputiert, sodass er bei der Totalexstirpation des Herzens zusehen musste. Ob mit oder ohne Narkose wissen wir nicht. Dann hat er ihm eine Spinalanästhesie auf Höhe des ersten Thoraxwirbels verpasst, was eigentlich Wahnsinn ist, weil das kein normaler Patient unbeschadet übersteht. Aber unserem Täter konnte das ja wurscht sein. Wenn das also funktioniert hat, hat unser Opfer sein Herz tatsächlich noch schlagen sehen, bevor ihm wortwörtlich sein Pumperl abgeknipst wurde."

Sigi schwitzte jetzt ein wenig und umklammerte sein Kaffeehaferl, was Wamprechtshammer amüsiert registrierte. „Hast ja doch ned wegghört, Sigi. Aber jetzt hast du's überstanden. Ihr beide wertet bis Montag die restlichen Fakten aus. Ich pack's jetzt. Bei mir daheim stapelt sich die Post und wahrscheinlich auch ein paar überfällige Rechnungen. Habe die Ehre und euch ein schönes Wochenende!"

KAPITEL 8

Wamprechtshammer machte sich auf den Heimweg. Der Regen hatte sich verzogen und die Luft war klar und schon fast ein wenig sommerlich. Eine neue Schönwetterfront zog von den Alpen heran und der Himmel zeigte die ersten Föhnwolken – Altocumulus lenticularis. Wenn er sich einen lateinischen Begriff merken konnte, dann den, denn der versprach bereits Ende April angenehme Temperaturen. So kann's weitergehen, dachte er und marschierte los. Nicht entlang der großen Hauptstraßen, sondern durch die kleinen Gassen mit dem einen oder anderen Schlenker, denn Wamprechtshammer guckte gerne in Hinterhöfe. Wie hatte sich diese Stadt doch in den letzten Jahren verändert. München kam ihm manchmal vor wie ein Kasperletheater. Wo vor ein paar Jahren noch beinahe provinzielle Gemütlichkeit herrschte, hüpften jetzt lauter Business-Kasperl und -Gretls übermotiviert durch die Gegend und kopulierten förmlich mit ihren Smartphones. Wenn sie sich dann in irgendeiner angesagten „Location" trafen und von ihrem elektronischen Zweithirn aufschauten, konnte man einer ähnlich intelligenten Konversation wie der Folgenden lauschen: „Servus, Gretl! – „Ja, der Kasperl und der Seppl, grüß euch!" Bussi, Bussi. „Du, wir haben da ne tolle Business-Idee. Sensationell. Total disruptive! Gründen wir 'n Start-up?" – „Ja. Tolle Idee, Kasperl, mein Papa sponsert des ganz bestimmt, hahaha. Komm, darauf trinken wir nen Kumquat-Gojibeeren-Spritz, ich kenn da ne supertolle Pop-up-Bar. Das gönnen wir uns!" Und dann kam zu Kasperl, Seppl und Gretl – nach sehr viel „Gönnung" – irgendwann der Wachtmeister Dimpfelmoser in Form des Finanzamts und nach der ersten Umsatzsteuerforderung war er ausgeträumt, der Traum. Vorerst, weil der Papa wird's schon richten und das große Selbstdarstellungstheater konnte munter weitergehen. Dazu kamen noch die Finanz-, Firmen-, Medien- und Du-hast-auf-jeden-Fall-ein-Problem-Berater, die allgegenwärtigen Coaches nicht zu vergessen. Gar nicht wenige von denen konnte man ganz ungeschönt als saubere Breznsoizer bezeichnen. Aber eines war klar: Von „Laptop und Lederhosn" keine Spur mehr, jetzt hieß es eher „Smartphone und Maßanzug", oder Hipster-Shirt, je nach Attitüde. Aber auf jeden Fall Vollbart, oder nicht? Wer wusste das in diesem pseudotrendigen München schon so genau.

Massiver Brathendlduft riss Wamprechtshammer aus seinen Gedanken. Unbewusst war er wohl in Richtung Stüberl spaziert. Fast auf der Stelle bekam er Appetit, und da er schon mal davorstand ... Vielleicht heute mal ein Cordon bleu, oder ein Schweinshaxerl mit Kraut, oder ... jetzt lief ihm das Wasser im Munde zusammen und er beeilte sich, auf der Dachterrasse seinen Stammplatz zu ergattern. Die Sonne war tatsächlich noch mal rausgekommen und ein laues Lüfterl wehte. Kaum hatte er Platz genommen, erschien auch schon Willi und platzierte eine frische Halbe Münchner Hell auf dem Bierdeckel vor ihm.

„Servus, Willi, wie geht's?"

„Ach, wie soll's schon gehn? Passt scho."

„Na, des klingt mir aber ned nach meinem Willi. Was ist los, Wiegald Semmeling?"

„Ach geh, Berti. Du weißt doch, dass du mich nicht so nennen sollst. Mir geht's echt scheiße. Weißt, ich hab dir doch vorgestern von dem scharfen Kerl erzählt, der diese spezielle Diät macht ..."

„Ah, ja stimmt, dieses Palalala ..." Wamprechtshammer wedelte mit der Hand durch die Luft.

„Paleo, ja, genau. Seit vier Tagen hab ich schon nix von dem gehört. Dabei hat's so gut angefangen. Und jetzt? Nada, niente, nothing. Ich erreich ihn weder auf seinem Handy noch auf dem Festnetz. In der Sauna war er auch nicht und bei seinem Fitness-Studio, in dem er arbeitet, sagen s', er hätt sich krankgemeldet – per E-Mail. Aber auch da krieg ich keine Antwort von ihm. Des is doch komisch, oder?

Willis Augen wurden feucht.

„Na, ja. Vielleicht hat er sich an einer Nuss verschluckt und ..."

„Mei, Berti. Ich mein's ernst. Ich mach mir Sorgen. Könntest du da mal nachschauen? Ich weiß nämlich nicht, wo der wohnt, weil mia uns immer nur bei mir getroffen ham. Und die im Fitness-Studio wollten's mir auch ned sagen."

Jetzt zitterte Willis Unterlippe.

Nicht mehr lange und er würde Rotz und Wasser heulen. Wamprechtshammer hatte das schon ein paarmal erlebt und es dauerte dann meist mehrere Stunden, bis er sich wieder beruhigt hatte. Das Stüberl schien ihm dafür wahrlich nicht der passende Ort zu sein.

„Willi, Willi, irgendwie hast du kein Glück mit deinen Lovern. Weißt du was, ich bleib hier, bis deine Schicht rum ist, und dann erzählst mir alles ganz genau. Aber bitte, bitte fang nicht an zu heulen. Okay?"

„Ja, ich glaub, ich schaff des." Willi schnaufte tief durch. „Dauert aber bis elf, halb zwölf."

„Sehr brav, macht nix. Aber jetzt lass mich mein Bier trinken, sonst heul ich, wenn's lack is, und bring mir heut mal eine Schweinshaxn mit Kraut und Knödl, ich kann davor was Deftiges brauchen."

Kurz darauf stand das Prachtstück auch schon dampfend vor ihm und Wamprechtshammer begann sich durch die resche Kruste zu arbeiten. Wohlgesättigt holte er sich zu seinem zweiten Bier den gesamten Vorrat des Lesezirkels vom Tresen und machte es sich drinnen in einer ruhigeren Ecke des Nebenzimmers gemütlich. Zum länger Draußensitzen war es ihm dann doch ein wenig zu kühl. Ein paar Bier später – er hatte sich bereits durch sämtliche Sport-, Automobil-, Wohn- und Frauenzeitschriften gearbeitet und las gerade vertieft in einem hochseriösen Yellowpress-Magazin, das von sich selbst behauptete, nur „spannende und seriöse Reportagen über Showstars, VIPs und Königshäuser, ohne Sensationslust, sondern mit viel Gefühl", abzudrucken – war Willi schließlich abmarschbereit und blickte erwartungsvoll auf ihn herab.

„A geh, Willi, ausgerechnet jetzt. Ich les grad so eine spannende Geschichte über die Queen und Prinz Philip. Der lag, scheint's, vor über einem Monat im Sterben. So alt ist zumindest des Blattl da."

Er wedelte mit dem selbsternannten Qualitätsmagazin.

„Aber gerade haben die zwei ganz pumperlgsund Neuseeland

besucht. Jetzt mutmaßen die in der neuesten Ausgabe, dass sich der Prinz hat klonen lassen. Da, schau!"

Wamprechtshammer tippte mit dem Finger auf die fettgedruckte Headline:

Die Queen und Prinz Philip in Neuseeland: Zuletzt fast tot, jetzt fit wie nie – züchten die Royals Doppelgänger?

„Da hüpfen also grad mehrere fünfundneunzigjährige Prinzen quietschfidel über die Insel. Die arme Queen, die armen Inselaffen, findest nicht auch?"

„Mei, du redest vielleicht einen Schmarrn daher, wenn der Tag lang ist, Berti. Du verträgst die fünf Bier auch nicht mehr so gut wie früher. Jetzt aber los! Versprochen ist versprochen. Wo gehn wir hin?

„Am besten, du packst uns hier noch ein paar kalte Hopfenschorlen ein und dann gehn wir zu mir. Warst eh noch nie bei mir. Da ist open end und der Schnaps ist besser." Wamprechtshammer erhob sich etwas schwerfällig, seine Knie knackten bedrohlich. „Hoppala, da knirscht's im Gebälk. Des war aber vor der Kur besser, halleluja ..."

„Bist halt auch nicht mehr der Jüngste, gell. Soll ich dich stützen."

„Ja, so weit kommt's noch. Ich glaub, dich ham wir nimmer lang. Auf geht's, pack ma's."

Nach einem kurzen Fußmarsch entlang der Lindwurmstraße und durch ein paar kleinere Gassen des Viertels erreichten sie Wamprechtshammers Wohnung, die ehemals die Ladenwohnung eines Werkzeugmachers gewesen war. Er hatte diese vor einigen Jahren gerade noch günstig erstanden und mit viel Liebe zum Detail umgebaut. Besser gesagt von seiner Exfrau umbauen lassen, da Wamprechtshammer manchmal ein wenig zum Kitschigen neigte. Als er anfing, Katharina seine Ausbaupläne in den buntesten Farben zu schildern, schüttelte die nur den Kopf, zeigte ihm einen Vogel und begann, sich durch Architektur- und Einrichtungsmagazine zu wühlen. So hatte sie ihm dabei geholfen, sein neues Zuhause zeitlos ansprechend herzurichten, und er musste ihr versprechen, sie erst zu fragen, bevor er etwas grundlegend veränderte. Das rechnete er Kathi hoch an und hielt sich bis heute daran, denn ihre Trennung stand zu dieser Zeit schon fest, da Katharina bereits mehr oder weniger mit Gertraud liiert war und plante, mit ihr zusammenzuziehen. Das hingegen hatte sich für die Sache als echter Pluspunkt erwiesen, denn „Gerdl" konnte hervorragend mit Vorschlaghammer und Hilti umgehen und übernahm flugs die Bauleitung. Reichlich After-Work-Biere zusammen mit ihr gehörten fortan zur festen Tagesordnung auf der wamprechtshammerschen Baustelle. Das missfiel Kathi zwar gehörig, sie ließ es sich aber gegenüber Gertraud nicht anmerken. Schon damals keimte bei Wamprechtshammer der Verdacht auf, dass er für Kathi vielleicht nicht männlich genug gewesen war. Aber Rülpsen und sich dabei ausgiebig am Allerwertesten kratzen war nun einfach nicht sein Ding – Gertrauds hingegen scheinbar schon.

Durch einen kleinen Vorgarten betrat er zusammen mit Willi den ehemaligen Laden, in dem jetzt die Küche untergebracht war. In dem gut vier Meter hohen, mehr als vierzig Quadratmeter großen, nahezu quadratischen Raum befand sich eine Küchenfront im Industriedesign vor einer naturbelassenen Backsteinwand. Davor wiederum stand ein über drei Meter langer, schwerer Tisch aus alten Eichenbohlen, um den sich zehn weiße

Designerstühle scharten. Der übrige Raum strahlte in Altweiß und die Decke war mit Originalstuckatur und leicht verblasster alter Ornamentmalerei verziert. Der Boden bestand aus sorgfältig restaurierten Eichenbohlen. Beleuchtet wurde die Szenerie von drei, über dem Esstisch angebrachten, üppigen Industrie-Hängeleuchten und einem rundum laufenden, unsichtbaren Leuchtband mit Ambientebeleuchtung über dem Stuckrand. Große Bilder von zeitgenössischen Künstlern an den Wänden rundeten die Optik perfekt ab und in der Nische des Schaufensters lud ein gemütlich gepolsterter Sitzplatz zum Verweilen ein. Willi fiel beim Betreten die Kinnlade runter und sie blieb auch da, bis er sich leicht verstört einen der Designerstühle heranzog und sich setzte.

„So, Willi, mach doch mal ein Bier ... Willi!!! Was is los mit dir? Hast noch nie eine Küche gesehen, oder was?

„Ja, doch, schon. Aber nicht so eine. Berti, ich hab immer gedacht, du bist a einfacher Polizist, aber des hier ... der Wahnsinn hier in dem sauteuren München! Gehört die Bude dir? Oder hast die gemietet?

„Ja mei, die gehört schon mir. Darf denn ein Polizist keine schöne Wohnung haben?" Wamprechtshammer guckte ein wenig ratlos.

„Ja freilich, aber ..." Willi sah Wamprechtshammer, so streng er eben konnte, an.

„... machst du krumme Geschäfte, Berti?"

„Wie kommst denn jetzt auf so einen Schmarrn?"

„Also in jedem Krimi, den ich mir angeschaut hab, hat der Bulle mit der geilsten Wohnung Dreck am Stecken, ist bestechlich oder gar kein Polizist, sondern ein Killer. Berti, bist du vielleicht gar kein Polizist?!" Willi hatte jetzt die Augen weit aufgerissen und blickte Wamprechtshammer fragend und ein wenig verängstigt an.

Der verdrehte die Augen, öffnete zwei Bierflaschen, zog sich einen Stuhl heran und setzte sich neben den jetzt schon ein wenig schlotternden Willi.

„Mei, Willi, was glaubst denn du, wer ich bin? Jason Statham auf Polizistenaustauch in München, Bruce Willis undercover im Biergarten? Du Schmarrkopf! Ich hab von meinen Eltern und Großeltern a bisserl was geerbt. Ist schon lang her und eine andere Geschicht", erklärte Wamprechtshammer Willi, der sich zusehends entspannte.

„Hat für die Wohnung und den Umbau gereicht und den Rest hab ich ganz gut angelegt und müsst eigentlich gar nimmer bei der Polizei rumwurschteln. Aber mir macht's halt Spaß und außerdem schenk ich doch dem Staat nicht meine Pension. Ja, so weit käm's noch! Und ich hab kein Auto, das spart auch einen Haufen Geld. Brauchst dich also nicht fürchten, bin voll und ganz der Berti, den du kennst. Also entspann dich und erzähl mir von deinem Tschamsdara, und wenns'd was Stärkeres als ein Bier magst, Wein, Schnaps, sonst was, dann meld dich einfach. Okay?"

„Mei, da bin ich aber froh." Willi war sichtlich erleichtert.

„Wie heißt denn dein Nussknabberer? Wo genau arbeitet er und wann hast ihn zuletzt gesehen?"

„Also, der heißt Rick, eigentlich Enrique Martinez. Aber ich nenn ihn immer Ricky, wegen Ricky Martin. Weißt schon, dem scharfen Latino-Sänger."

Wamprechtshammer wusste nicht, ließ sich aber nichts anmerken und nickte verständig.

„Er ist Portugiese und arbeiten tut er in einem Fitnessclub in Schwabing. Einem ganz elitären, da gibt's nur Personal Trainer und Einzelstunden. Ich glaub, der heißt SPORTS MILLIONAIRES. Gesehen hab ich ihn aber zuletzt vor einer Woche in der Sauna im Glockenbachviertel. In dem Hotel von den zwei Schwulen, die in dieser supergeilen Wohnung in dem Nobelhochhaus in der Müllerstraße wohnen."

„Ja, du lässt es aber ganz schön krachen, mein lieber Willi, deine Schwulensauna ist auch nicht grad ein Schnäppchen."

„Ja, woher weißt du denn des?"

Willis Augenbrauen waren auf Stirnanschlag.

„Gestatten, Kriminalhauptkommissar. Glaubst du ich bin auf der Brennsuppn dahergschwommen."

„Ja, ja, schon gut. Werd ja wohl mal fragen dürfen. Auf jeden Fall hab ich ihn da zuletzt gesehen. Und er hat mich übrigens eingeladen, wenn's dich beruhigt. Wir haben dann noch zwei-, dreimal fonaniert und seit Dienstag is Funkstille."

„Ihr habts was?"

„Fonaniert, ja weißt schon. Er hat wenig Zeit ghabt und dann hamma halt via Facetime ..."

„Ah, komm. Bittschön nicht im Detail, hab's schon verstanden."

Wamprechtshammer schüttelte die Bilder aus seinem Kopf.

„Und du weißt tatsächlich nicht, wo der wohnt?"

Willi guckte beschämt und hob entschuldigend die Schultern.

„Na, echt nicht. So ein Scheiß."

„Jetzt mach dir mal keine Sorgen, das finden wir schon raus. Sei' Telefonnummer hast ja und dem Fitness-Studio statt ich einen Besuch ab. So, jetzt trinken wir zwei erst mal an gescheiten Schnaps und dann zeig ich dir meine Wohnung, damit's dich nicht verläufst, gell?"

Nach einem Stamperl Marillengeist von Wamprechtshammers Lieblingsdestillerie bugsierte er, wenn auch schon leicht schwankend, den immer noch staunenden Willi durch die weitläufige Wohnung. Ebenso wie in der Küche hatte Wamprechtshammers Exfrau auch bei den restlichen Räumen ganze Arbeit geleistet. Nachdem sie die drei Stufen neben der Küchenfront erklommen hatten, betraten sie den ehemaligen Werkstattbereich, welcher sich als einstöckiges Gebäude mit Flachdach an den Laden im Wohnhaus anschloss, durch einen gut fünfzehn Meter langen Flur. Dieser war, ebenso wie die Küche, mit einem Lichtband über der Stuckleiste indirekt illuminiert und in ein warmes Licht getaucht. Die rechte, türlose Wand zierte eine Garderobe aus unregelmäßig in die Wand eingelassenen, von hinten beleuchteten Stahlstäben mit Plexiglaskern und drei große Lithografien von Andy Warhol, die von in den Boden eingelassenen Strahlern perfekt in Szene gesetzt wurden. Schon schick, hat sie toll geplant, die liebe Kathi, wie Wamprechtshammer immer wieder erfreut feststellen musste.

„A Traum, i fall in Ohnmacht", wie Willi kurz und bündig meinte.

Nach einem ausführlichen Rundgang, der nach dem Besuch des Wohnzimmers, einem Abstecher ins Gästezimmer, Bestaunen zweier Badezimmer, Durchschreiten des Schlafzimmers, über die Terrasse schleichend wieder in der Küche geendet und noch ein paar weitere innenarchitektonische Attraktionen geboten hatte, leuchteten dessen Augen, als wäre Weihnachten und Ostern an einem Tag.

„Oh, Berti, bist du narrisch, des is ja ein Schloss. Also für so eine Wohnung würd ich ja wirklich viel tun. Bist dir ganz sicher, dass du Hetero bist? Oder magst mich vielleicht adoptieren? Du hast doch keine Kinder? Ich wär echt ein ganz toller Sohn! Die Wohnung ist doch für einen allein viel zu groß, brauchst nicht wenigstens einen WG-Partner?" Willi guckte jetzt wie ein Dackel auf die Wurst, die er nicht fressen durfte.

„A geh, komm, beruhig dich wieder, du damischer Uhu." Wamprechtshammer musste herzlich lachen. „Ich seh da wenig Chancen, mein lieber Willi. Aber wenn ich gewusst hätt, dass dir die Wohnung so gefällt, hättest während meiner Reha drin wohnen und drauf aufpassen können. Aber ich fahr sicher noch mal in Urlaub, dann können wir das gern so machen."

„Mei, wirklich. Ohhh, des wär toll."

Willi hüpfte auf und ab und klatschte dabei in die Hände.

Dem fehlen jetzt bloß noch die Zöpfe, dachte Wamprechtshammer, dann sag ich Heidi zu ihm. Beinahe hätte er lautstark losgeprustet.

„Na dann ist ja alles bestens. Freut mich, dass du wieder bessere Laune hast, und ich versprech dir, dass ich mich um deinen Körndl-Hombre kümmer. Jetzt machen wir aber Schluss, ist ja schon halb drei. Du nimmst des Bett im Gästezimmer, im Bad nebenan sind Handtücher und ein Zahnbürschdl."

Er klopfte Willi auf die Schulter und schob ihn sanft vor sich her zu dessen Nachtlager. Er schlurfte weiter zu seinem Schlafzimmer und hob die Hand, ohne sich umzuschauen.

„Buona notte. Schlaf gut, und wehe, du fonanierst!" Dann war er in seinen Gemächern verschwunden.

Zu spät, zu viel Bier und Schnaps. Wamprechtshammer musste sich über sich selbst wundern, wie konsequent er seine ernst gemeinten Vorsätze mit Füßen trat. Ohne die übliche Abendkosmetik schälte er sich aus den Klamotten. Nur in Unterhose – immerhin kein Feinripp, sondern irgendwas von Paolo

Panini oder wie der Kerl hieß – warf er sich auf sein Bett und schlief sofort ein.

KAPITEL 9

Ein Knarzen ließ ihn aufschrecken. Er knipste das Licht an. Vor ihm standen ... Prinz Philip ... und die Queen ... nackt!! Jahrmarktsmusik ertönte, der Prinz dudelte mit einem Dudelsack, der fünfundneunzigjährige Rest von ihm schaukelte dazu rhythmisch. „Her Majesty" schwang sich zusammen mit dem urplötzlich aufgetauchten Sigi Leininger, der ebenfalls nichts anhatte und zudem aussah wie Sylvester Stallone, zu einem Riverdance auf. Als ob das nicht genug gewesen wäre, schob Dr. Seltsam, spärlich bekleidet mit einer Kochschürze, einen riesigen Grill ins Zimmer, auf dem sich an einem Spieß und mit einem Apfel im Mund, die halbe Leiche drehte. Steckte da eine Gurke in deren Allerwertesten? Nun reihten sich all die Nackerten vor seinem Bett auf und präsentierten einen formidablen Cancan. Wamprechtshammer konnte sich vor Schreck nicht bewegen und starrte auf die absurde Szenerie. Erstaunlicherweise wirkte alles irgendwie so echt. Er konnte sogar den „Braten" riechen, als dieser auf einmal die Augen aufriss und ihn aus leeren Höhlen anstarrte ... das war zu viel! Wamprechtshammer wachte schweißgebadet auf und japste nach Luft. Er blickte sich um und stellte erleichtert fest, dass es bereits Morgen war und der royale Cancan sich samt Dudel- und sonstiger Säcke in Luft aufgelöst hatte. Statt Bratengeruch erschnupperte er jetzt eine Mischung aus Kaffee- und Croissantduft. Wamprechtshammer sank beruhigt in sein Kissen zurück. Doch irgendetwas stimmte nicht.

Da waren eindeutig eine männliche – auch wenn die von Willi nicht besonders maskulin klang – und eine weibliche Stimme zu hören. Wer kam denn am Samstagmorgen ...? Ein Blick auf die Uhr ließ in abermals hochschrecken. Sein Digitalwecker zeigte eine 13. Dann war ja alles klar. Er wälzte sich aus dem Bett, zog sich seinen abgewetzten Morgenmantel an und schlüpfte in die Hausschlappen. Er bildete so einen frappierenden Anachronismus zu seiner schicken Wohnung und sah nun eher aus wie die zerknautschte Version von Jeff Bridges in „The Big Lebowski". Der Anachronismus schlurfte zur Küchentür und öffnete diese ein wenig geräuschvoller als nötig. Zwei überrascht dreinblickende Augenpaare waren auf ihn gerichtet. Davon eines blau, das war Willis – hatte der Kerl sich geschminkt? Wie konnte der nur so verdammt frisch aussehen?

Und das andere war sehr groß, langbewimpert und dunkelbraun. Das gehörte zu Oriana Ruiz, seiner venezolanischen Haushaltshilfe. Oriana war Ende zwanzig und ausgesprochen hübsch, was eigentlich noch untertrieben war. Wamprechtshammer hatte sich einmal mit ihr auf dem Gehweg vor seiner Wohnung unterhalten, als auf der gegenüberliegenden Seite ein – freilich männlicher – Passant geradewegs gegen einen Hydranten lief und, da in ungünstiger Höhe getroffen, quietschend zu Boden ging. Wenn Oriana allzu lange an einer Kreuzung stand, würde das zu einem Verkehrschaos biblischen Ausmaßes führen, da war er sich ganz sicher. Man konnte nun viel mutmaßen über einen alten, allein lebenden Dackel wie Wamprechtshammer, warum er eine Haushaltshilfe hatte, die aussah, als wäre sie ununterbrochen Miss Venezuela 2010 bis 2016 gewesen. Doch die Wahrheit dahinter war eine andere und gar nicht so angenehme. Er kannte Oriana bereits seit mehr als fünfzehn Jahren. Sie war noch keine vierzehn gewesen, als sie von Mädchenhändlern verschleppt worden war und in einem illegalen Club vor den Toren Münchens allerlei Schweinepriestern zu Willen hatte sein müssen. Er hatte damals bei der Sitte ermittelt und das Dreckloch ausgehoben. Dabei war ihm das hübsche, intelligente und aufgeweckte Mädchen bei den Vernehmungen aufgefallen. Er hatte sich dafür eingesetzt, dass sie in München bleiben und eine Ausbildung machen konnte, da ihre Eltern nicht mehr lebten. Sie liebte damals schon Süßes und Gebäck, machte eine Ausbildung zur Konditorin und war jetzt Pâtissière bei dem Münchner Promikoch, der überall noch „a bisserl Ingwer" reinhaut, weil der so einen „Wumms gibt, dass'd schaugst". Sie liebte diesen denkbar anstrengenden Job, und Wamprechtshammer wunderte sich jedes Mal, wie sie dabei so schlank bleiben konnte. Doch reich wurde man davon nicht und daher kümmerte sich Oriana nun seit fast zehn Jahren jedes Wochenende um seinen Haushalt.

„Hola, Tio Berti! Ist so schön, dass du wieder da bist. Komm, freu dich auch un poco und schauste du amal ned so krautgrantelig."

Sie sprach mit einem leichten, sehr niedlichen Zungenschlag und neigte zu lustigen Wortschöpfungen. Oriana strahlte ihn an und Wamprechtshammer ging es schon gleich besser.

„Dass du sso uubsche Männer hast bei dir daheim, hättest du mir schon ssagen können. Hätte ich mir angessogen was Besseres als das hier."

Sie zog eine Schnute, stand auf, hob die Arme und drehte sich wie eine Ballettänzerin auf Zehenspitzen einmal im Kreis. Dabei blieb sogar dem schwulen Willi beinahe die Luft weg. Die hautengen Leggings zeigten mehr, als sie verbargen, und betonten ihren knackigen Po aufs Beste. Das kurze Top endete, nicht zuletzt dank der erhobenen Arme, zensurwürdig knapp unter ihren makellosen Brüsten und gab freie Aussicht auf einen gebräunten, gut trainierten Bauch.

„Na ja, so falsch schaut des jetzt nicht aus", nuschelte Willi anerkennend. „Da weiß ja sogar ich nicht, wo ich hinschauen soll."

„Ah, wäre gute Entscheidung, uubscher Willi. Du musst Frauen lieben, nicht Hombres. Ist sso ssade um dich."

Sie lachte ihn kokett an, blies sich eine dunkle Locke aus dem Gesicht, setzte sich und schlug die Beine fast ein bisschen zu aufreizend übereinander.

„Mei, Oriana, dass bei dir die Pralinen nicht schmelzen, ist echt ein Wunder. Apropos, hast du mir ein paar mitbracht?"

„Pues sí, ja freilich, Tio Berti. Für tollste Polizeimann, den ich kenne, doch immer. Und Buttercroissants, extra fruusch gemacht fur dich."

Hui, die war ja heute drauf. Wamprechtshammer wurde beinah ein wenig rot. Aber Oriana war wohl einfach so. Sie konnte sich jedoch – und auch das blieb ihm ein Rätsel – die brunftigen Hirsche ganz gut vom hübschen Leib halten. Sie schaffte das scheinbar genauso mühelos, wie sie all die Grausamkeiten und Schicksalsschläge, die ihr zuteilgeworden waren, einfach wegzulächeln schien. Wenn sie einen Raum betrat, ging die Sonne auf, und Wamprechtshammer wurde bei dem Gedanken plötzlich ganz warm ums Herz. Waren das Vatergefühle? Wurde er jetzt etwa gefühlsduselig? Er fuhr sich mit der Hand übers Gesicht, wischte die rührseligen Gedanken beiseite und setzte sich lautstark räuspernd zu den beiden Hochglanzpolierten.

„Ähmm, ja dann. Gibt's denn dazu a an Kaffee?

KAPITEL 10

Wamprechtshammer biss herzhaft in sein noch warmes Croissant und spülte es mit einem Schluck leckeren Milchkaffee hinunter. Nachdem ihn der starke Espresso aus der Kapselmaschine – einem Überbleibsel aus zweisamen Tagen – leider wieder einmal nicht in einen virilen George Clooney verwandelte, hatte er Oriana den Tag freigegeben und Willi sanft, aber bestimmt zur Tür bugsiert. Er war noch längst nicht fit genug, um sich das Gegurre der beiden Turteltäubchen länger als nötig anzuhören. Außerdem hatte er bis jetzt eigentlich gedacht, dass Willi nur auf Männer stand. Aber als er gesehen hatte, wie dieser Oriana mit seinen Blicken fast verschlungen hätte, war er sich dessen gar nicht mehr sicher.

Die wird den doch hoffentlich nicht in eine sexuelle Sinnkrise stürzen, sinnierte Wamprechthammer und nippte versonnen an seinem Milchkaffee.

„Wär ja nicht das erste Mal, dass jemand in meinem Umfeld spontan das Interesse am anderen Geschlecht wechselt", murmelte er ein wenig mürrisch vor sich hin.

Er beschloss dann aber, dass ihm das eigentlich wurscht sein konnte, solange er von solchen Libidokapriolen verschont blieb. Er wischte den Gedanken beiseite und widmete sich wieder dem knusprigen Blätterteighörnchen. Noch kauend blickte er auf seine Uhr und hätte sich beinahe verschluckt. Wo war nur die Zeit geblieben? Ja, sicher, Tempus fugit, das wussten schon die alten Römer, aber dass die Zeit so ein Tempo draufhatte? Es war bereits drei vorbei und er wollte heute unbedingt noch dem Fitnesscenter von Willis Gschpusi einen Besuch abstatten. Also schlurfte er Richtung Bad und duschte sich erst mal ausgiebig den leider immer noch vorhandenen Kater aus dem Kopf. Ein duftender und fast schon gut gelaunter Wamprechtshammer verließ eine halbe Stunde später das Badezimmer, aus dem es dampfte wie aus einem türkischen Hamam. Jeans, weißes Hemd, Turnschuhe, Trenchcoat – passt. Schön langsam kam wieder Leben in seine müden Knochen. Voller Elan verließ er die Wohnung und schwang sich auf seinen Drahtesel. Der Frühlingsföhn hatte gehalten und das Münchner Wetter zeigte sich von der allerbesten Seite.

Was man wiederum vom Verkehr, selbst an einem Samstag, nicht behaupten konnte. Scheinbar stellte der warme Südwind seltsame Dinge mit den Menschen an, denn auf der Straße herrschte Ausnahmezustand. Nicht, dass das in München eine Seltenheit gewesen wäre, aber an diesem Tag war es besonders arg. Nach dem gefühlt hundertsten Ausweichmanöver, mit dem er entweder sein eigenes oder irgendein anderes Leben retten musste, schwor sich Wamprechtshammer, das nächste Mal seine Dienstwaffe einzustecken und sich nötigenfalls den Weg freizuschießen. Zu dem ganzen Verkehrsdilemma gesellten sich zu allem Überfluss auch noch sportlich ambitionierte Rentner in Kampfradler-Outfit samt unvermeidlichem E-Bike. Gerade als er sich vor dem SPORTS MILLIONAIRES leidlich elegant von seinem Zweirad schwingen wollte, kam ein solches Exemplar in Höchstgeschwindigkeit und wild klingelnd von hinten angerauscht.

„Kreizkruzifix! Herrschaftszeiten! Zipfeklatscher, damischer!" Fluchend und stolpernd konnte Wamprechtshammer gerade noch eine Kollision verhindern, strauchelte jedoch, eierte quer über den Gehsteig und rutschte mit beiden Beinen von den Pedalen. Dabei wurde er unsanft daran erinnert, dass sein Fahrrad ein Herrenrad war. Ein infernalischer Schmerz durchzuckte seine Lenden, Tränen schossen ihm in die Augen und er kippte zusammengekrümmt samt seinem Fahrrad in die Grasrabatte vor dem Fitnessclub. Er sah noch verschwommen, wie ihm der Kamikaze-Opa mit erhobenem Arm den Mittelfinger zeigte, während er davonrauschte. Als er sich stöhnend wieder aufrappelte, ging eine frisch lackierte Prada-Mama kopfschüttelnd an ihm vorbei und belehrte nordisch näselnd den halbwüchsigen Sprössling an ihrer Seite: „Also, Torben-Elias, dass du mir hier immer schön aufpasst, gell. Jetzt liegen sie in unserem schönen Schwabing schon nachmittags betrunken in der Wiese. München verkommt mehr und mehr. Also nein." Sie schnalzte noch dreimal mit der Zunge und stöckelte samt Pumps und Nachwuchs davon, ohne den immer noch schmerzgebeugt dastehenden Hauptkommissar eines weiteren Blickes zu würdigen.

Wamprechtshammer verspürte Mordgelüste, doch der stechende Schmerz in seiner Körpermitte verhinderte Schlimmeres und Torben-Elias musste nicht als Halbwaise aufwachsen.

Als er wieder halbwegs gerade stehen konnte, klopfte er sich unbeholfen den Schmutz von der Kleidung und kontrollierte, ob sonst irgendetwas außer seinen Kronjuwelen Schaden genommen hatte. Er ließ das Fahrrad da liegen, wo es war. Der Seitenständer war ohnehin vor langer Zeit abgebrochen. Leicht breitbeinig stakte er in das Foyer des Nobel-Sportclubs.

KAPITEL 11

Ihn empfing euro-asiatisches Ambiente. Dunkles Grau, Holz, Leder und Metallakzente verliehen dem Empfangsbereich ein gediegenes und dennoch modernes Aussehen, aber Wamprechtshammer ließ das kalt. Er wollte die Sache so schnell wie möglich hinter sich bringen, denn zum dumpfen Pochen in der Leistengegend gesellten sich jetzt Hunger und vor allem Durst. Er steuerte auf den Empfangstresen zu, hinter dem viermal feuerrote Lippen mit Zahnpastalächeln auf ihn warteten. Scheinbar hatte man die Mädels bei einer Model-Agentur gebucht und darauf geachtet, dass für jeden was dabei war. Er entschied sich für die brünette Ausführung und lächelte ein wenig verkniffen zurück. Die Brünette stand auf, präsentierte ihre respektable, vermutlich chirurgisch optimierte Oberweite und streckte ihm die sorgfältig manikürte Hand zum einstudierten Gruß entgegen.

„Herzlich-willkommen-im-SPORTSMILLIONAIRES-ich-bin-Laila-was-kann-ich-für-dich-tun?"

Mich nicht duzen, dachte Wamprechtshammer, sagte aber freundlich lächelnd: „Wamprechtshammer, Kriminalhauptkommissar Wamprechtshammer, Herbert für Bekannte, Berti für Freunde, aber Herr Kommissar reicht vollauf, gell."

Anstatt ihr die Hand zu geben, hielt er ihr seinen Ausweis unter die Nase.

Die Brünette zog die Hand wieder zurück und eine Schnute. „Oh, dann bist d... sind Sie kein Mitglied, wie ich vermute, Herr Kommissar?"

„Ganz genau, ich glaub, das tät mein Geldbeutel nicht verkraften. Aber Sie könnten dennoch etwas für mich tun, Laila. Sie könnten mir nämlich eine Auskunft über einen ihrer Personal Trainer geben."

„Auskünfte über Personal darf ich keine geben."

Laila klang doch tatsächlich ein wenig schnippisch.

„Aha. Sie brauchen natürlich nix tun, was sie nicht dürfen, Laila, aber dann holen sie mir jetzt mal den, der mir Auskünfte geben darf."

„Da muss ich erst mal nachsehen, ob der überhaupt da ist", entgegnete sie spitz.

„Doch, ist er. Ganz bestimmt. Weil der sich nämlich nicht freut, wenn ich ihn offiziell ins Präsidium einbestelle und ihm sage, dass sie ihn nicht geholt haben, als ich nach ihm gefragt hab, den Herrn Wie-heißt-er-gleich?"

Lailas arrogante Fassade bröckelte und man konnte sie fast schon nachdenken hören. Ihre Kolleginnen taten katzenhaft unbeteiligt. Nur das Klackern ihrer Gelnägel auf den Designertastaturen war zu hören.

„Oh, äh, ja dann. Ich glaube, da kann Ihnen am besten unser Geschäftsführer helfen. Um welchen Trainer handelt es sich eigentlich und was hat er denn getan?"

„Na also, geht doch, Laila. Die Frage hab ich die ganze Zeit vermisst. Enrique Martinez heißt er und krank hat er sich scheinbar gemeldet, so viel kann ich ihnen sagen. Und jetzt holen S' den Kollegen, weil ich hab nicht ewig Zeit. Ein Kaffee wär auch schön, ich bezahl ihn auch."

Laila war auf einmal äußerst beflissen. Was so ein bisserl Autorität und ein Polizeiausweis bewirken können, dachte Wamprechtshammer amüsiert.

„Ich hol ihn sofort. Nehmen Sie doch da drüben ihn unserer Relax-Lounge Platz, Mareike bringt ihnen dann einen ..."

Sie blickte ihn fragend an.

„Lungo mit ein klein wenig Milch."

„... Lungo, Milch. Sehr gern. Mareike! Würdest du dem Herrn Kommissar mal eben ..."

Die blonde Mareike vom Rezeptionsquartett war schon aufgehüpft und schwebte zur unvermeidlichen Kapselmaschine. Wamprechtshammer machte es sich unterdessen in der, wie er feststellen musste, tatsächlich sehr bequemen Sitzgruppe der Lounge gemütlich. Von dort aus hatte er einen hervorragenden Blick auf das Foyer und die ein- und ausflanierenden Clubmitglieder. Und was er da sah, ließ ihn ungläubig den Kopf schütteln. Scheinbar bestand halb München aus Millionären Anfang zwanzig – oder war SPORTS MILLIONAIRES doch einfach nur eine protzige Fassade für einen ganz normalen Fitnessclub?

Er beschloss, dass ihm auch das egal sein konnte, solange er sich nicht für Sixpack und Trizeps an seltsamen Maschinen von körperlich und mental superoptimierten Trainern für viel Geld quälen lassen musste.

Mareike schwebte mit dem Kaffee ein – und vier extra Kännchen!

„Soooo, hier kommt Ihr Kaffee. Ich wusste jetzt nur nicht, welche Milch Sie mögen. Ich hab hier mal für Sie Vollmilch, Magermilch, laktosefreie Milch und Sojamilch. Nehmen S' einfach, welche Sie mögen."

Sie platzierte das Tablett vorsichtig auf dem Tischchen vor ihm.

„Oder mögen Sie vielleicht Mandelmilch?"

„Äääh, nein, nein. Danke." Wamprechtshammer war jetzt, ob der gewaltigen Serviceoffensive, leicht überfordert.

„Nur Milch, Vollmilch. Nur ein bisserl, nicht gleich eine gesamte Jahresproduktion."

„Ich kann Ihnen aber gerne Mandelmilch bringen", insistierte Mareike.

„Na, schon gut. Passt. Hervorragend, danke schön, Mareike."

Sie schob hüftschwingend ab und ließ einen verzweifelt auf Milchkännchen starrenden Kommissar zurück. Zum Glück hatte sie ihm nicht auch noch Ziegenmilch angeboten, oder Schafsmilch, Pferdemilch, Kamelmilch ... vielleicht auch Muttermilch?! Das ganze Brimborium nur für so eine Hutzlbria? Waren das noch Zeiten, als Kaffee nur einfach aufgegossen wurde und es dazu Kondensmilch gab, oder Sahne. Kaffee, Milch und gut – draußen allerdings nur Kännchen – nicht alles war früher besser, aber einfacher! Er hatte sogar mal einen Kollegen, der schwor auf Buifakaffee also Instantkaffee: „Oa Leffe Buifa in d' Tass, hoass Wassa drauf, gscheid Zucka nei. Konnsd nix foisch macha."

Da hatte er irgendwie recht, der Olli. Den trank er wahrscheinlich immer noch. Heute allerdings auf Bali, nachdem er der einzige Mensch war, den Wamprechtshammer kannte, der im Lotto mehr als nur ein paar Euro gewonnen hatte. Olli hatte ihn sogar eingeladen, ihn dort zu besuchen. Also vielleicht doch mal nach Bali ...?

Ein gewaltiger Schatten riss ihn aus seinen Gedanken und ein massiges Paar Oberschenkel nahm ihm den Blick auf die Lobby. Er schielte nach oben und sah einen riesigen, gebräunten Muskelberg – irgendetwas zwischen dem jungen Schwarzenegger und dem Hulk.

„Hallo, Herr Kommissar, ich bin der Geschäftsführer. Sie benötigen Auskunft über einen unserer Trainer?", begrüßte der ihn mit dröhnendem Bass und streckte ihm seine klodeckelgroße Pranke zum Gruß hin. Wamprechtshammer hätte beinahe seinen Lungo wieder ausgespuckt.

Nicht gerade geschmeidig rappelte er sich auf. Seine Hand verschwand in der Monsterpranke und er bereitete sich darauf vor, zukünftig mit Links abzuschütteln. Zum Glück war der Hulk weder grün noch wütend und er überlebte die Begrüßung ohne Extremitätenverlust. Ganz im Gegenteil, das Muskelmonster grinste ihn entwaffnend an und Wamprechtshammer fühlte sich wie in einer amerikanischen Dauerwerbesendung für „The fantastic Bodyshaper".

„Hi folks, my name is Jim and I will show you, how you will get an incredible body in less than two weeks. Just use ‚The incredible Bodyshaper' for only five minutes abdominal workout a day! It's fantastic, it's a miracle ..."

Und das alles in asynchroner deutscher Fassung.

„Äh, ja. Richtig. Wamprechtshammer", behalf er sich fürs Erste.

„Nidlich."

„Wie? Was is denn da dran bittschön niedlich?"

„Nein, nicht Sie, ich. Nidlich, Marco Nidlich. Das ‚Nidlich' mit kurzem i."

„Ah so, ja, jetzt."

Wamprechtshammer versuchte, nicht rot zu werden. Fehlanzeige. Peinlich!

„War grad ein bisserl irritiert. Und ja, ich bräucht ein paar Informationen über Enrique Martinez. Der ist doch Trainer bei Ihnen, oder?"

„Der Rick? Ja, stimmt, der ist bei uns Coach. Aber so unter uns gesagt, wahrscheinlich nicht mehr lange."

„Aha, und wieso?"

„Na ja, der hat sich vor knapp einer Woche krankgemeldet. Per Mail, das geht ja eigentlich schon mal gar nicht. Aber dann kam nichts mehr. Nada. Und deshalb braucht er hier auch gar nicht mehr aufzutauchen. Wir haben ja eine Verpflichtung gegenüber unseren Mitgliedern und ich musste schon ein paar Trainings absagen, die nicht von den Kollegen übernommen werden konnten. So was können wir hier nicht tolerieren."

„Verstehe. Ansonsten war er zuverlässig?"

„Ja, schon. Aber da hab ich schon viel erlebt. Heute so, morgen so. Mich wundert da nichts mehr, nach ein paar Jahren in dem Job."

„Aber versaut man sich da nicht den Ruf in der Branche?"

„Doch, schon. Aber manche scheint das nicht zu jucken. Obwohl's schon schade wäre. Der Rick ist eines unserer besten Pferde im Stall. Sieht verdammt gut aus der Typ. Ein wenig wie Ronaldo, aber ohne den dicken Hals und den kleinen Kopf. Hat Männern wie Frauen gut gefallen, also primär als Trainer. Bitte verstehen Sie das nicht falsch, Herr Kommissar, aber ich glaub, auch sonst."

„Meinen S', der war zweispurig unterwegs?" Wamprechtshammer schwante nichts Gutes. Jedenfalls was Willis Liebesleben betraf.

„Na ja, kann man so sagen. Glaub ich zumindest. Aber wieso sind Sie denn jetzt eigentlich hier, hat der was ausgefressen?"

„Naa, gar ned. Aber bei seinem Freund hat er sich auch nicht mehr gemeldet und der macht sich halt Sorgen."

„Ach, Sie meinen aber nicht etwa diese hysterische Tunte, die uns schon seit drei Tagen mit Anrufen bombardiert?", polterte der Hulk unvermittelt los und wurde ein wenig grün.

„Doch, genau der. Aber mehr kann ich Ihnen nicht sagen."

„Dann sagen Sie dem, wenn der noch einmal meine Mädels am Empfang beleidigt, weil die ihm nicht die Adresse von seinem Lover geben, dann falt ich den zusammen wie einen Papierflieger. Wenn der nicht weiß, wo sein Schlammstecher wohnt, hat er selber Schuld."

Jetzt war er grün, also eher oliv und eindeutig homophob. Aber Wamprechtshammer konnte sich die Drohung in ihrer Ausführung fast bildlich vorstellen.

„Ja, ja. Ganz ruhig, Herr Nidlich, gell. Jetzt bin ja ich da und Sie müssen niemanden falten oder beleidigen. Geben Sie mir doch einfach die Adresse von unserem Adonis und Sie haben ihre heilige Ruh. Außer vor mir, falls ich danach noch Fragen an Sie hab."
Der Hulk atmete hörbar aus, entspannte sich und nahm wieder seinen solariumbraunen Farbton an.
„Ja klar, entschuldigen sie mein Aufbrausen, aber was das angeht, versteh ich keinen Spaß. Die Laila soll ihnen gleich mal die Adressdaten ausdrucken."
„Bestens, Herr Nidlich. Vielen Dank, dann schau ich mal, was dem fehlt. Wahrscheinlich gar nix, aber wer weiß das schon."
Marco eskortierte Wamprechtshammer zur Rezeption.
„Laila, kannst du dem Herrn Kommissar mal bitte die Adresse vom Rick ausdrucken? Danke. Und Ihnen viel Erfolg, ich hoffe, er hat nur Schnupfen und nichts Schlimmeres."
„Des hoff ich auch, Herr Nidlich. Dankschön."
„Bitte, gerne. Seine Kündigung mögen Sie ihm nicht gleich noch überreichen, wenn Sie ihn sehen?", fragte ihn Nidlich mit einem Augenzwinkern, während die Hand des Kommissars abermals in seiner verschwand. Der Händedruck war diesmal etwas fester, so kurz vor schmerzhaft, oder täuschte sich Wamprechtshammer da?
„Nein, leider nicht. Das müssten S' schon selber machen. Nix für ungut, Herr Nidlich. Ach, hätt ich fast vergessen. Was kost mich der Kaffee?"
„Nichts, der geht aufs Haus."
„Die Milch auch?"
„Die auch."
Muskel-Marco zog die Schultern nach oben und blickte entschuldigend auf seine Uhr.

„Ich muss jetzt leider. Mein Termin wartet. Auf Wiederschaun, Herr Kommissar."
Er machte kehrt und entschwand in den Trainingsbereich.

KAPITEL 12

Laila reichte Wamprechtshammer ein Blatt mit allen Daten zu Martinez. Beim Hinausgehen griff er sich noch einen Werbeflyer vom Tresen.

GUTSCHEIN –
WERDEN SIE SPORTS MILLIONAIRE!
TESTEN SIE UNSER EMS-TRAINING ...

... stand darauf. Wer weiß, dachte er sich, vielleicht macht das ja mehr Spaß als die blöde Physio – und steckte ihn ein.
Mittlerweile dämmerte es. Er schwang sich auf sein Rad, das wieder mal keiner geklaut hatte, und radelte los. Ohne Licht, denn das ging auch schon lange nicht mehr. Er war ein wenig schneller unterwegs als auf dem Hinweg, denn jetzt trieben ihn Hunger und Durst an.

Thunder!

Weit war er noch nicht gekommen, da röhrte sein Handy in der Manteltasche los. Er fummelte es umständlich heraus, während er ein wenig wackelig weiterrollte. Das Smartphone mit einer Hand bedienen war einfach nicht sein Ding.
„Wam..., ah, Sigi. Is es arg dringend? Weißt schon, Wochen-

ende und so, gell? Was habts ihr? Ah geh. Ja sauguad! Gerichtsmedizin? Heut noch, ja sicher! Wer mag mich noch sprechen? Der Franzl? Ja da schau her, der Herr Polizeipräsident persönlich. Ja freilich, verbind mich. Servus und bis gleich …"

Warteschleifenmusik ertönte und Wamprechtshammer war schon gespannt drauf, was sein alter Spezl Franz Perchtenreiter, seines Zeichens Polizeipräsident von München, also kein gerade kleines Tier, von ihm wollte. Sie hatten sich während ihres Studiums der Rechtswissenschaften kennengelernt und waren seitdem befreundet. Der Perchti war stets ein wenig fleißiger und auch etwas mehr Streber als er gewesen und hatte – nachdem sie beide in den Polizeidienst eingetreten waren – eine steile Karriere hingelegt. Wamprechtshammer hingegen hatte es immer etwas gemütlicher angehen lassen. Außerdem fand er die Feldarbeit spannender als die Sesselfurzerei und das ewige politische Taktieren.

Ein lautes „Servus, Berti!" riss ihn aus seinen Gedanken.

„Wie geht's dir denn allerweil? Lang nimmer gesehn!"

„Allerdings, Perchti. Wären mal wieder ein paar Halbe im Stüberl fällig, gell."

„Wem sagst des, Berti. Wenn ich gewusst hätt, wie anstrengend des alles is, ich wär lieber Hauptkommissar geblieben! Aber leider ruf ich dich heut wegen was anderem an."

„Ja freilich, kein Problem. Ich sitz bloß grad aufm Radl. Du kennst ja den alten Bock und außerdem … ja Kruzifix, was is jetzt des?"

Vor Wamprechtshammer bog ein schwarzer BMW mit Blaulicht in die Querstraße ein und versperrte ihm die Weiterfahrt.

„Oha, des hört sich aber nicht gut an. Alles klar bei dir, Berti?"

„Na, ich glaub ned. Wart! Kannst kurz dranbleiben?"

Er drückte den Polizeipräsidenten in die Warteschleife und kletterte umständlich vom Rad. Aus dem dunklen Kombi stieg eine ausgesprochen attraktive, große blonde Polizistin in Zivil. Ihr folgte der Kollege auf der Fahrerseite, den man zunächst nicht sah, da er kleiner als das Auto war. Die Polizistin schritt ausladend auf den Kommissar zu, der andere ging gemächlich ums Auto herum und blieb etwas weiter entfernt stehen. Wamprechtshammer musste ein wenig schmunzeln, da er schon ahnte, was jetzt auf ihn zukam und wieso der andere Kollege sich erst mal vornehm zurückhielt.

„Servus, Frau Kollegin", grüßte er die große Blonde jovial.

„Was heißt hier Kollegin? Was maßen Sie sich denn an? Fahren hier im Dunkeln ohne Licht! Auf dem Fußweg! Mit einem alles andere als verkehrstüchtigen Fahrrad und telefonieren auch noch! Zeigen Sie mir mal Ihren Ausweis!", fuhr sie ihn an und baute sich vor ihm auf.

Holla, die war ja mal grantig drauf. Wamprechtshammer musste nach oben schauen, sonst hätte er ihr auf die üppigen Brüste gestarrt, und das wollte er auf auf jeden Fall vermeiden.

„Ja freilich, sehr gern. Und es läge mir fern, Sie anzulügen. Wamprechtshammer mein Name. Erster Kriminalhauptkommissar bei der Münchner Mordkommission. Da, schaun S' selber."

Er reichte ihr seinen Dienstausweis. Sie leuchtete erst den Ausweis, dann ihn und schließlich wieder den Ausweis mit ihrer Taschenlampe an.

„Frau Kollegin, wie war gleich noch mal Ihr Name und Ihr Dienstgrad?", fragte er betont freundlich.

„Trondberg, Polizeiobermeisterin", sagte sie, ohne aufzublicken.

„Frau Trondberg, ich geb ja zu, dass es schon ein bisserl dunkel für eine Fahrt ohne Licht ist, und die alte Schäßn macht's auch nimmer lang. Aber ich hab's leider sehr eilig und muss in die Gerichtsmedizin. Es pressiert sozusagen, deswegen telefonier ich auch – und zwar mit meinem und Ihrem Vorgesetzten. Also bitte ..."

„Ja genau, vielleicht auch noch mit dem Polizeipräsidenten persönlich? Was Besseres fällt Ihnen nicht ein, Herr ... Kriminalhauptkommissar?", unterbrach sie ihn, wobei sie das „Haupt" ganz besonders betonte.

„Ihr Dienstgrad und die Tatsache, dass Sie bei der Polizei sind, entbinden Sie noch lang nicht von der Einhaltung der Straßenverkehrsordnung. Und die Ausrede, dass Sie ausgerechnet jetzt im Dienst sind, nehme ich Ihnen nicht ab! Ich denke, Sie sind mit einem Alkoholtest einverstanden."

Langsam aber sicher wurde es Wamprechtshammer zu bunt. Wenn er eines nicht ausstehen konnte, waren das Menschen, die einen unbedingt in die Pfanne hauen wollten – ob die jetzt gut aussahen oder nicht, war ihm dabei vollkommen wurst.

„Ja, wirklich nicht, so weit kommt's noch! Jetzt wird's aber hinten höher wie vorn. Alkoholtest! Ich glaub, ich spinn! Kruzifixsacklzement! Was soll denn der Schmarrn, Frau Trondberg, wollen S' mich pflanzn, oder was?", polterte er los.

Sie blickte ihn leicht irritiert mit großen Augen an und stemmte die Hände in die Hüften. Ihre Brüste wölbten sich bedrohlich unter der engen Hemdbluse.

„Also was erlauben ...", wollte sie gerade ansetzen, doch Wamprechtshammer war jetzt in Rage und kam ihr zuvor.

„Nix da, von wegen erlauben. Weißt was? Des ham wir gleich!"

Er zog sein Smartphone aus der Tasche und befreite den Polizeipräsidenten aus der Warteschleife.

„Aber Sie ..."

„A Ruh is jetzt, Himmelarschundzwirn! Nein, nicht du, Franzl. Entschuldige, dass das so lang gedauert hat. Du, ich brauch deine Hilfe. Ja, pass auf: Ich hab hier vor mir eine Kollegin, die hat mich grad aufgehalten. Was? Ja genau, wegen meinem Radl und telefoniert hab ich auch noch, gell. Ja, logisch mit dir, mit wem denn sonst?"

Der Kommissar verdrehte die Augen.

„Du, kannst du mal ein Wort mit der werten Dame wechseln, die glaubt mir partout nicht, dass ich im Dienst bin und in die Gerichtsmedizin muss, wegen der Leiche. Da wolltest ja eh mit mir drüber reden, oder? ... Ja eben, ich kenn doch meine Pappenheimer. Wart, ich geb sie dir."

Er reichte sein Handy der verdutzten Polizistin. Ihr kleiner rundlicher Kollege war neugierig etwas herangerückt. Der roch den Braten schon längst, hielt sich aber vornehm zurück und lauschte dem Gespräch.

„Trondberg! Wer? Ja, Sie verzeihen, aber das kann ja wohl jeder behaupten. Wie? Franziskus Hieronymus Perchtenreiter? Ja klar, so heißt selten jemand, aber weiß ich, ob Sie der sind, der Sie vorgeben zu sein?"

Oje, Mädel, das gibt Ärger, dachte Wamprechtshammer. Eine derartig dienstbeflissene Dipferlscheißerin war ihm schon lange nicht mehr begegnet. Die wollte scheinbar unbedingt in Zukunft den Verkehr an Kreuzungen regeln.

Doch ihre Rettung nahte in Form ihres ebenso kleinen wie runden Kollegen. Der tippte ihr vorsichtig auf die Schulter und bedeutete ihr, ihm das Handy zu geben. Was sie dann, wenn auch widerwillig, tat. Jedoch nicht, ohne vernichtend auf den Kurzen hinabzublicken.

„Schmelzer hier, Polizeihauptmeister Guido Schmelzer. Passt, Herr Polizeipräsident. Ja, die Kollegin ist ein bisserl übervorsichtig ... aus Hamburg, ja, ja, wem sagen Sie das ...!"

Er bedeutete Trondberg, sich wieder ins Auto zu setzen. Die guckte ihn an, als wollte sie ihn auf der Stelle kastrieren. Tat aber dann, wie ihr geheißen.

„Können wir noch was tun, Herr Polizeipräsident? Ja? Guad, machen wir so. Ich reich sie dann mal zurück, gell. Wiederschaun und nix für ungut."

Er gab Wamprechtshammer das Smartphone zurück und machte sich daran, dessen Fahrrad zum Fahrzeug zu schieben. Der Kommissar schaute fragend.

„Äääh, Franzl, was hast dem jetzt gesagt. Was? Ja super, gute Idee. Und des von dir? ... Ja, ja, ich weiß, verarschen kannst dich selber, schon klar. Na, echt super, perfekt. Wir zwei sprechen nachher noch mal, oder? Sauber, sag ich. Servus, bis dann."

Er wischte das Gespräch weg und ging zum BMW. Währenddessen hatte der kleine Runde unerwartet geschickt das Fahrrad ins Heck des Kombis bugsiert.

„Hätts aber nicht gebraucht, Herr Kollege Schmelzer."

„Na, na, des bassd scho. Entschuldigen S' die Kollegin, die will halt nur alles richtig machen. Is neu in München und noch ned ganz akklimatisiert, verstehn S'?"

„Ja mei, die wird's schon noch lernen, gell", grinste Wamprechtshammer zurück und stieg ins Auto.

„Also dann, auf geht's. In die Thalkirchner Straße bitte. Ich hab an Termin mit meinem Lieblingsleichenschnippler."

KAPITEL 13

Während POM Trondberg auf dem Beifahrersitz vor sich hin schmollte, unterhielten sich Wamprechtshammer und Schmelzer angeregt über die unterschiedlichen Vorzüge der Münchner Biergärten. Als sie an der Gerichtsmedizin ankamen, waren sie sich eins, dass der Flaucher-Biergarten gerade wegen seiner traumhaften Lage inmitten der Isarauen ihr absoluter Favorit war. Sie tauschten Handynummern und versprachen sich, diesem im Sommer gemeinsam den einen oder anderen Besuch abzustatten. Nachdem ihm Schmelzer sein Rad aus dem Kofferraum gehievt hatte, streckte Wamprechtshammer noch kurz den Kopf in den Fond, um sich von der Hamburger Kollegin zu verabschieden. Eisiges Schweigen war die Antwort. Ja dann halt nicht. Obwohl Trondberg optisch wirklich was hermachte, beneidete er seinen Kollegen gerade überhaupt nicht. Aber dem war das anscheinend vollkommen egal, was der mit einem Schulterzucken unterstrich, als er ihn fragend anschaute. „Is vielleicht den Münchner Föhn nicht gewöhnt", winkte Schmelzer grinsend ab, stieg ins Auto und brauste davon.

Dem seine Ruh möcht ich haben, dachte Wamprechtshammer und betrat die Eingangshalle der Pathologie genau in dem Moment, als Sigi Leininger herzhaft in einen Apfel biss.

„Griaß di, Sigi!", begrüßte er ihn. „Ja du traust dich was, vor der Leichenschau noch was essen. Hat sich dein Jungfrauennaserl wieder eingekriegt?"

„Hmmmmna", mampfte Sigi, „i ngnab gnlesn ... mwartmpf ..."

Sigi würgte schmatzend den Apfel runter.

„Jetzt! Ich hab gelesen, dass die Säure von so am Apfel den

Magen beruhigt und die Nase dann auch nicht mehr so empfindlich ist."

„Aha, wer's glaubt."

Wamprechtshammers Magen jedenfalls meldete sich gerade jetzt mit lautem Knurren, obwohl er Äpfel eigentlich nicht so besonders mochte.

„Öha, Berti. Bei dir is aber auch Alarm angesagt, oder?"

„Des kannst laut sagen. Ich hab einen Kohldampf, ich könnt glatt a ganze Sau verschlingen. Vom Durst ganz zu schweigen."

„Gegen deinen Durst könnt ich dir helfen. Da, schau. Da is a Salbeitee drin. Auch gut fürn Magen." Er hielt ihm die geöffnete Thermosflasche unter die Nase.

Wamprechtshammer verzog angewidert das Gesicht.

„Na, Sigi, danke. Des kannst selber trinken."

Er wollte jetzt unbedingt ganz schnell zur Leiche, lieber deren Geruch ertragen als noch länger Salbeiteegestank und Apfelgeschmatze.

Sie machten sich auf den Weg zu den Untersuchungsräumen. An einem Samstagabend war es hier noch ruhiger als sonst. Fast schon ein wenig unheimlich. Außerdem war etwas anders als sonst.

„Seltsam."

„Was is seltsam, Berti?"

„Dr. Seltsam, der fehlt. Der wächst doch sonst immer aus dem Boden wie ein Schwammerl bei Regen, wenn wir kommen. Und heut? Nix!"

„Vielleicht genießt der sein Wochenende, im Gegensatz zu uns?"

„A geh. Der und Wochenende. Der ist doch nur glücklich, wenn er den Geruch von Formalin in der Nase hat."

Sie gingen weiter. Zu hören war nur das Quietschen ihrer Schuhsohlen auf dem gebohnerten Linoleumboden. Und noch etwas. Musik! Genauer gesagt Wolfgang Ambros. Aber nicht mit „Skifoan", sondern ganz den Umständen entsprechend „Zentralfriedhof". Sie öffneten die Tür zum Untersuchungsraum.

„... da Zutritt is für Lebende heut ausnahmslos verbodn ...", dröhnte ihnen in Konzertlautstärke entgegen.

„Ja sag, hat der a Ei am Wandern. Der spinnt doch", brüllte Wamprechtshammer Sigi an. Der bedeutete ihm nur, dass er ihn nicht hören konnte. Wahnsinn. Als sie sich den Seziertischen näherten, tauchte aus dem Nebenraum eine Person auf, die so überhaupt nicht dem Bild eines Pathologen oder Rechtsmediziners entsprach, geschweige denn Dr. Seltsam ähnlich sah. Dieser Typ sah eher aus wie ein stylischer Clubber, den man mit einem Wallstreet-Banker und einem Playboy gepaart hatte. Ein Vollbart mit zwei kleinen geflochtenen Zöpfen zierte sein Kinn, seine Haare hatte er zu einem Dutt zusammengerafft. Der Rest von ihm steckte in einem schmal geschnittenen Designeranzug und einem weißen Hemd, dessen drei oberste Knöpfe lässig offen standen. Die Ärmel waren hochgeschoben und man hatte freien Blick auf die bunten, nicht jugendfreien Comic-Szenen auf seinen Unterarmen. Als er die beiden erblickte, grinste er breit, tippte auf sein Smartphone und ließ die feiernden Toten verstummen.

„Die Herren, wie kann ich Ihnen behilflich sein?", begrüßte er die verdattert dreinschauenden Polizisten.

„Ach so, ja, freilich. Wir kennen uns ja noch nicht. Dornberger, Alois. Und entschuldigen S' die laute Musik. Hilft mir, mich auf das Wesentliche zu konzentrieren."

Er kam ihnen immer noch grinsend mit zum Gruß ausgestreckter Hand entgegen. Wamprechtshammer löste sich aus seiner Überraschungsstarre und ergriff sie.

„Ah ja, äh, sehr angenehm. Wamprechtshammer, Mordkommission, und das ist mein Kollege Leininger. Wo ist denn der Doktor, äh, Dings …?"

Er blickte sich suchend um.

„Ach, Sie meinen sicher den Herrn Professor, ja, der hat sich sein Sabbatical genommen. Schreibt ein Buch über die Verwesungsstadien menschlicher Leichen und ist zu Forschungszwecken auf einer Bodyfarm in Tennessee. A spannende Gschicht, würd ich auch gern mal hin. Ich vertret ihn hier solang im Rahmen eines deutsch-österreichischen Austauschprogramms. Wie schon gesagt: Doktor Alois Dornberger, Gerichtsmediziner an der Medizinischen Universität Wien. Und Ambros-Fan, wie's ja gehört haben. Bin musikalisch eher ein Nostalgiker."

„So, so. Ja dann ist mir jetzt einiges klar. Ihr Wiener habts ja eher an Hang zum Skurrilen, gell. Ja dann, herzlich willkommen in München", entgegnete Wamprechtshammer und schielte auf Dornbergers tätowierten Unterarm, auf dem es ein kleiner Kerl mit Mütze gerade einem lüstern dreinblickenden Schneewittchen von hinten besorgte. War das etwa Grumpy von den sieben Zwergen?

„Ja, dank recht schön. Hab mich schon ganz gut eingelebt. Bin schon ein paar Monat' hier, als Assistent vom Professor. Aber halt eher in der zweiten Reihe, im Labor und nicht hier an der Front. Ich vermut, Sie kommen wegen der frisch eingetroffenen Leichenteile unserer Teilleiche? Oder täusch ich mich?"

„Da haben S' genau ins Schwarze getroffen, Herr Doktor Dornberger."

„Alois, wenn's recht ist, wir sind ja sozusagen unter Kollegen und ich mag's nicht so förmlich."

„Ja dann. Herbert, aber gern Berti. Das entspannt diesen greisligen Event hier ungemein."

„Find ich auch. Sigi übrigens", stimmte Leiniger mit ein.

„Ja dann haben wir das auch. Lass mal hören, Alois, was hast uns anzubieten."

„Brauchts ihr alles zum neuen Fund, oder seids schon informiert?"

„Am besten alles, wir sind sozusagen jungfräulich. Oder weißt du mehr, Sigi?" Der schüttelte den Kopf.

„Ich weiß auch nicht mehr. Nur, dass das Schlamassel im Nordteil vom Englischen Garten in einem Weidenkorb gefunden worden ist. Mehr haben mir die Kollegen vom KDD auch nicht mitgeteilt."

Alois nickte, wobei seine Kinnzöpfe lustig mitwippten. „Ja, stimmt und gefunden hat die baazigen Reste heut Vormittag ein Zwölfjähriger, der dieses Pokémon Go gespielt hat. Dachte, in dem Korb sei ein besonders großes Monster. Na ja, gestunken hat's wohl wie eines. Ich glaub, der spielt so schnell nimmer. Is jedenfalls erst mal unter psychologischer Beobachtung, der arme Kerl."

„Na, vielleicht liest er ja ab jetzt mehr Bücher, dann hätts ja fast schon an positiven Effekt", warf Wamprechtshammer sarkastisch ein.

„Ja, wer weiß. Und wir kommen auch weiter, weil zugeordnet sind die Gliedmaßen bereits. Gehören hundertprozentig zu unserm Toten aus der Isar. Fehlen uns nur noch das Herz und die Augenlider. Sind aber nicht so wichtig, weder für den Toten noch für uns, gell", entgegnete Alois und teilte seinen Bart abermals durch ein breites Grinsen.

Fröhliches Kerlchen, dachte Wamprechtshammer. Allemal angenehmer als der nervige Doktor ... Professor Seltsam.

„Und wie lang hat des da in dem Korb schon vor sich hin gefault?", wollte Sigi wissen.

„Dort schon so um die zwei bis drei Tage. Manche Teile waren zu dem Zeitpunkt, als sie abgestellt wurden, wohl noch tiefgefroren, andere schon aufgetaut oder gar nicht gefroren. An denen waren die Silphidae schon recht fleißig unterwegs."

„Die wer?"

„Die Aaskäfer, Berti. Die kommen recht flott. Im Freien so nach etwa zwei Tagen. Zweite Besiedelungswelle nennt sich des."

„Ja woher weißt jetzt das, Sigi? Stimmt des, Alois?"

Die Kinnzöpfe wippten wieder.

„Tja, Berti, Fernsehen bildet. Ich guck doch immer ‚Bones – Die Knochenjägerin'. So eine amerikanische Krimiserie über eine forensische Anthropologin, die fast immer mit komplett verfaulten Leichen zu tun hat. Und da gibt's einen, der weiß immer alles über Käfer. In der letzten Folge, da ..."

„Sigi, verschon mich, mir reicht die Realität. Also weiter." Er blickte den Rechtsmediziner erwartungsvoll an.

„Nun, so weit haben mia jetzt im wahrsten Sinne des Wortes alles beieinander, um die Identität unseres Toten zu lüften. Der Abgleich biometrischer Daten – also nur anhand von seinem Gesicht – hat uns bis jetzt nicht weitergebracht. Der DNA-Abgleich war ohne Ergebnis. Eine Vermisstenmeldung, die nur annähernd auf unsern Herrn hier passt, gibt's wohl auch nicht, wie mir die Kollegen mitgeteilt haben. Aber des wissts ihr bestimmt schon?"

Wamprechtshammer und Leininger nickten synchron.

„Es gibt also nicht wirklich was Neues, außer dass die Finger zum Glück noch nicht so abgefieselt und verwest waren, als dass ich keine Fingerabdrücke davon hätte nehmen können. Ich bin übrigens grad dabei, die Ergebnisse zusammenzustellen und schick die dann sofort an eure Dienststelle. Ist – glaub ich – in deinem Sinne, Berti. Oder magst du die vorher sehen?

„Na, na, bloß ned. Keine Umwege. Am besten direkt zur Theresa Gruber damit. Die gehört zu meinem Team und scharrt schon mit den Hufen, wie ich sie kenn."

„Wead gmoochd, Heaa Inschbegda", wienerte Dornberger.

„Lass den Schmarrn, Alois." Wamprechtshammer musste grinsen. „Waasd ääh, Inschbegda giebd's kaan", gab er in perfektem Wiener Dialekt zurück. Schließlich war die Serie „Kottan ermittelt", aus der das Zitat stammte, eine seiner Lieblingsserien aus den frühen Achtzigern. Das war er diesem fröhlichen Nostalgiker von Rechtsmediziner schon schuldig.

„Ihr gfallts mir, Burschen. Hab nicht gedacht, dass ich auch mal ein paar nette Kollegen kennenlern. Das Umfeld hier ist mir persönlich ein bisserl zu arrogant, wenn ihr verstehts, was ich mein ..."

„Logo, Alois. War uns ein Fest. Wenn auch in der Gerichtsmedizin und nicht am Zentralfriedhof. Du meldest dich, wenn du was Neues hast, gell", verabschiedete sich Wamprechtshammer.

„Servus, Alois", stimmte Sigi mit ein.

Beim Hinausgehen flüsterte Sigi zu Wamprechtshammer: „Hast gemerkt, ich hab heut noch nicht mal mein Mendohlbixla braucht. Meinst, ich hab eine Allergie auf den dappichen Doktor, äh, Professor?"

„Des könnt schon sein. Ich jedenfalls fall jetzt gleich ins Hungerkoma. Kommst noch mit, oder musst heim zu deiner Holden?"

„Ich glaub, ich pack's nach Haus. Hat mich eh schon geschimpft, die Gudrun, weil's mich seit dem Leichenfund gleich gar nimmer sieht."

„Kann ich vollauf verstehen. Also dann bis Montag in alter Frische."

„Bis Montag, Berti. An Guadn."

Sie verließen die Gerichtsmedizin in entgegengesetzte Richtungen und Wamprechtshammer gelüstete es auf einmal ganz sakrisch nach einem knusprig panierten Wiener Backhendl im Stüberl. Willi hatte heute glücklicherweise auch frei und er musste ihm keine Märchen über den vermissten Latin Lover erzählen, um in Ruhe essen zu können. Perfekt! Er schwang sich auf sein Fahrrad – der Abend war gerettet.

KAPITEL 14

Eine Gedankenblase stieg auf. Langsam, träge, zäh. Wie in einer Lavalampe schwebte sie nach oben, um sich dann in viele kleine Blasen zu zerteilen und wieder sanft nach unten zu sinken, während die Lichtfarbe wechselt.

Tiktiktik.

Ein schmelzender Schokopenis. Schwarz. Rot. Gelb. Neue Gedankenblase ... kalt! Ihr war kalt! Sie öffnete die Augen, Gelb wurde zu Schwarz. Kein Licht. Sie versuchte, sich aufzurichten. Vergebens.

„Reiß dich zusammen, Margot", befahl sie sich. „Probier's noch mal!"

Keine Chance. Ihre Arme und Beine waren wie festgeklebt. Noch nicht einmal ihren Kopf konnte sie anheben. Wie sehr sie sich auch anstrengte, sie war zu keiner Bewegung fähig, dennoch war es kraftraubend. Sie gab auf. Ihr rechtes Bein fühlte sich noch kälter an als der Rest ihres Köpers. Eigenartig. Sie konnte nichts sehen. Aber sie konnte sich erinnern. Der brennende Penis. Jemand hatte sie getasert. Dann war alles schwarz. Sie wurde wütend.

„Wer bist du? Was willst du von mir?", schrie sie ins Dunkel. „Willst du dich an mir aufgeilen? Mich vögeln? Dann mach schnell und dann lass mich gehen!!! Ich kann dich eh nicht sehen! Und deinen kleinen Lümmel vergesse ich sowieso gleich wieder!"

Stille. Verzweiflung.

„Bitte ... oder lass mich einfach gehen. Wieso bin ich hier? ... Ich ... hab ... dir ... doch ... nichts ... getan ..."

Sie schluchzte. Tränen liefen ihr über die Wangen. Sie konnte sie schmecken. Salz in ihren Mundwinkeln. Sie hörte ein leises Knistern, wie kurz vor der Ansage des Flugkapitäns. Doch es folgte kein genuscheltes „Ladies and Gentlemen, we welcome you on board ...", stattdessen hörte sie ein leises amüsiertes Lachen.

„Doch, Margot, doch. Hast du. Du hast mir etwas genommen." Die Stimme sprach leise und sanft, fast hypnotisch.

„Etwas sehr Wichtiges sogar. Ich glaube nicht, dass du weißt, was ich meine. Aber das ist egal, selbst wenn es dir einfallen sollte, ist es mir egal. Denn jetzt werde ich dir etwas nehmen. Du wirst es nicht spüren, aber du wirst es vermissen. Versprochen. Es wird auch nicht wehtun. Zum Schluss vielleicht ein bisschen. Na ja. Spaß muss sein. Hi, hi, hi ... ach, dabei fällt mir ein, ich habe eine Überraschung für dich. Willst du sie sehen?"

„Eine was? Eine Überraschung? Was soll das? Mach mich los, du Schwein!"

„Beruhig dich Margot, ganz ruhig. Sieht schön aus, wirklich. Finde ich zumindest. Aber schau selbst."

Über ihr flammten die Deckenlampen auf, sie kniff die Augen zusammen. Ihr Kopf war fixiert und sie konnte nur nach oben auf einen großen Monitor über ihr starren. Der Bildschirm zeigte zunächst nur rote Flecken, verschwommen. Das Bild wurde schärfer. Es waren Zehen. Ihre Zehen! Mit den rot lackierten und akkurat pedikürten Nägeln. Die Kamerafahrt begann. Wie machte er das bloß? Sie fühlte rein gar nichts, er musste doch da sein. Es waren doch ihre Zehen, ihr Fuß, ihr Bein. Die Kamera war jetzt am Knie. Sie spürte immer noch nichts, gar nichts, nicht den geringsten Lufthauch. Sie sah die Poren, ihre glatte weiße Haut. Der hat das aufgezeichnet, hat mich nackt gefilmt, die geile Sau!, dachte sie.

„Findest mich geil, hm? Hast mich nackt gefilmt, du Spanner?" Ihre Wut war wieder da.

„Ach Margot, du bist doch ohnehin nackt. Das bist du doch gern, oder? Aber glaube mir, Margot, das interessiert mich wirklich überhaupt nicht. Pass lieber auf, jetzt wird's spannend!"

Er klingt wie ein Märchenerzähler, dachte Margot. Nur dass das hier keine Gutenachtgeschichte war.

„Ich ..."

„Schhhhhh! Sei still. Schau einfach."

Sie starrte auf den Monitor. Die Kamera hatte jetzt den Oberschenkel erreicht. Gleich würde sie ihre Scham sehen, ihren Venushügel – glatt epiliert. Die Kamerafahrt wurde langsamer. Stoppte.

„Jetzt mach schon! Schwanzlutscher! Zeig mir meine Muschi! Das willst du doch!", schrie sie.

„Ts, ts. Ganz sicher nicht, Margot. Ich will etwas ganz anderes. Sieh selbst!"

Die Kamera zoomte aus und Margot hatte das Gefühl in ein tiefes schwarzes Loch zu fallen. Sie schrie und fiel und schrie – immer weiter. Denn was sie sah, war nicht ihr Venushügel, sondern die weiße, glattpolierte Gelenkkugel ihres rechten Oberschenkelknochens.

KAPITEL 15

Wamprechtshammer biss genüsslich in das resch panierte Haxerl seines Wiener Backhendls. Er saß in einer ruhigen Ecke des Stüberls und sinnierte kauend über die aktuellen Ereignisse. Wer mochte dieser Kerl sein, den sie da stückchenweise gefunden hatten? Wieso gab es keine Vermisstenmeldung? Was man dem armen Kerl angetan hatte, das funktionierte ja nicht von heute auf morgen. So etwas bedurfte akribischer Vorbereitung und setzte detailliertes Wissen voraus. Nur damit konnte man jemanden derart malträtieren und von der Außenwelt fernhalten, ohne dass dies irgendjemand merkte. Sowohl Täter als auch Opfer könnten demnach Einzelgänger sein. Oder der Täter hatte Helfer, was eher unwahrscheinlich war. Sie mussten unbedingt die Identität des Opfers klären. Groß, sportlich, wohlhabend. So einer fiel doch auf. Vielleicht doch kein Einzelgänger? Ein Aussteiger? Oder jemand, der sich eine Auszeit genommen hatte, ein Sabbatical. Wie Dr. Seltsam. Das war es! Er wird nicht vermisst, weil jeder denkt, der Kerl ist auf irgendeiner einsamen Insel, oder einem Segeltörn, oder, oder, oder ... es gab tausende Möglichkeiten.

„Ja sakradi, logisch!", entfuhr es Wamprechtshammer und er schlug sich mit der flachen Hand auf die Stirn. Der Rentnerin am Nebentisch fiel vor Schreck die Gabel aus der Hand, was er aber geflissentlich ignorierte. Zum Glück hatten sie jetzt Fingerabdrücke. Es würde ihn schon schwer wundern, wenn der Tote nicht schon das eine oder andere Mal in die Vereinigten Staaten geflogen wäre und seine Fingerabdrücke somit mit hundertprozentiger Sicherheit hinterlegt waren. Nicht mehr lange also, bis die Identität des Toten feststünde und er auf einen entspannten Sonntag hoffen konnte – sofern nicht wieder irgendjemand seelischen Beistand von ihm benötigte. Diesem Martinez würde er allerdings morgen noch einen Besuch abstatten. Bin mal gespannt, was der Latin Lover so von sich gibt, dachte Wamprechtshammer und spülte den letzten Bissen seines Backhendls mit einem großen Schluck Bier hinunter. Er beglich die Rechnung und machte sich wohlgesättigt und beschwingt mit dem Fahrrad auf den Heimweg – ohne Licht, da war er konsequent. Er betrat seine Wohnung mit einem Seufzer der Erleichterung. Was für eine Wohltat! Die letzten Tage waren wohl doch ein etwas zu flotter Start nach den vier Wochen Reha. Laphroaig! Ein guter schottischer Whisky war jetzt das beste Mittel. Er liebte die Ecken und Kanten, das teerig-rauchige Aroma dieses Single Malts von der Insel Islay, der südlichsten der inneren Hebriden. Man konnte förmlich das Meer und den Seetang schmecken. Herrlich. Er machte es sich in seiner Schaufensternische gemütlich, nahm einen großen Schluck, schloss die Augen und ließ die bernsteinfarbene Flüssigkeit im Mund kreisen.

Bamm! bamm!

Himmelherrgott …! Wamprechtshammer hätte sich beinahe verschluckt.

Bamm! bamm!

Es gab nur eine Person auf der Welt, die kategorisch keine Klingel benutzte, wenn es nicht unumgänglich war. Gerdl, die Lebensgefährtin seiner Exfrau! Ein Blick durch das Schaufenster bestätigte die Vermutung. Was wollte Gertraud denn heute von ihm? Er öffnete die Tür.

„Servus, Gerdl, was is denn los?"

„Ja servus, Herbert. Entschludigst schon, dass ich dich so überfall. Schau mal, was ich mitgebracht hab."

Gerdl aka Gertraud wackelte mit einem Bierkaster vor der Brust in seine Küche, obendrauf hatte sie zwei Pizzakartons gepackt und platzierte ihre Ladung geräuschvoll auf dem Esstisch.

Wahnsinn, die einzige Frau, die ich kenne, die einen Bierkasten trägt, als wärs ein Schuhkarton mit Ballerinas, dachte Wamprechtshammer.

Dazu musste man wissen, dass Gertraud eher gebaut war wie die etwas kleinere und bartlose D-Körbchen-Ausgabe von Bud Spencer. Außerdem zelebrierte sie mit Inbrunst sämtliche für Frauen eher untypischen Kraftsportarten und war zweimalige Weltmeisterin im Bankdrücken. Wobei sie mal eben fast 250 Kilogramm über ihrem üppigen Busen in die Höhe wuchtete. Mit Gerdl konnte man also getrost in eine Bar der Hells Angels einlaufen und diese als mofafahrende Volldeppen bezeichnen, ohne dass einem auch nur ein Haar gekrümmt werden würde.

„Oha, des schaut nach Problem aus. Hat dich die Kathi rausgschmissen?", wollte Wamprechtshammer wissen und machte sich ernsthaft Sorgen.

„A geh, Schmarrn. Berti, du kennst doch unsere Kathi. Die ist doch eine treue Seele. Nein, nein, da ist alles prima. Die hat heut amtsärztlichen Bereitschaftsdienst und ich musste mal raus aus der Bude."

Gerdl schmiss die zwei Kartons auf den Tisch, öffnete mit dem Feuerzeug zwei Bierflaschen und stellte diese daneben. „Weißt, wenn ich allein in unsere Stammkneipe gehe, hab ich immer gleich zwei, drei so blonde Vielleicht-bin-ich-bi-Tussis am Arsch hängen, die's gern mal mit was Gscheitem wie mir ausprobieren möchten. Des macht keinen Spaß und außerdem eifersüchtelt dann die liebe Katharina wie die Sau."

„Mei Gerdl, du bist so ein Macho. Gibt's dafür eigentlich einen weiblichen Begriff?"

„Glaub ned." Gerdl grinste breit. „Wenn's aber doch wahr ist."

„Ja, ja, gut. Bist also jetzt zu mir gekommen, weil ich dir ganz sicher nicht die Bubus tätschel und die Kathi auch nicht rummosert, wenn sie erfährt, wo du warst? Sozusagen der letzte Notnagel. Ehrt mich sehr, wirklich." Wamprechtshammer tat beleidigt.

„Exakt so isses, Berti!", lachte Gerdl. „Oiso, Prost, oida Reviervorsteher!"

„Prost, Gerdl, schön, dass'd da bist. Übrigens hab ich grad gegessen."

„Macht nix, bleibt mehr für mich", freute sich Gertraud, schnappte sich seinen Pizzakarton und ließ sich die halbe Flasche Bier in den Hals laufen. Wahnsinn, dachte Wamprechtshammer abermals.

„Und? Bei dir passt alles? Wie läuft's mit deiner Muckibude?"

„Frauenkraftsport, Berti. Des is a Unterschied."

Gertraud riss sich ein stattliches Pizzastück ab, biss herzhaft hinein und fuhr kauend und schmatzend fort. „Da läufts recht gut, nur's Finanzamt geht ma auf die Eier."

„Welche?"

„Wie? Ach geh, Wamprechtshammer. Dann halt Eierstöck …" Gertraud gab sich empört und verdrehte die Augen.

„… na jedenfalls hab ich doch auch noch so einen Youtube-Channel, auf dem ich die neueste Kraftnahrung und besten Trainingsgeräte vorstell. Dafür bekomm ich von den Herstellern jede Menge Probepackungen und Fitnessgeräte zum Testen. Und jetzt stell dir mal vor, was die Mistpritschn vom Finanzamt von mir will?"

„Ich schätz mal Diridari, sonst wärst ja ned so sauer."

„Genau! Die meint, das wär so was wie Gehalt und ich müsst den geldwerten Vorteil versteuern, weil ich des Zeug behalten darf. Ja geht's no? Ich hab jetzt jedenfalls Einspruch eingelegt. Und weißt was? Des glaubst jetzt ned?" Gertraud hatte sich in Rage geredet.

„Die ist seit fast einer Woch ned erreichbar – angeblich krankheitsbedingt. Und ich darf blechen, sonst pfänden s' mich. Der wünsch ich ewiges Arschjucken und zu kurze Arm zum Kratzen, der Brunzkachl, der ogsoachten!"

„Ja servus, sag ich, Gerdl. Die hat dich ja sauber geärgert. Aber jetzt beruhig dich mal wieder, du spuckst ja scho Pizzastückerl."

„Oha, ja tschuldige, Berti. Aber so was macht mich narrisch. Kannst du denn da als Polizist nix machen?", fragte Gerdl verzweifelt und wischte ein paar Pizzabrösel vom Tisch.

„Nein, tut mir leid."

Wamprechtshammer musste lachen.

„Du weißt doch, bei uns darf nur einer die Bürger ausrauben, ohne dass er dafür bestraft wird – nämlich das Finanzamt."

„Du hast ja so recht, Berti. Da trink ma einen drauf!"

Und so tranken sie noch den einen oder anderen auf das eine oder andere, bis Gerdl nach einem formidablen Rülpser verkündete, dass sie jetzt nach Hause müsse, weil ihr sonst morgen beim Gewichtestemmen der Schädel platzen würde. Und da Wamprechtshammer keinesfalls wollte, dass Gerdl demnächst ohne Kopf bei ihm erschien, begleitete er sie noch zur Tür und trollte sich, kaum war Gertraud außer Sichtweite, ins Bett. Diesmal wenigstens noch vor Mitternacht.

KAPITEL 16

Ein Jahr zuvor

Die Bäume des Parks, welcher das stattliche Anwesen in Grünwald – dem etwas angestaubten Nobelvorort Münchens – umgab, warfen lange Schatten auf den gekiesten Vorplatz. Noch vor knapp fünf Jahren konnte man die Limousinen mit den Reichen und Schönen aus aller Welt vorfahren sehen, die allesamt hierher kamen, nur um nach ein paar Tagen diesen Ort ein wenig ärmer aber dafür umso schöner wieder zu verlassen. Doch jetzt war alles anders.

Die Kieselsteine knirschten unter seinen Schuhen, als er auf das gläserne Entree zuging. Fast mochte man meinen, dass hier alles seinen gewohnten Gang ging, doch wenn man genauer hinsah, dann entdeckte man erste Zeichen des Verfalls. Vertrocknete Pflanzen, altes Laub, das den polierten Granit der Treppen schwarz färbte und schmutzige Schlieren auf dem Glas hinterließ. Nein, hier war wirklich nichts mehr wie früher. Vor drei Jahren hatte sich sein Vater das Leben genommen, und gründlich, wie er nun einmal war, vorher noch das seiner Ehefrau. Die, wie dieser in schier grenzenloser Hybris glaubte, niemals ohne ihn zurechtgekommen wäre.

Dieser Größenwahn war es auch, der die prosperierende HAUTE BEAUTÉ SCHÖNHEITSKLINIK AG in die Insolvenz und seinen Vater in den Ruin und schlussendlich in den Tod getrieben hatte. Er selbst war zu dieser Zeit Chefarzt gewesen, fünfzigprozentiger Anteilseigner und designierter Nachfolger seines alten Herrn. Aber gegen dessen wirtschaftlichen Raubbau hatte er trotz alledem nichts auszurichten vermocht. Die apokalyptischen Reiter waren in Form eines minderjährigen russischen Models, eines skrupellosen Fondsmanagers, einer übereifrigen Finanzbeamtin und schließlich der Steuerfahndung samt Polizei und Untersuchungshaft wegen Steuerhinterziehung in Millionenhöhe gekommen. Ein wahres Fest für die Klatschpresse und ein tödlicher Giftcocktail für das Unternehmen. Während sein Vater in der Münchner JVA einsaß, zeichnete es sich ab, dass er etliche Jahre mehr würde abdrücken müssen als wenig später ein prominenter Fußballmanager. Damit hatte der Investorenpoker um die ohnehin bereits bröckelnde HBS AG begonnen. Er selbst hatte den Braten früh genug gerochen, eine stattliche Summe beiseitegeschafft und auf Offshore-Konten sicher gebunkert. Als sich sein Vater der drohenden Schmach dann bei einem Freigang durch den erweiterten Selbstmord entzogen hatte, war auch er spurlos verschwunden. Er hatte all seine Trauer, seine Wut und seine Rachegelüste hintergeschluckt. Er war abgetaucht und hatte für viel Geld – von dem glücklicherweise mehr als genug vorhanden war – Identität und Aussehen geändert, um nach zwei Jahren zurückzukehren und sich derer anzunehmen, die seiner Meinung nach für all das Leid und die Demütigungen, die er erfahren musste, verantwortlich waren.

Er betrat das Gebäude durch einen versteckten Seiteneingang. Hier störte ihn niemand, denn die geldgierigen Investoren – allen voran ein fetter Berliner Adliger namens Graf zu Hohenberg – setzten auf steigende Grundstückspreise. Die Immobilie war ihnen dabei vollkommen egal und sie ließen diese lieber leer stehen und verrotten. Soll mir recht sein, dachte er und rieb sich die Hände. Er hatte schließlich noch viel zu erledigen.

KAPITEL 17

„Baby I've been here before
I know this room, I've walked this floor
I used to live alone before I knew you
I've seen your flag on the marble arch
Love is not a victory march
It's a cold and it's a broken Hallelujah

Hallelujah, Hallelujah
Hallelujah ..."

„KREIZKRUZIFIXHALLELUJA!!! I steh ja scho auf!" Wamprechtshammer wedelte wie wild mit dem Arm in der Luft, aber der Bewegungssensor seines neuen Radioweckers, den er sich trotz ordentlich Bierdampf abends zuvor noch auf zehn Uhr gestellt hatte, wollte das ums Verrecken nicht akzeptieren. Also riss er vor dem letzten Halleluja den Stecker aus der Dose und brachte so Leonard Cohen – Gott hab in selig – endgültig zum Schweigen. Ruhe! Herrlich! Umso widerwilliger suchten seine Füße nach dem Boden und waren noch weniger glücklich, als sie ihn fanden. Ebenso unmotiviert tapsten sie mit ihrem Besitzer in die Küche zur Kaffeemaschine. Zwei Espresso und einen Milchkaffee später war auch der dazugehörende Rest halbwegs wach. Leider gab es heute kein frisches Croissant von Oriana und zu den hundert Metern zum Bäcker sagten seine Füße abermals Nein. Toast, Butter, Aprikosenmarmelade und ausreichend Kaffee waren ja auch nicht der schlechteste Start in den Tag. Genüsslich kauend scrollte sich Wamprechtshammer mit seinem iPad, auf dessen Cover in Holzoptik stolz „Brotzeitbrettl 2.0" prangte, durch das sonntägliche Weltgeschehen. Wladimir und Donald waren sich ausnahmsweise mal einig. Kein Wunder, ging es doch darum, eine Pipeline quer durch ein Naturschutzgebiet in Alaska zu legen. Typisch, dachte Wamprechtshammer, wenn's ums Geld geht, können die zwei immer miteinander. Die kalten Krieger friedlich vereint in braver Eintracht. Er sah sie schon gemeinsam vor einer Raffinerie posieren. Der eine auf einem Pony mit entblößtem Oberkörper und Kosakenmütze, dem anderen genügte das blonde Föntoupet. Dafür ließ dieser sich von zwei Playboy-Bunnys abbusseln – God bless America. Na, herzlichen Dank auch! Dieses Bild des Grauens vor seinem inneren Auge, widmete er sich lieber den lokalen News. Doch da sah es auch nicht viel besser aus. Die Nachricht vom Leichenfund und den dazugehörigen Resten verbreitete sich dank der sozialen Medien rasend schnell. Dort kursierten bereits die wildesten Gerüchte – von Islamisten, Ritualmord und sogar Kannibalismus war die Rede. Eine Psychologin analysierte ausführlich den Seelenzustand des Jungen, der die Leichenteile gefunden hatte, und forderte in einem Atemzug mehr Krisenanlaufstellen für Kinder und Jugendliche. Und die Politiker durften natürlich auch nicht fehlen. Jeder schlachtete – und das Wort passte hier ganz besonders gut – das Thema schamlos zu seinen Gunsten aus.

„Bagage, ausgschamte!", entfuhr es Wamprechtshammer und es fiel ihm dabei siedend heiß ein, dass er unbedingt noch seinen Spezl Franz anrufen musste. Freundschaft hin oder her, immerhin war er der Polizeichef und den ließ man nicht unnötig warten. Na ja, ein kleines bisserl Geduld wird der alte Bürohengst schon noch haben müssen. Er würde sich am Nachmittag um ihn kümmern, nachdem er dem portugiesischen Gigolo einen Besuch abgestattet hatte. Dass ihm danach gar nichts anderes mehr übrig bleiben würde, konnte Wamprechtshammer zu diesem Zeitpunkt noch nicht ahnen.

KAPITEL 18

U-Bahn-Fahren war nicht sein Ding. Zum Glück war es Sonntag und die Waggons zu dieser Zeit nahezu leer, doch ihm blieb das klaustrophobische Gefühl, irgendwo unter der Erde in einem stinkigen alten Zug eingesperrt zu sein. Er hatte das noch nie gemocht und während der Woche mied er Fahrten mit diesem meist überfüllten Verkehrsmittel wie der Teufel das Weihwasser. Allerdings hatte ihm heute das Wetter einen Strich durch die Rechnung gemacht und er zog den Münchner Untergrund dem Fahrradfahren vor. Er saß in einem der alten Waggons, die vermutlich schon damals unterwegs waren, als er noch ein Jungspund und das U-Bahn-Netz erst sporadisch ausgebaut gewesen war. Eine der allerersten Linien der Stadt war genau die, in der er sich jetzt befand. Mit zwölf Jahren war er hier in einem der ersten Züge gesessen, die vom Harras zum Goetheplatz und von dort weiter in den Norden zum Kieferngarten fuhren. Gott, war das lange her. Es rumpelte, quietschte und knarzte entsetzlich und es stank nach Urin, Schweiß und billigem Parfum. Wamprechtshammer war froh, als er nach drei Stationen umsteigen konnte. Zum Glück erwischte er einen der neueren Züge, deren Waggons nicht getrennt waren. Der Zug war fast leer. Er stellte sich ganz nach hinten in die Mitte vor die Tür der Fahrerkabine am Ende des Zuges und fühlte sich wie im Inneren eines riesigen Regenwurms, der mit höllischem Tempo durch sein unterirdisches Reich raste. Erstaunlich, wie krumm und schief die Strecke verlief. Zum Teil sah er die Spitze wie in einem Loch verschwinden und er wurde unaufhaltsam hinterhergezogen. Fast wie in der Achterbahn. Beinahe hätte er seine Haltestelle am Olympiadorf verpasst. Er hüpfte im letzten Moment durch die sich bereits schließenden Türen, klemmte sich den Trenchcoat ein und konnte diesen nur mit einem verzweifelten Ruck aus der gnadenlosen Umklammerung befreien.

„As nächste Moi a bisserl zügiger aussteign, wenn's recht is, junger Mann!", war der launige Lautsprecherkommentar des U-Bahn-Fahrers. Neue Bahn, grantiger Schaffner – vielleicht fahr ich doch wieder öfter, dachte Wamprechtshammer amüsiert und hob entschuldigend die Hand in Richtung Führerstand am anderen Ende des U-Bahnhofs.

Er fuhr mit der Rolltreppe ins Zwischengeschoss. Sämtliche Aufgänge waren auf dieser Seite wegen eines umfassenden Umbaus geschlossen und natürlich hatte wieder einmal niemand daran gedacht, bereits auf dem Bahnsteig darauf hinzuweisen. Typisch München! Warum überlässt man hier immer den Deppen die Planung, dachte Wamprechtshammer kopfschüttelnd und durchquerte abermals den U-Bahnsteig bis zur anderen Seite des Bahnhofs. Langsam und zuckelnd beförderte ihn dort die Rolltreppe wieder an die Oberfläche. Der Regen machte gerade eine Pause. Es war allerdings immer noch so grau und bewölkt, dass dies vermutlich nur ein vorübergehender Zustand war. Zumindest hatte Wamprechtshammer jetzt freie Sicht und musste nicht wild mit seinem Regenschirm hantieren.

Vor ihm ragten zu beiden Seiten der Straße die Kathedralen automobiler Baukunst auf. Der BMW-Vierzylinder mit dem BMW-Museum – wegen seiner Form auch „Salatschüssel" genannt – auf der einen Seite. Auf der anderen Seite die relativ neue BMW-Welt, die eigentlich zur Fußballweltmeisterschaft 2006 hätte fertig sein sollen, dann aber aufgrund der aufwendigen Konstruktion erst 2007 eröffnet wurde. Wamprechtshammer hatte sich bis heute nicht mit dem protzigen Bauwerk anfreunden können, und so kehrte er diesem den Rücken und marschierte zügig den Weg zurück in Richtung Olympiadorf. Aus nostalgischen Gründen beschloss er, zuallererst dem Studentenviertel einen Besuch abzustatten. Es bestand aus einer Vielzahl winziger Bungalows mit weniger als zwanzig Quadratmetern Wohnfläche. Diese waren bei den Studenten so begehrt wie Salz im Mittelalter und für ihn ein Ort fast schon romantischer Erinnerungen, denn hier hatte er Katharina vor über dreißig Jahren kennengelernt. Bei einer Faschingsparty in der berühmt-berüchtigten Oly-Disco – auch heute noch eine beliebte Anlaufstelle für wilde Studentenfeten. Wamprechtshammer war damals mehr oder weniger aufreizend als Dragqueen unterwegs gewesen und hatte mit seiner rostroten Perücke ein bisschen wie Pretty Woman für Arme ausgesehen. Katharina Perlmoser, aus dem oberbayrischen Ruhpolding, war ihm als Domina im schwarzen Latex-Catsuit sofort aufgefallen. Nach ein wenig Antanzen und ein paar Cocktails später waren sie dann ohne viele Umschweife in Katharinas Studentenbude – eben einem dieser Minibungalows – wild lüstern übereinander hergefallen. Heute wunderte sich Wamprechtshammer nicht mehr gar so sehr darüber, dass Katharina damals auf die Presswurst-Optik seiner Julia-Roberts-Interpretation so abgefahren war. Sie beide waren scheinbar so hemmungslos gewesen, dass er, als er am nächsten, für diese Jahreszeit recht lauen Nachmittag im Seidenkimono auf die Dachterrasse des Bungalows hinausgetreten war, von den umliegenden studentischen Sonnenanbetern Szenenapplaus bekommen hatte. Mit hochrotem Kopf war er sofort wieder zu Kathi ins Bett geschlüpft und sie hatten sich vor Lachen fast nicht mehr eingekriegt.

In Erinnerungen schwelgend, durchstreifte Wamprechtshammer die kleinen Gassen zwischen den Häuschen und musste dabei feststellen, dass diese doch ein wenig von ihrem Flair eingebüßt hatten. Das Studentenviertel war nämlich vor ein paar Jahren generalsaniert oder besser gesagt plattgemacht und neu aufgebaut worden. Zwar im gleichen Stil, aber die anarchischen Wandmalereien und skurrilen Dekorationen waren dieser Aktion freilich zum Opfer gefallen. Die neue Bemalung war jetzt eher dekorativ denn provokativ. So ändert sich die Jugend, dachte Wamprechtshammer.

Er schlenderte noch ein wenig umher, und als es wieder zu tröpfeln anfing, machte er sich zügig auf den Weg zum Haus des abgängigen Latin Lovers. Als er vor dessen Eingang stand, blickte er an dem grauen Betonklotz empor und schüttelte den Kopf. Die Bauherren waren im Kindergarten ganz sicher Eins-a-Holzklötzchenstapler gewesen, denn so mutete die Architektur dieses Wohnbunkers an. Aber man gewöhnt sich ja bekanntlich an alles und mittlerweile war der Retro-Siebziger-Charme des Olympiadorfes schon fast wieder schick.

Mit einem Blick auf das ausladende Klingelbrett war Wamprechtshammer sofort klar, dass er sicher die nächsten zehn Minuten damit verbringen würde, das Namensschild und somit die vertikale Position der Wohnung dieses Martinez zu suchen. Er fand es bereits nach fünf, im zehnten Stock – unverbaubarer Bergblick sozusagen. Dass ihm auf sein Klingeln nicht geöffnet wurde, verwunderte ihn nicht weiter. Also läutete er einfach an einer der benachbarten Wohnungen. Kurz darauf knisterte die Gegensprechanlage und er stellte sich als Hauptkommissar Wamprechtshammer vor, worauf ihm nur ein grantiges „Verarschen ko i mi selba. Schiab ob, du Depp!" entgegenschepperte. Der Kommissar wollte noch etwas entgegnen, aber der Lautsprecher schwieg ihn gnadenlos an. Er kratzte sich leicht bedröppelt am Kopf. Das war ihm schon lange nicht mehr passiert. Aber gut, dann halt anders. Er betätigte kurzerhand fast alle Klingelknöpfe der zwei darüberliegenden Stockwerke und wartete ab. Als der Lautsprecher abermals knisterte, nuschelte er ein „Pizzadienst, Ihr Essen ist da" in die Sprechanlage – und siehe da, ihm ward aufgetan. Wie praktisch, dass es gerade Mittagessenszeit war. Ihr werdet euch aber leider noch ein wenig gedulden müssen, dachte er, betrat den Aufzug und rauschte ab in den zehnten Stock, vielmehr zuckelte er nach oben, denn der Lift hatte schon bessere Tage gesehen. Wamprechtshammer schaute sorgenvoll auf das TÜV-Schild, das diesem glücklicherweise Unbedenklichkeit attestierte – zumindest für weitere zwei Jahre. Oben angekommen trat er aus dem Aufzug und blickte sich um. Ein wenig trist, aber durchaus gepflegt erstreckten sich rechts und links von ihm zwei lange Gänge mit Wohnungstüren zu beiden Seiten. Er entschied sich für links und besah sich die Namensschilder an den Türen. Fehlanzeige! Er ging in den anderen Flur. Es war die dritte Tür auf der rechten Seite. Er blieb davor stehen und horchte. Kein Laut drang heraus. Er klopfte. Nichts. Wamprechtshammer lief einmal den Gang bis zum Ende, an dem eine Fluchttür ins Treppenhaus führte, dann wieder zurück. Plötzlich fühlte er sich beobachtet. Die Tür gegenüber war einen winzigen Spalt geöffnet worden, und als er direkt dorthin blickte, öffnete sich die Tür noch weiter und ein grauhaariger Zausel mit wildem Bart und enormem Bierbauch trat heraus. Er trug passend dazu eine sackartige Hose aus undefinierbarem Stoff, ein Feinrippunterhemd, aus dem die Rückenhaare hervorquollen, und dazu Hosenträger.

„Hosd du bei mir gleit?", wollte er mit einem Kopfnicken in Richtung des Kommissars wissen.

Wamprechtshammer ging langsam auf ihn zu und sagte nichts.

„Mach's Maul auf, ich hab dich was gfragt!", polterte der Zausel, machte aber gleichzeitig einen Schritt zurück in die Wohnung. Wamprechtshammer griff in die Innentasche seines Trenchcoats. Der Alte bekam große Augen und zwängte sich zurück in den Wohnungsflur, wobei ihm sein Bauch sichtlich im Weg war. Als Wamprechtshammer direkt vor ihm stand, zückte er blitzartig seinen Polizeiausweis und hielt ihn dem Grattler unter die Nase. Der schnappte hörbar nach Luft.

„Ja, ich war des, der Depp von der Mordkommission. Des nächste Mal bist ein bisserl kooperativer, wenn dich die Polizei freundlich um Einlass bittet!"

Der Alte war sichtlich erleichtert, dass sich der vermeintliche Killer als Polizist entpuppte und seine Schnapsnase färbte sich dunkelrot.

„Ja mei, tschuldigst scho. Woher soll ich denn des wissen? Da klingelt dauernd irgendwelches Gschwerl und dann räumen s' die Wohnungen aus, die Kanaken ..."

„Oha, immer schön langsam, gell. Kanaken räumen keine Wohnungen aus, das sind die Ureinwohner Neukaledoniens, und außerdem ist das die hawaiianische Bezeichnung für ‚Mensch'."

Rassismus in jeglicher Form – außer in Bezug auf „Isarpreißn" – machte Wamprechtshammer sauer, noch dazu von so einem verlausten Loamsiada.

Du kommst mir grad recht, dachte er sich.

„Äh, oiso ..." Dem Alten stand der Mund offen.

„Nix oiso. Hier wird niemand beleidigt, weder ich noch sonst wer. Hast des kapiert?"

Wamprechtshammer blickte ihn durchdringend an.

„Jawoll!"

Der Zausel schaute beschämt zu Boden und sah jetzt aus wie der dicke unbeliebte Klassendepp, dem man sein Pausenbrot geklaut hatte. Er tat dem Kommissar fast ein wenig leid.

„Gut, dann zum Geschäftlichen. Kennst du den Herrn Martinez von gegenüber?"

„Hm, ja mei, kennen", druckste er herum.

„Jetzt tu ned so. Du hast doch hier den ganzen Tag dein Ohrwaschel an der Tür und spechtest durch deinen Spion!", herrschte ihn der Kommissar an.

„Naa, naa, also so is des a wieder ned. Aber gsehn hab ich ihn schon ein paar Mal. Kommen ist er immer spät. Hat oft jemand dabeigehabt, mal Manderl, mal Weiberl, und dann isses da drüben ganz schön abgegangen, des konn i dir sogn. Da hat's gar kein Ohr an der Tür braucht. Die Weiber warn echt scharfe Hasen. Die Burschen san mia wurscht."

Du schaust eher aus, als ob dir alles wurscht sein muss. Dich langt eh keiner an, außer du zahlst sehr viel Geld dafür, dachte Wamprechtshammer, nickte aber nur auffordernd.

„Ab und zu war a mei Nachbarin bei eahm. A ganz a hoass Luada, aber saumäßig arrogant. Hat mich ned mit'm Arsch angschaut. Obwohl, der hätt mia scho glangt. Der Martinez hat die jedenfalls regelmäßig gvögelt."

Wamprechtshammer kämpfte mit seinem Kopfkino.

„Ja und die letzten Tage war's dann ruhig bei ihm. Hab denkt, er is vielleicht im Urlaub. Is grad überhaupt recht staad auf dem Stockwerk."

„Dei Nachbarin kennt den also. Und die wohnt da, oder?" Wamprechtshammer deutete auf die Wohnung zu seiner Linken.

„Ja, genau, aber ich glaub, die is a ned da. Vielleicht sans ja gemeinsam auf da Roas?"

„Das werden wir schon rausfinden. Danke jedenfalls. Ich meld mich, wenn ich noch mal was brauch", verabschiedete sich der Kommissar, ging zur Tür der Nachbarin und drückte den Klingelknopf. Auf dem Metallschild an der Tür stand „M. Szymanski". Doch auch da herrschte Totenstille.

Wamprechtshammer sah nach rechts, wo immer noch der Bierbauch über den Türstock hinausragte und räusperte sich geräuschvoll. Der Bierbauch verschwand und die Tür fiel ins

Schloss. Er ging noch mal zur Wohnung von Martinez, blieb davor stehen und blickte sich um. Was für ein Sodom und Gomorrha, wenn das alles stimmte, was der notgeile Alte erzählt hatte. Plötzlich hatte er einen eigenartigen Geruch in der Nase. Nur ganz subtil, wie Räucherschinken. Er blickte an der Wohnungstür nach unten, trat zurück und ging ein wenig ungelenk auf die Knie. Na, hoffentlich schaut jetzt keiner, dachte er sich, als er, einer plötzlichen Ahnung folgend, am Türspalt schnüffelte. Hier war der Geruch stärker und hatte eine leicht faulige Note, die er nur zu gut kannte. Ja Herrschaftszeiten, der wird doch nicht ... vielleicht war ja auch nur der Kühlschrank kaputt! Egal. Wamprechtshammer rappelte sich hoch und zückte sein Handy.

KAPITEL 19

„LIESL WÄPPN" prangte in weißen Lettern auf dem schwarzen Hoody von Kriminalkommissarin Gruber. Dazu trug sie neongrüne Lauftights und Laufschuhe mit undefinierbarem Muster. Wamprechtshammer, der im Foyer gewartet hatte, öffnete ihr die Eingangstür und musste zweimal hingucken, um zu glauben, was er da sah.

„Schau ned so, Berti. Hab mich heute für zwei Stunden aus den Ermittlungen ausgeklinkt, um den Kopf freizukriegen und zu trainieren. Der Polizeimarathon diesen Sommer – ohne Vorbereitung läuft da nix, weißt."

„Ah ja, jetzt. Alles klar." Der Kommissar tat, als ob er wüsste, und unterdrückte mit Müh und Not einen Lacher.

„Und grins ned so, ich weiß genau, was du denkst. Aber ich

hoff, du kannst lesen, was da steht?", mahnte Theresa in gespieltem Ernst.

„Jaaahaa, eben", prustete Wamprechtshammer. „Was Passenderes wär mir ja selber nicht eingefallen. Wo hast denn des her?"

„Das glaubst du nicht, wenn ich's dir sag."

„Jetzt sag schon!"

„Vom Schlierseer."

„Ah geh, von dem Möchtegern-Womanizer. Obwohl du ihm die kosmetische Nasen-OP verschafft hast und er sich höchstoffiziell bei mir beschwert hat?"

„Gell, da schaust. Entschuldigt hat er sich. Jetzt, nach einem Jahr. Ich soll ihm nicht bös sein, hat er gsagt. Wenn der wüsst, wie dankbar ich dem bin, dass ich zu dir musste."

„War des jetzt grad ein Kompliment?"

„Ja klar." Kommissarin Gruber strahlte ihn an.

„Mei Reserl, und des am Sonntag. Was tät ich bloß ohne dich." Wamprechtshammer war gerührt.

„Hm, tja, vielleicht selber den Schlüsseldienst rufen?", zwinkerte ihn Theresa verschmitzt an.

„Apropos Schlüsseldienst. Wo bleibt denn eigentlich ‚MacKevin'? Und wieso bist du überhaupt so schnell da gewesen?"

„Ich lauf doch meine Trainingsrunden im Olympiapark. Als du angerufen hast, war ich grad beim Eisstadion. Von da aus ist's ja bloß ein Katzensprung hierher. Und ‚MacKevin' müsste auch gleich da sein."

Wie auf Kommando klopfte eine schmale Gestalt an die Eingangstür. „MacKevin" war da. Der stets ausgemergelt aussehende Sachse mit Vokuhila-Frisur und Schnauzbart war bei der Münchner Mordkommission zum Synonym für den Dietrich geworden. Sozusagen der sächsische Bruder von MacGyver, der ja bekanntlich überall rauskam. Immer wenn es irgendetwas zu öffnen gab, für das man keinen Schlüssel besaß, „MacKevin" kam überall rein.

„Soll ich ihm aufmachen, oder kommt er selber rein?", flachste Wamprechtshammer über die Schulter, während er den kleinen Panzerknacker, der ihm kaum bis zur selbigen reichte, hereinließ.

„Servus, Kevin!", begrüßten sie ihn unisono.

„Güüdn Doog, de Hearschoffdn. Welchsch Düürschn müssma denn üffmachn?", fragte er fröhlich in breitestem Dialekt und folgte den beiden zum Lift. Wamprechtshammer klärte ihn über die Situation auf, während sie gemeinsam nach oben zuckelten. Insbesondere darüber, dass es sich bis jetzt um keine offizielle Ermittlung handelte und er lediglich einem Verdacht nachging. Sollte sich dieser als unbegründet herausstellen, würden sie die Türe einfach wieder schließen und er übernähme Kevins Rechnung höchstpersönlich.

„Dit kost aba n büschn Knete so ne sonndägliche Sonderschischd, nü woar, meen Guudsta."

„War mir eh klar, dass du Baatzi da gleich noch was draufschlägst, wenns'd nicht mit Vater Staat abrechnen musst. Aber denk immer dran, wer damals für dich gebürgt hat, als du nach dem Knast gleich für die Polizei hast arbeiten dürfen."

Wamprechtshammer warnte ihn mit erhobenem Finger und einem Augenzwinkern.

„Also langsam reiten, Cowboy. Pferde sind teuer."

„Ooba fräälisch, würdsch mo niemools erloobn, Wampi."

„Und nenn mich ned Wampi!"

„MacKevin" machte ein unschuldiges Gesicht, Theresa kicherte, der Aufzug stoppte mit einem „Ping" im zehnten Stock.

„Sag mal, Berti", flüsterte Theresa auf dem Weg zur Wohnungstür, „wie willst du eigentlich den Einsatz erklären, wenn da jetzt doch was ist?"

„Hab ich alles schon geregelt, Reserl. Während ich auf dich gewartet hab, hab ich noch mit dem Perchtenreiter – weißt schon, unserm Polizeipräsidenten – telefoniert. Freilich höchstoffiziell zu unserem aktuellen Fall und ein wenig inoffizieller zu der speziellen Sache hier. Falls hier was sein sollte, gibt's a nachträgliche Vermisstenanzeige und guad is. Geht halt nix über Vitamin B, gell."

„Welsche Dür nu, Hearschofdn?", platzte „MacKevin" in ihr Geflüster.

„Die da, wo ‚Martinez' draufsteht."

Wamprechtshammer deutete auf die dritte Wohnungstür auf der rechten Seite des Ganges. Es kribbelte ihn im Nacken, ein untrügliches Gefühl dafür, dass der Gwamperte wieder an seinem Spion hing. Der Kommissar ging aus dessen Blickfeld, schlich sich gebückt seitlich an die Wohnungstür heran. Dann stand er unvermittelt auf und blickte in den Spion. Es rumpelte hinter der Tür und er hörte ein dumpfes Poltern und Stöhnen, als es den Grattler vor Schreck auf sein dickes Hinterteil hockte. Wamprechtshammer grinste zufrieden und Theresa blickte ihn fragend an, was er mit einem schelmischen Schulterzucken und Unschuldsmiene beantwortete.

Der dürre Sachse war unterdessen in die Knie gegangen und hatte sein Werkzeug ausgepackt. Er nahm kurz das Türschloss in Augenschein, streifte sich Latexhandschuhe über und begann es mit seinem akkubetriebenen Elektropick zu bearbeiten. Es dauerte nicht lange und die Tür war offen.

„Ei dit riescht 'n büschn wie der Hockbroodn von meena

Ooldn", konstatierte „MacKevin", als die Tür aufschwang. Wamprechtshammer war jetzt vollkommen klar, wieso der Schlüsselmeister so ein Grischperl war. Er verdrängte den Gedanken an sächsische Kochkunst, sonst würde er nie mehr im Leben auch nur ein Fleischpflanzerl essen können, und wies „MacKevin" an zu warten, falls er absperren müsste, sofern wider Erwarten doch alles in Ordnung wäre. Mit gemischten Gefühlen betrat er die Wohnung, dicht gefolgt von Theresa Gruber.

Das Apartment war loftartig aufgebaut und sie standen sofort im weitläufigen Wohnraum. Der Geruch, der hier vorherrschte, bildete einen krassen Gegensatz zur cleanen Optik. Wamprechtshammer tränten zwar fast die Augen, aber er staunte nicht schlecht, was man aus so einem alten Betonbunker alles rausholen konnte. Er ging zu der Designerküche, die sich auf der linken Seite des Raumes an einer Sichtbetonwand befand. Irgendetwas war hier im wahrsten Sinne des Wortes gewaltig faul – leider nicht der Inhalt des Kühlschrankes, wie er nach einem kurzen Blick hinein feststellen musste. Somit blieb eigentlich nur eine höchst unerfreuliche Möglichkeit. Theresa war bereits bis zum Bad und dem WC vorgedrungen, hatte dort aber auch nur peinlichste Ordnung feststellen können. Es war also noch eine Tür übrig – die zum Schlafzimmer. Sie blickten sich an.

„Auf drei!" Theresa nickte zurück.

„Eins ... Ach, scheiß drauf!" Wamprechtshammer stieß die Tür auf und gleichzeitig fiel ihm die Kinnlade nach unten. Theresa fluchte etwas Unverständliches, das sich chinesisch, oder japanisch, aber auf jeden Fall asiatisch anhörte.

„Ja leck mich am Arsch, was is denn des? Hast du so was schon mal gesehn?"

„Na, Wahnsinn, der muss ja einen Schwengel gehabt haben wie ein Pferd."

„Reserl! Ich mein die Gesamtsituation!!" Wamprechtshammer sah sie fassungslos an.

„Ach so, na auch noch ned, aber des schaut ja aus, als hätt einer eine Riesenrindswurst am Spieß gebraten", entgegnete die kleine Asiatin vollkommen ungerührt.

Herbert Wamprechtshammer war echt entsetzt. Obschon Einiges gewöhnt, wurde es ihm bei diesem Anblick ziemlich blümerant. Doch „Liesl Wäppn" wunderte sich scheinbar vollkommen ungerührt über die – zugegebenermaßen enorme – Penisgröße des in seinem Kingsize-Bett vor sich hin faulenden und mittig stark angesengten Latin Lovers.

„Ja sensationell, jetzt ham wir die zweite Leiche in eigenwilligem Zustand. Des kann ja was werden. Bevor du mir noch mehr über den Lümmel von Mr. Asado erzählst, lass uns lieber mal draußen warten und dem Erkennungsdienst die Spuren nicht versauen. Ich bestell die gleich mal ein."

Er hatte den Eindruck, als hätte sich Theresa das Ganze gerne noch etwas länger betrachtet, und so schob er sie sanft aus dem Schlafzimmer durch den Wohnraum hinaus in den Hausflur zu „MacKevin". Dort ging er an das Ende zur Fluchttür, öffnete das Fenster daneben, schnaufte erst mal richtig durch und wählte die Nummer der KTU. Kurze Zeit später wimmelte es im Hausflur nur so von Menschen in weißen Tyvek-Anzügen und alles war fein säuberlich mit rot-weißen Plastikbändern abgesperrt. Die erkennungsdienstliche Untersuchung war in vollem Gange.

KAPITEL 20

Auch die beiden Kommissare hatten sich die weißen Ganzkörperkondome übergezogen. Der eine sah aus wie der weiße Riese, die andere eher wie ein eingeschneiter Gartenzwerg. Entsprechend hatte Theresa Gruber ihren Anzug an Armen und Beinen mindestens dreimal umgekrempelt, Wamprechtshammers spannte ein wenig am Bauch, aber er passte jetzt in L anstatt in XL. Das machte ihn doch ein wenig stolz. Zusammen mit dem Leiter des Erkennungsdienstes, einem eher unauffälligen Typen mit schütterem Haar und großen Glubschaugen hinter dicken Brillengläsern, nahmen sie die Leiche des malträtierten Martinez jetzt genauer unter die Lupe. Konrad Guck, wie er bezeichnenderweise hieß, beschäftigte sich gerade eingehend mit ihrer verbrannten Mitte und schüttelte den Kopf.

„Ich tät sagen, da hat einer Brennpaste draufgeschmiert und dem sein Prachtstangerl dann angezündet. Da frag ich mich bloß, wie konnte dem sein Gemächt nur seine – ich muss schon sagen – außerordentliche Größe behalten? Wenn der so bleibt, können wir den garantiert nicht umdrehen"

Konrad Guck sah die beiden Polizisten mit Riesenaugen fragend an. Ein synchrones Schulterzucken und ahnungslose Gesichter waren die Antwort, die er vermutlich erwartet hatte, denn er begutachtete sofort wieder das Schlamassel und nickte.

„Ah, da schau her, ich glaub, ich hab's", kommentierte er seine Entdeckung fröhlich, schnappte sich eine kleine Zange aus dem KTU-Koffer, packte damit etwas am oberen Ende der portugiesischen Bratwurst. Wamprechtshammer stellte es sämtliche Haare auf und Theresa kniff die Augen zusammen. Mit einem schmatzenden Geräusch zog der Erkennungsdienstler eine gut vierzig Zentimeter lange metallene Stricknadel heraus, worauf die ehemalige Prachtlatte knusprig knisternd in sich zusammenfiel.

„Au weh, zwick!", kommentierte Wamprechtshammer und musste sich Mühe geben, den Tatort nicht mit seinem Frühstück zu verunreinigen. Von Theresa war nur ein enttäuschtes „Oh!" zu hören.

„Sag mal, Guck, der ist ja nicht mal gefesselt. So was lässt doch keiner mit sich machen, ohne sich zu wehren. Noch dazu, wenn er, wie unser glückloser Compañero hier, die Augen sperrangelweit offen hat, also dem Anschein nach bei vollem Bewusstsein war."

„Gelsemium sempervirens."

„Ja, du mich auch."

„Nein, Wamprechtshammer, du Schmarrer. Gelsemium, Giftjasmin. Die Otomi-Indianer verwendeten den zum Herstellen eines Gifttranks, den sie ‚Bebo-sito' nannten, was so viel heißt wie ‚gläserner Sarg'. Die rächten sich so an ihren Feinden. Superfies. Das Zeug lähmt dich, aber du bekommst alles mit, was mit dir geschieht. Könnt aber auch Curare sein, wirkt ähnlich."

„Ja grauslig, Guck. So was gibt's? Der hat also zuschauen müssen, wie sein Zipferl verbrennt, und konnt sich nicht rühren."

Wamprechtshammer schauderte bei dem Gedanken.

„Schaut ganz danach aus. Und abgenippelt ist der Ärmste dann an einem Schock. Ist aber bloß eine Vermutung, gell. Ich möcht euerm neuen Gerichtsmediziner nicht ins Handwerk pfuschen."

Der Erkennungsdienstler rückte seine Brille zurecht und widmete sich wieder der akribischen Inspektion des Leichnams – diesmal weiter oben.

„Tja dann, ich glaub, wir packen's. Hier können wir jetzt eh nix mehr machen. Kommst du, Reserl? Theresa!?"

Wamprechtshammer blickte sich suchend nach seiner Kollegin um. Die unterhielt sich gerade angeregt mit einem der Tatortermittler über ein futuristisch aussehendes Gerät, das dieser gerade aufstellte. Es handelte sich um einen 3-D-Tatortscanner der neuesten Generation. Für die spätere forensische Untersuchung konnte man damit einen Tatort in höchster Auflösung und dreidimensional am Computer abbilden. Die Kommissarin war davon sichtlich beeindruckt und winkte Wamprechtshammer zu sich.

„Geil, oder, Berti?" Theresas Augen leuchteten, als hätte man einer Zwölfjährigen ein Pony geschenkt. „Der schickt uns morgen alle Scans vom Tatort und wir können im Büro ermitteln, als ob wir hier wären. Hab bisher bloß davon gehört. Aber so im Original, und dass wir damit arbeiten können, find ich total cool."

„Siehst, Theresa, ich sag immer, es geht halt nix über moderne Technik. Weil genau deshalb können wir's jetzt packen, den Rest machen nämlich die Kollegen und der Herr Tatortscanner. Ich für meinen Teil hätt jetzt gern a total cooles Bier. Wie schaut's mit dir aus?"

Theresa grinste breit.

„Gern auch zwei, Berti. Muss den Geruch und die Bilder aus meinem Kopf kriegen. Wahrscheinlich ist dafür auch noch ein Schnaps nötig ..."

„... oder auch zwei."
Wamprechtshammer grinste zurück.

KAPITEL 21

Eineinhalb Jahre zuvor

Dashenka Orlow aka Dasha Double Dee war nie die Schönste auf dem Laufsteg, doch sie hatte andere Talente und das wusste sie schon seit Beginn ihrer kurzen Model-Karriere. Dasha konnte Männer manipulieren, sie willenlos machen – mit ihrer Stimme, ihrem Körper, ihren Bewegungen, ihrem Geruch. Es wirkte fast immer, wenn ihr ein Mann gegenüberstand, nur eben leider nicht auf dem Laufsteg oder beim Fotoshooting. Und es wirkte überhaupt nicht bei den meist schwulen Agenten der Booking-Agenturen. Sie begann ihre Karriere mit fünfzehn und schlief sich sozusagen von Auftrag zu Auftrag, bis sie mit noch nicht einmal siebzehn den großen Coup landete. Ein steinreicher deutscher Schönheitschirurg verfiel ihr hoffnungslos und sie sorgte dafür, dass er es niemals würde leugnen können, falls sich dies einmal ändern sollte. Die Koryphäe der plastischen Medizin und das minderjährige Model, gestochen scharf und detailliert dokumentiert auf Fotos und Filmen. Als ihm die Affäre zu heiß wurde und er sie dann doch irgendwann loswerden wollte, zahlte er dafür einen hohen siebenstelligen Betrag. Dasha verschwand aus seinem Leben und wie sie später erfuhr, beendete er dieses nur zwei Jahre darauf.

Da hatte Dasha bereits ihre Escort-Agentur gegründet, eine ganz besondere Agentur, denn ihre Mädchen waren alle – wie sie es nannte – schönheitsoptimiert. Ihr Service – TRIPLEDEE ESCORT – prosperierte und an ihrer Seite hatte sie immer junge Schönheitschirurgen, die es nicht kümmerte, ob ein Eingriff nun nötig war oder nicht. Ihr letzter hatte sich allerdings ins Nirwana gekokst und Dasha war nun auf der Suche nach einem neuen Talent, das ihre Flotte auf Vordermann brachte. Der Termin heute war vielversprechend. Ein junger Chirurg mit deutschen Wurzeln aus Venezuela – eine effiziente Kombination. Wenn einer dort operierte, dann mit höchster Präzision und Knowhow. Nase, Mund, Brust, Po – Nip/Tuck in Perfektion und ohne Kompromisse. Als es an der Tür ihres mondänen Büros in einem Jugendstilaltbau im Zentrum Berlins läutete, sollte sich ihr Leben wieder einmal schlagartig ändern und vor allem extrem verkürzen. Aber das konnte sie zu diesem Zeitpunkt natürlich noch nicht wissen.

In den nächsten vier Monaten wurden sie zu einem perfekten Team. Der junge, gutaussehende und äußerst begabte Schönheitschirurg Dr. Robert Ding entpuppte sich als echter Glücksgriff. Das zumindest dachte Dasha Double Dee und ahnte dabei nicht, dass sie sich mit ihm den Tod ins Haus geholt hatte. Genauer gesagt ihren Todbringer, denn nichts anderes bedeutete Robert Ding, wenn man die Buchstaben in die richtige Reihenfolge brachte. Und so kam der unvermeidliche letzte Tag der Dashenka Orlow. Es war ein Freitag und endete nach einem gemeinsamen Dinner mit ihrem Chirurgen, der zudem auch noch ein extrem talentierter Liebhaber war.

Sie hatten sich in dem Gourmet-Tempel am Checkpoint Charlie – der ganz bescheiden den Namen seines Besitzers, eines der begnadetsten Köche Deutschlands trug – nach Strich und Faden verwöhnen lassen und Dasha war in bester Champagnerlaune – was nicht weiter verwunderlich war, denn die fünfundvierzig Kilo des Ex-Models hatten den drei Gläsern Edelbrause und der halben Flasche sündhaft teuren Rotweins nichts entgegenzusetzen. Ihr charmanter Begleiter hingegen verstand sich bestens darin, den Inhalt seines Glases weitgehend unberührt verschwinden zu lassen oder ihres heimlich damit zu befüllen.

„Oh, Dr. Rrobäärt, was für ein Glücksfall, dass du in mein Läben geträten bist."

Ihr sonst kaum vorhandener russischer Akzent verstärkte sich, wenn sie angetrunken war. Er hasste es – und er hasste es auch, dass sie ihn Dr. Rrobäärt nannte. Mit diesem gerollten R und dem Ä – grauenvoll. Dreckschlampe mit riesigen Plastikmöpsen und Schlauchbootlippen, du bist so jung und schon so hässlich, dachte er und lächelte sie zärtlich an.

„Ja, meine liebste Dashenka ...", nur er durfte sie so nennen, „... das war wirklich Glück. Du bist eine unglaubliche Frau und wir beide ein sagenhaftes Team. Lass uns darauf anstoßen."

Diesen tiefen Schluck gönnte er sich jetzt, sonst hätte er vermutlich auf sein Gourmet-Menü gekotzt – im Strahl! Es wurde nun wirklich Zeit, den ersten Teil des Plans abzuschließen.

„Hast du Lust auf eine Überraschung, Dashenka? Ich möchte dir etwas zeigen", flüsterte er ihr auf dem Weg zum Taxi ins Ohr. Sie eierte etwas auf ihren Jimmy Choos und er musste sie stützen.

„Ja, überrasch mich, Dr. Rrobäärt. Und dann besorgst du es mir ordentlich."

„Ganz sicher, Dashenka, das darfst du annehmen. Und wie ich es dir besorgen werde." Nur ganz und gar nicht so, wie du es dir vorstellst, fügte er in Gedanken hinzu. Er lächelte sie an, sie hielt es für Vorfreude. Es verfehlte seine Wirkung nicht.

Das Taxi setzte sie direkt vor der Agentur und der dazugehörigen Tagesklinik des Escort-Service ab. Das Gebäude daneben wurde gerade luxussaniert und genau da hinein führte er sie. Dasha zögerte und blickte ihn verwundert an.

„Komm, ich zeig dir was. Es wird dir gefallen. Ich wollte, dass wir beide einen gemeinsamen Ort haben, wohin wir uns zurückziehen können." Sie kuschelte sich an ihn, während sie die Treppen emporstiegen.

„Oh, du bist ja auch noch ein Romantiker, Doktor Robert." Dasha war wieder etwas nüchterner und sprach nun beinahe akzentfrei.

„Und was für einer, Dashenka. Es ist noch nicht ganz fertig, aber mit dir hier ist es nahezu komplett." Er sah ihr tief in die Augen und sie ahnte keinen Moment, wie wörtlich er das meinte.

Sie waren im dritten Stock angekommen und er öffnete mit einer feierlichen Geste die bereits geschliffene, aber noch nicht lackierte Wohnungstür. Dutzende Kerzen, am Boden aufgereiht, beleuchteten einen langen Flur mit edlem Parkett. Er ließ sie vorausgehen und folgte ihr, während sie vor Verzückung leise irgendeine russische Weise summte – was sie immer tat, wenn sie aufgeregt war. Das vielleicht Einzige, was er an ihr irgendwie sympathisch fand, aber wohl kaum vermissen würde. Sie waren am Ende des Ganges vor einer ausladenden Flügeltür angekommen. Sie blickte ihn über die Schulter mit großen Augen erwartungsvoll an. Kleines Mädchen und skrupelloses Luder in einer Person, dachte er, erstaunlich wie das funktioniert.

„Nun mach sie schon auf, meine Liebste", ermutigte er sie.

Sie trat ein und war geblendet. Die Hochleistungs-LED-Strahler waren durch einen Bewegungsmelder aktiviert worden.

Die Helligkeit war lähmend und so bemerkte sie den Stich im Nacken kaum. Die dadurch hervorgerufene Wirkung setzte jedoch sofort ein. Wie bei einer Marionette, der man die Fäden abgeschnitten hatte, verloren ihre Gliedmaßen binnen Sekunden sämtliche Spannung. Sie klappte zusammen, wurde aber sanft aufgefangen und sah Dr. Robert, der seltsamerweise eine Sonnenbrille trug. Sie sah den Raum, hell erleuchtet. Eine Edelstahlwanne auf Rädern, eine Art Wannenlift und einen Haufen prall gefüllter Papiersäcke daneben. Es roch chemisch. Dr. Robert trug sie auf Händen – eigentlich schön, aber was war mit ihr los?

„Gib dir keine Mühe, du kannst nicht sprechen. Aber du kannst mir zuhören, Dashenka. Ja, das kannst du – und wirst du auch müssen, da du dir ja noch nicht einmal die Ohren zuhalten kannst."

Er kicherte. Dann begann er, ihr alles zu erzählen, bis ins kleinste Detail, und auch das, was er mit ihr vorhatte. Jetzt verstand sie. Der Arzt, sein Sohn, die Erpressung und der Selbstmord. Sie wollte weinen, wollte schreien, aber nichts von dem gelang. Sie war eine lebende Tote – noch.

Nachdem er sie vorsichtig in den Krankenlift gelegt hatte, die Mechanik zu summen begann und Dasha langsam in die Wanne abgesenkt wurde, wusste sie alles. Dr. Robert Ding brachte ihr kein Glück, er nahm ihr das Leben. Sie blickte ihn an und erstaunlicherweise konnte sie ihn nicht hassen. Er hatte die Sonnenbrille abgenommen und gegen eine Schutzbrille getauscht. Sie tauchte in die klare ölige Flüssigkeit, die sich in der Wanne befand, ein. Erst bitzelte es fast angenehm, wie Mineralwasser – oder Champagner? Ein Funken Hoffnung, der sofort erlosch. Denn mit einem Mal brannte es wie Feuer – oder noch schlimmer? Sie wusste es nicht – woher auch. Das Letzte, was sie sah, war Dr. Robert Ding, den „Todbringer", wie er ihr zärtlich einen Kuss zuwarf und danach hämisch grinste. Sie verlor vor Schmerz das Bewusstsein – das war die einzige Gnade, die ihr noch zuteilwurde, bevor ihr Herz aufhörte zu schlagen und ihr Körper sich langsam und von einer milchigen Wolke umgeben im Flusssäure-Bad zu zersetzen begann.

Als sich Dashenka Orlow restlos, bis auf ihre beiden Silikonimplantate und ihre gletscherweißen Veneers, aufgelöst hatte, entfernte er diese vorsichtig und vermischte die Säure-Dasha-Brühe mit dem Inhalt der Säcke. Kalk, Gips und Beton neutralisierten die ätzende Flüssigkeit und machten daraus den perfekten Estrich für das geräumige Badezimmer dieser wirklich traumhaften Wohnung. Er blickte sich um, fuhr die Stahlwanne zu ihrem vorgesehenen Platz und begann, mit ihrem Inhalt zügig den Estrich im zukünftigen Luxusbad aufzutragen. Schade, dachte er, wirklich schade, dass ich das Endergebnis meiner Wohnungsplanung nicht mehr sehen werde. Doch ein wenig Arbeit lag noch vor ihm, dann würde er, ebenso wie das ehemalige russische Model, spurlos von der Berliner Bildfläche verschwinden. Dr. Robert Ding würde bald Geschichte sein.

KAPITEL 22

„Ja Herrschaftszeiten, Reserl, du packst vielleicht was weg. Prost."

Wamprechtshammer und Theresa hatten es sich im „Brotzeitkneiperl" gemütlich gemacht und waren beim dritten Bier und vierten Obstler angelangt. Vor ihnen stand ein mit geräuchertem Schinken, Kaminwurzn und Käse üppig beladenes Brotzeitbrettl. Dazu gab es resche Brezn und frisches Bauernbrot mit Butter.

„Alles eine Frage des Yin und Yang, Berti. Wenn du ansonsten gesund lebst und ausreichend Sport machst, dann packst auch das weg. Oder es sind die bayrischen Gene von meinem Papa, ist eher wahrscheinlich." Theresa kippte den Obstler in einem Schluck runter und schob sich ein Stück von der würzigen, luftgetrockneten Wurst hinterher.

„Ja, dankschön, dass du mich dran erinnerst, dass ich mehr Sport machen soll. Dazu fehlen mir anscheinend die asiatischen Gene. Aber morgen geht's los, da hab ich nämlich meine erste Physio. Da schaust, gell."

„Ja, da schau ich. Wird dir guttun. Aber trinken solltest dann heut nicht so viel."

„Ja, du bist gut. Magst mir erzählen, wie das gehen soll, so wie du hinlangst." Wamprechtshammer nippte vorsichtig an seinem Obstler. „Mei, der is guad, den musst genießen und ned so weghaun, Reserl. Ach, und der Käs, eine Sensation!"

Er schloss die Augen und kaute genüsslich.

„Nach unserer unappetitlichen Entdeckung heute is so was des einzig Wahre, irgendwas Gegrilltes oder Gebratenes hätt ich jetzt ums Verrecken nicht runtergebracht. Sind die Kaminwurzn scho grenzwertig."

„Mmmh, nö, find ich gar nicht", mampfte Theresa und schob sich noch ein Stück in den Mund. Von asiatischer Bescheidenheit und Zurückhaltung keine Spur.

„Ich frag mich, ob das Zufall ist, dass wir innerhalb von zwei Wochen zwei doch recht seltsame Mordfälle haben. Abgesehen davon ist mir der zweite besonders zuwider, weil ich das ganze Schlamassel auch noch dem Willi beibringen muss. Genau genommen zählt der arme Kerl auch noch zu den Verdächtigen, irgendwie."

„Andererseits tät er dich wohl kaum bitten, nach jemanden zu suchen, den er selbst umgebracht hat", entgegnete Theresa.

„Und außerdem kann der Willi noch nicht mal einer Fliege ein Haxerl ausreißen, ohne sofort loszuheulen. Leider wird genau das passieren, wenn ich ihm erzähl, was mit seinem Lover passiert ist. Mir graust's jetzt schon davor."

„Ja, da möcht ich nicht mit dir tauschen. Ich kümmer mich morgen lieber um die Ergebnisse der Identifizierung unserer Puzzleleiche und schau mal, ob der Drei-D-Scan von heute noch irgendwelche Geheimnisse preisgibt."

Ein weiteres Stück Wurst verschwand in Theresa.

„Mach das und schau bitte auf mögliche Parallelen oder Verbindungen zwischen den Morden. Frag mich ned warum, aber ich hab da so ein Gfühl, dass die beiden Fälle irgendwas miteinander zu tun haben, ich weiß bloß noch ned was."

„Geh echt, meinst? Ja gut, mach ich gern. Und du, was machst du nach deiner Physio?"

„Tja, ich glaub, danach geh ich erst mal sterben und dann kümmer ich mich um weitere Zeugenaussagen. Mich interessiert da ganz besonders seine ominöse Nachbarin, mit der er wohl auch was gehabt hat. Die arbeitet angeblich beim Finanzamt, mal schaun, ob ich sie da erwisch und was mir die so erzählen kann."

„Ahh, Sport und gamsige Finanzbeamtinnen. Genau dein Ding, gell, Berti", prustete Theresa, die jetzt doch schon ein wenig beschwipst war.

„Du, pass auf, Liesl Wäppn, für die Frechheit geht der nächste Schnaps auf dich."

„Nix lieber als das. No zwoa, Bernie."

Bernie, der Wirt vom Brotzeitkneiperl, wunderte sich schon längst nicht mehr über die Trinkfestigkeit der kleinen Asiatin und lieferte die Bestellung umgehend aus.

„Des is aber jetzt der letzte für heut."

„Logisch, Berti. Prost."

Sie stießen an und ließen den fruchtigen Brand in ihren Kehlen verschwinden.

„Halleluja. Der geht runter, wie ein dickes Kind auf der Wippe. Findest nicht auch, Berti?"

„Doch, Reserl, doch", lachte Wamprechtshammer, „aber wo hast du bloß immer diese Sprüche her?"

„Alles asiatische Weisheiten, Berti. Was denkst du denn?", entgegnete Theresa, machte ein Gesicht, als könne sie kein Wässerchen trüben, und ließ ein weiteres Stück Wurst in ihrem schönen Mund verschwinden.

KAPITEL 23

Der nächste Tag war ein Fiasko. Wamprechtshammer hatte verschlafen, und um seinen Physiotherapietermin nicht zu verpassen, hechtete er in seine Klamotten, warf hektisch alle Sportsachen in die Tasche und verließ wie von der Tarantel gestochen seine Ladenwohnung. Es nieselte! War also nichts mit Radeln. Hektisch kramte er sein Smartphone hervor und schaffte es nach einigem Herumgewische, die App eines Carsharing-Dienstes aufzurufen, bei dem er seit geraumer Zeit Mitglied war, den er aber bis jetzt noch nie genutzt hatte. Hilft nix, Wamprechtshammer, da musst jetzt durch, dachte er, als er sich auf seinem Smartphone als blinkenden Punkt sah, umzingelt von kleinen Autosymbolen.

Er wählte das nächstgelegene. Es war ein MINI-Cabrio und hörte auf den Namen „Rihanna". Ja so ein Schmarrn! Er schüttelte den Kopf, tippte auf „Reservieren" und die App zeigte ihm den Weg zu „Rihanna". Er folgte seinem wandernden Punkt und stand nach ein paar Minuten leicht durchfeuchtet vor dem blechgewordenen Popstar, in dessen Scheibe fröhlich ein oranges Licht blinkte. Als Nächstes musste er dem Ding wohl sagen, dass er gerne einsteigen würde, also drückte er auf „Fahrzeug öffnen". Er starrte gebannt auf das Blinklicht, das nach kurzer Zeit auf einen grünen Smiley wechselte. Mit einem satten „Pflopp" entriegelten sich die Türen. Erste Hürde genommen. Wamprechtshammer frohlockte – ein wenig zu früh, wie er gleich merken sollte. Er zwängte sich samt Sporttasche hinein, platzierte diese auf dem Beifahrersitz und machte sich auf die Suche nach dem Schlüssel. Nichts. Zefix! Das zentrale Display wies ihn mit einem „Bling" darauf hin, dass er sich zuerst anmelden solle. Auch das noch! Wamprechtshammer verdrehte die Augen, schielte durch das untere Drittel seiner Brille – scheiß Altersweitsicht – und las, was er zu tun hatte. Sauber, das kann dauern. Leise vor sich hin fluchend versuchte er, sich an seine PIN zu erinnern, die er über einen Drehknopf umständlich eingeben musste. War das jetzt sein Geburtsjahr? Oder sein Geburtstag und -monat? Oder nur 1234? Mit seinem Geburtsjahr hatte er Glück und das Display klärte ihn nun freundlich über das Schlüsselproblem auf. Es gab keinen. Er sollte nur Bremse und Kupplung betätigen und auf den „Ignition"-Button drücken. Er rückte seinen Sitz zurecht – in dem vorher ein Riese gesessen haben musste, da er in dieser Position kein einziges Pedal erreichte – tat dann, wie ihm geheißen, und tatsächlich: „Rihanna" sprang mit einem satten Knurren an. Braves Mädel! Er parkte aus und heizte los. Bis zur nächsten Kreuzung, dann stand er im Stau. Wamprechtshammer hätte am liebsten ins Lenkrad gebissen. München und Auto, das waren zwei Dinge, die sich nicht vertrugen, genau deshalb besaß er auch keines. Aber er wäre ja ein schlechter Kriminaler, würde er nicht auch die Schleichwege kennen. Er wendete unter wütendem Gehupe des Gegenverkehrs, umkurvte den Stau und kam so tatsächlich noch zehn Minuten vor seinem Termin im Physiotherapiezentrum CORPUS & SANITAS in Altbogenhausen an. Eine noble Gegend war das hier. Große Jugendstilvillen neben modernen Fassaden im Bauhausstil, hohe Bäume, parkartige Gärten. Schon oft hatte Wamprechtshammer hier in der Vergangenheit ermitteln müssen und meistens galt: Je edler die Fassade, desto schmutziger die Geschäfte, die dahinter getätigt wurden. Seine Therapiepraxis befand sich in einer Siebzigerjahre-Bausünde, die erst vor kurzem revitalisiert worden war und sich jetzt einigermaßen widerstandslos in die schamlos zur Schau gestellte Noblesse dieses Münchner Stadtviertels einfügte. Er sah sich noch kurz um und betrat dann die Praxis, die eigentlich eher aussah wie ein Fitnessstudio und deren Einrichtung der Lage in nichts nachstand.

Da legst di nieder, dachte Wamprechtshammer, da hatte ihm die liebe Kathi ja was ganz Feines rausgesucht. Noch war er gut gelaunt, doch das sollte sich bald ändern. Denn nachdem er sich angemeldet hatte und nach einer kurzen Wartezeit, stellte ihm die freundliche und selbstverständlich hochglanzpolierte Empfangsdame seinen Trainer und Therapeuten vor. Er hieß Einar, und Einar hatte eindeutig Wikingergene. Ein riesiger, gutaussehender, rotblonder nordischer Muskelberg. Durchtrainiert bis ins letzte Haarspitzerl seines unvermeidlichen Vollbartes. Zuletzt der Hulk und jetzt auch noch Thor. Mich leckst am Arsch, des kann was werden, sagte Wamprechtshammer zu sich. Ihm wurde ein wenig flau im Magen, zumal ihm sein Polizeiausweis hier gar nichts nützte. Er war diesem Asen hilflos ausgeliefert. Und der erklärte ihm auf dem Weg zum Trainingsbereich fröhlich, dass er gerade beim therapeutischen Training besonderen Wert auf die Beanspruchung eines jeden Körpermuskels lege, dass er schon viel schlimmere Fälle als ihn gehabt habe und dass diese nun absolut schmerzfrei, gestählt und aufrecht durchs Leben liefen. Wie viele den Weg nicht geschafft haben und jetzt zerschunden unter der Erde liegen, verschweigt er natürlich, dachte Wamprechtshammer grimmig. In der Umkleide zog er kurz in Erwägung, aus dem Fenster zu klettern und zu verschwinden – durchaus eine Option hier im Parterre. Doch er entschied sich zu bleiben, denn nichts konnte schlimmer sein als der Zorn seiner Exfrau und Amtsärztin, den er sich wohl oder übel zuziehen würde, wenn er dieses Training schwänzte. Also ergab er sich in sein Schicksal und raffte sich auf. Dann wollen wir dem Donnergott mal zeigen, wo der Hammer hängt, dachte er, rieb sich die Hände und betrat Asgard.

Ein wenig mehr als zwei Stunden später war Wamprechtshammer klar, dass man sich nicht mit den Göttern anlegte, und schon gar nicht mit den nordischen. Ihn schmerzte jeder ihm bekannte Muskel in seinem geschundenen Körper, hinzu kamen noch ein paar, von denen er gar nicht gewusst hatte, dass er sie überhaupt besaß. Er blickte missmutig durch die gläserne Eingangstür des Physiotherapiezentrums nach draußen. Die Wolken waren dichter und der leichte Nieselregen zum Wolkenbruch geworden. Sturmböen peitschten Wasserwände durch die Straße und die alten Bäume auf den Grundstücken der Villen bogen sich bedenklich. Er schaute auf sein Smartphone und betrachtete den blauen blinkenden Punkt. Wie Keime um einen Tropfen Antibiotikum in der Petrischale umringten ihn die Autosymbole in einem weiten Radius. Bis zum nächsten Wagen, er hieß „Aloisius" – was Wamprechtshammer kurz zum Himmel blicken ließ – war es knapp ein Kilometer Fußweg. Der Tod durch Ertrinken würde ihn vermutlich ereilen, bevor er den bayrischen Engel erreichte. Kruzifünferl! Immer wenn man eine dieser Karren brauchte, war keine in der Nähe! Er hatte sich schon damit abgefunden, einen sehr feuchten Weg ins Büro antreten zu müssen, als plötzlich sein Handy losrockte.

„Servus Sigi. Wie, Freischwimmer? Ja, du mich auch! Was? Ihr habts die Identität von unserem Tranchierten? Und auch schon seine Vita. Ja sauber, sag ich. Wart, ich hock mich bloß schnell hin, dann kannst loslegen."

Wamprechtshammer machte es sich auf den Treppenstufen bequem und kramte einen leicht zerfledderten Notizblock samt Bleistift aus einem Seitenfach seiner Sporttasche. Bei der Ausführlichkeit von Kollegen Leiningers Erklärungen war es angebracht, sich die wichtigen Punkte zu notieren, sonst wusste man am Ende den Anfang nicht mehr.

„Also, auf geht's, Sigi, schieß los."

KAPITEL 24

Hannes Weirather war ein skrupelloser Egoist. Das war er zwar nicht von Geburt an, doch irgendwann hatte ihn sein Leben dazu gemacht. Wann genau, das hatte er verdrängt. Es war ihm auch ehrlich gesagt vollkommen egal. Wichtig waren nur er selbst, sein Erfolg und vor allem Kohle, Kohle und nochmals Kohle.

Als er zwölf Jahre alt war, starb seine Mutter an Krebs. Sein Vater soff sich nach und nach das Hirn weg. Die gesamte Arbeit auf dem alten Erbhof nahe dem oberbayrischen Krün überließ er dem vierzehnjährigen Hannes. Zum Dank setzte es Schläge, wenn für den Alten nach einer Sauftour kein Essen bereitstand. Wenn er mal wieder nicht zur Schule durfte, las er Bücher, die er sich aus dem Bibliotheksbus auslieh. Besonders Mathematik, Wirtschaft und Recht hatten es ihm angetan. Da war alles klar und logisch. Gefühle waren da eher störend. Und Gefühle besaß auch er keine mehr. Er glaubte jetzt an Zahlen, Geld und den Erfolg des Stärkeren. Mit siebzehn ließ er sich nicht mehr schlagen, das kostete seinen Vater die Schneidezähne. Als er volljährig war, ließ er ihn entmündigen. Sein Alter litt unter Alkoholdemenz und war mehr als einmal splitterfasernackt im Winter durch Krün marschiert – die Hand zum Gruß erhoben und „Heil Hitler" skandierend. Jetzt hatte Hannes die Macht über den Erbhof und den machte er zu Geld, denn Land war teuer und begehrt. Er besaß genug davon. Als sein Vater im Pflegeheim – dem billigsten, das Hannes hatte finden können – einsam starb, gehörte der alte Erbhof längst zu einer Luxushotelkette mit angeschlossener Reha-Klinik. Zu diesem Zeitpunkt war auch Hannes bereits millionenschwer. Dank des Verkaufs der Ländereien, die über viele Generationen in Familienbesitz gewesen waren, hatte er ausreichend Kapital. Er handelte jetzt mit Immobilien und legte eigene Fonds auf, die ihm förmlich aus den Händen gerissen wurden. Er ritt auf der Erfolgswelle. Als die Krise kam, optimierte er selbst da seinen Profit – jedoch nicht immer den der Anleger. Die waren ihm niemals wichtig gewesen. Manche blieben eben auf der Strecke. Da hatte er weder Mitleid noch Skrupel. Bei seinem letzten Deal, einem Investment in die spanische Trabantenstadt Valdeluz, musste sogar er Federn lassen. Doch einen seiner Kunden, einen bis dahin äußerst solventen Schönheitschirurgen, erwischte es besonders schlimm. Der hatte einen Großteil des Firmenkapitals seiner Schönheitsklinik in dieses scheinbar lukrative Projekt gesteckt und war mit Pauken und Trompeten gescheitert. Dumm gelaufen. Das für dreißigtausend Menschen geplante Valdeluz, mit seiner Schnellzuganbindung nach Madrid, war heute eine Geisterstadt mit gerade mal fünfhundert Einwohnern. Den Arzt sollte das nicht mehr kümmern. Der hatte sich von diesem Desaster nicht mehr erholt und sich und seine Frau gleich dazu aus dem Leben befördert. Hannes war es herzlich egal. Einen Zyniker wie ihn amüsierte das sogar in gewisser Weise – war er doch tatsächlich bis kurz vor dem Desaster im Aufsichtsrat der HBS AG gewesen und hatte mit dem rechtzeitigen Verkauf seiner Aktien noch zusätzlich Profit gemacht. Doch jetzt schien es an der Zeit, sich etwas Neuem zuzuwenden. Und so begann er mit Daytrading. Doch nach ein paar erfolgreichen Jahren in diesem einsamen Geschäft vor großen Monitoren wurde ihm auch das zu langweilig. Er hatte Fett angesetzt, für Sex zahlte er, das Essen ließ er sich von den besten Restaurants Münchens in sein Dreihundert-Quadratmeter-Loft liefern. Er musste etwas ändern! Er brauchte Kumpels, er brauchte Sport, er brauchte echten Sex – vielleicht sogar ein bisschen Liebe. Also meldete sich Hannes im nobelsten Fitnessclub der Landeshauptstadt an und trainierte regelmäßig, um nicht zu sagen täglich. Er traf dort diesen wahnsinnig sympathischen Typen – einen Womanizer vor dem Herrn – mit dem er um die Häuser zog und in den besten Clubs der Stadt die Weiber klarmachte. Ein geiles Leben! Irgendwann hatte er den Plan, für ein bis zwei Jahre auszusteigen. Sein Kumpel bekräftigte ihn in seinem Vorhaben und half ihm sogar bei der Organisation. Alles lief nach Plan. Bis zu dem Abend, an dem sie seine bevorstehende Abreise auf ein einsames Eiland im Pazifik ordentlich begießen wollten. Als er gerade zwei Gläser sündhaft teuren fünfundzwanzig Jahre alten japanischen Single Malt einschenkte, hörte er hinter sich ein seltsames Geräusch. „Tiktiktiktik." In diesem Moment trat Hannes Weirather die letzte wirklich lange Reise in seinem nicht mehr allzu lang andauernden Leben an. Und die endete nicht weit von seinem Luxusappartement entfernt, ohne Arme, Beine, Herz und Augenlider in einer Blechschublade in der Münchner Gerichtsmedizin.

KAPITEL 25

Nachdem ihn Sigi Leininger mehr als ausführlich über das Leben des Hannes Weirather informiert und seine Theorie vom reichen Aussteiger bestätigt hatte, war Wamprechtshammer immerhin so viel klar: Menschen, die diesen Ungustl aus dem Leben befördern wollten, gab es anscheinend reichlich. Jetzt mussten sie nur noch den Richtigen finden. Eigentlich wäre es jetzt Zeit für ein gescheites Bier gewesen. Stattdessen hatte er sich von einem Streifenwagen abholen und direkt zur Abteilung Erhebung des Münchner Finanzamtes bringen lassen. Dort saß er nun der Abteilungsleiterin und somit der Vorgesetzten von Margot Szymanski gegenüber. Am besten hätte man sie wohl als alte staubige Jungfer beschrieben, und Wamprechtshammer hatte bei einem Telefonat mit ihr auf dem Weg hierher all seinen verbliebenen Charme aufbieten müssen, um gnädig eine sofortige Audienz zu erhalten. Letztlich half, dass er erwähnte, dass sie überhaupt die Einzige sei, die ihn in dieser Sache unterstützen könne, und sie gegebenenfalls maßgeblich zur Aufklärung eines spektakulären Kriminalfalles beitragen könne.

„Sie wissen fei scho, Herr Kommissar, dass ich Ihnen diese Auskunft nicht einfach so geben kann. Unsere Mitarbeiterdaten beim Finanzamt sind streng vertraulich, gell. Das gilt auch für die Polizei."

„Ja, Frau Feulner, ich weiß, normalerweise schon. Aber ich hab's ja schon am Telefon erwähnt, hier geht's um eine Mordermittlung, und die Frau Szymanski hat womöglich wichtige Informationen für uns. Also könnten S' vielleicht eine Ausnahme machen und mir vielleicht die Auskunft geben, ob sie da ist oder nicht."

„Ja, also ... Mord sagen Sie? Nicht, dass ich die Frau Szymanski da jetzt kompromittier, gell."

„Nein, ganz sicher nicht. Eher wenn S' mir nicht sagen, ob sie da ist. Dann müsst ich sie nämlich zur Fahndung ausschreiben."

„Ja, wieso denn des? Schauen S' halt bei ihr daheim vorbei!"

„Da waren wir schon. Sie ist also nicht im Büro."

„Oh, äh, ja!" Monika Feulner wurde rot.

„Kein Problem, bleibt unter uns." Wamprechtshammer zwinkerte ihr zu.

„Na gut, also dann." Die Finanzbeamtin seufzte tief.

„Die Frau Szymanski ist seit mehr als einer Woche krankgemeldet. Allerdings nur per Mail. Vom Arzt hätte aber schon längst eine Bescheinigung da sein müssen. Ist eigentlich gar nicht ihre Art. Die ist eher überkorrekt, wenn S' wissen, was ich mein."

„Also auch nicht sehr beliebt, nehm ich an."

„Was heißt schon beliebt. Fleißig ist sie jedenfalls. Und beliebt, na ja, bei den männlichen Kollegen auf alle Fälle."

„Aha, heißt des, sie hat nix anbrennen lassen?"

„Könnt man so sagen. In jeder Hinsicht eine ganz Scharfe, auch was die Arbeit betrifft", ätzte die Feulner, scheinbar glücklich darüber, endlich ein wenig ablästern zu können.

„Mit wem hat s' denn was gehabt, da herinnen?"

„Also das kann ich Ihnen jetzt beim besten Willen nicht sagen. Da müsst ich raten. Aber notfalls mit allen unter dreißig. Und das sind ein paar."

„Frau Feulner, hat denn die Frau Szymanski Verwandtschaft oder irgendjemanden, den man fragen könnte, wo sie gerade ist oder wo sie sich aufhalten könnte?"

„Nicht, dass ich wüsst, ich glaub, Mutter und Vater sind vor ein paar Jahren gestorben. Kamen aus der ehemaligen DDR. Die Szymanski hat nicht viel drüber gesprochen. Hat nur öfter mal geschimpft, dass der ganze Kapitalismus nix bringen würd, und dass der Staat eigentlich mehr Macht bräucht. Deswegen hat s' wahrscheinlich auch die Steuerschulden so gnadenlos eingetrieben."

„Und welche Fälle hat sie da so bearbeitet in den letzten Jahren?"

„Die müsst ich Ihnen raussuchen. Müssen S' aber vertraulich behandeln, gell. Sonst komm ich in Teufels Küche."

„Ja sowieso, Frau Feulner. Sie sind ja jetzt fast so was wie ein Hilfssheriff, gell. Da werd ich doch nix ausplaudern. Außerdem mach ich das ja praktisch auch eher inoffiziell, damit da mal was vorwärts geht. Da würd ich mir ja selbst auf die Füß treten, wenn ich mit so wertvollen Informationen nicht vorsichtig umgehen␣tät. Nicht wahr, Frau Feulner?"

„Ja gell, Herr Kommissar, manchmal müssen auch wir Beamten unsere eingetretenen Pfade verlassen. Sonst passiert ja hier nichts in dem Saustall, oder?"

Monika Feulner blinzelte ihm verschwörerisch zu. Wamprechtshammer hatte Mühe, ein Grinsen zu unterdrücken. Stattdessen hustete er.

„Dass mir fei nicht krank werden, Herr Kommissar."

„Nein, nein, passt schon. Hab mich bloß verschluckt. Wann haben S' denn die Akten beieinander?"

„Ich setz mich da gleich heut noch dran. Dann haben Sie's morgen, Herr Kommissar."

„Ja riesig, Frau Feulner. Jetzt müssten S' mir nur noch einen Gefallen tun und ganz offiziell und von Amts wegen Vermisstenanzeige erstatten, dann können wir loslegen und nach Frau Szymanski suchen."

„Mach ich gern. Hoffentlich ist's nix Schlimmes! Das wünscht man ja niemandem, gell!"

„Wollen wir's hoffen, Frau Feulner, wollen wir's hoffen. Ich muss jetzt jedenfalls los. Und vielen Dank noch mal für Ihre Unterstützung."

„Gern geschehen, Herr Kommissar. Die Unterlagen schick ich Ihnen morgen per Kurier in die Dienststelle. Ihre Visitenkarte hab ich ja. Vielleicht sehen wir uns bald mal wieder."

Monika Feulner schob kokett eine schlammbraune dauergewellte Locke hinter ihr rechtes Ohr, ließ die Hand auf der Wange verweilen, legte den Kopf leicht schief und blickte ihm intensiv in die Augen.

Das war Wamprechtshammer jetzt doch ein wenig zu viel. Er blinzelte nervös, hustete, weil er sich nun tatsächlich verschluckt hatte, und beeilte sich, aufzustehen. Er räusperte sich, während weiterhin ihre Augen erwartungsvoll auf ihm ruhten.

„Ähähäm, also wenn sich's ergibt, gerne. Und äh, ja, auf Wiederschaun, Frau Feulner."

Er stand auf und gab der Finanzbeamtin möglichst unverbindlich lächelnd die Hand, die diese ein klein wenig zu lange festhielt.

„Auf Wiederschaun, Herr Kommissar. Und melden Sie sich, wenn S' was brauchen. Oder gerne auch einfach so, gell."

„Ja, ja, sicher, äh, Frau Feulner. Gerne. Ganz sicher ..." – nicht, ergänzte er in Gedanken, da schick ich das nächste Mal den Leininger hin, der kann mit ihr Salbeitee trinken! Er spürte Monika Feulners heiße Blicke in seinem Rücken, als er eilig das Büro verließ. Draußen vor dem Amt schnaufte er erst mal tief durch. Herbert W. – von alten Jungfern gejagt. Ja, so weit kommt's noch. Jetzt war definitiv ein Bier fällig und hungrig war er außerdem.

Es hatte aufgehört zu regnen. Das Wasser stand in Pfützen auf dem Fußweg und überall lagen abgebrochene Äste herum. Wamprechtshammer schüttelte missmutig den Kopf und machte sich zu Fuß auf den Weg in die Innenstadt. Das Wetter wurde auch immer seltsamer, ganz wie die Leute hier in München. So etwas wie gerade eben war ihm in seiner gesamten Dienstzeit noch nicht untergekommen. Jetzt brauchte er aber dringend was in den Bauch. Seine Laune war im Keller und er wurde schon misanthropisch. Er legte einen Zahn zu und wich einem rot eingetüteten Hundehaufen aus, der mitten auf dem Fußweg lag. Zumindest sah man die Kacktüten besser als unverpackte Hundehaufen. Das war aber auch das einzig Positive daran!

Von der Außenstelle des Finanzamtes im Westen von Schwabing aus wären es eigentlich nur ein paar Schritte bis zum Chinesischen Turm im Englischen Garten gewesen. In dem großen Biergarten konnte man an heißen Sommertagen seine kühle Maß zusammen mit illustrem Publikum im Schatten der hohen alten Kastanien genießen. Doch bei dem Wetter war heute daran nicht zu denken. Also marschierte er weiter, quer durch Schwabing, die Leopoldstraße hinunter über die Ludwigstraße zum Odeonsplatz und weiter in Richtung Frauenkirche. In deren Schatten gab es eine stattliche Auswahl an Wirtshäusern, von denen es ihm eines ganz besonders angetan hatte. Dort gab es sein Lieblingsbier, frisch gezapft von einem der besten Schankkellner Münchens, der selbst gar kein Bier trank, denn er war Muslim. Wamprechtshammer suchte sich einen gemütlichen Platz und informierte Sigi und Theresa über den aktuellen Stand seiner Ermittlungen zu Margot Szymanski und lud sie ein, sich mit ihm zum Mittagessen zu treffen. Doch Theresa war im Trainingsmodus und Sigi plagte ein Heuschnupfen: Bäume! Birke, Erle, Weide – ob er denn nicht bemerkt hätte, wie schwer er sich mit dem Sprechen tat. Nase zu, kaum Luft. Nahe am Asthma.

„Ja, Sigi, schon recht, wenn's zu schlimm wird, nimm einfach die Dienstwaffe", gab ihm Wamprechtshammer als Tipp mit und legte auf. Er simste ihm die Nummer der Finanzbeamtin, und dass er vor seinem Gnadentod doch bitte noch die Vermisstenanzeige aufnehmen solle. Zurück kam das Emoji eines grinsenden Kackhaufens. Ganz schön grantig, unser Mimimi-Franke, dachte Wamprechtshammer und musste lachen. Er bestellte sich ein Bier und eine halbe Schweinshaxe mit Kraut – die Knödel ließ er weg. Zu viele Kohlenhydrate schaden, hatte Einar ihn eindringlich gewarnt. Also gut, dann eben keine Knödel. Sein Bier kam prompt, und während er auf sein Essen wartete, dachte er nach. Was hatten sie? Die zerstückelte Leiche eines Millionärs, einen versengten portugiesischen Fitnesstrainer und dann noch dessen höchstwahrscheinlich abgängiges

Gspusi vom Finanzamt. Jeder Fall für sich ziemlich kurios. Aber er hatte so ein Gefühl, dass das alles irgendwie miteinander zu tun hatte. Nur das „Warum" und das „Wie" fehlten ihm. Also würde er anfangen, auf Verdacht nach Parallelen zu suchen. Immerhin konnten sie jetzt ungehindert die Wohnung von dieser Szymanski unter die Lupe nehmen. Er glaubte nicht, dass sie dort eine ähnliche Entdeckung wie in der Wohnung des Latin Lovers machten, das hätte er gerochen. Und die Wohnung des toten Brokers war hoffentlich auch leichenfrei. Ganz schön viele Wohnungsbesichtigungen in einer Woche. Er kam sich langsam vor wie ein Immobilienmakler. Die duftende Schweinshaxe unterbrach seinen Gedankenfluss und er beschloss, sich angenehmeren Dingen zuzuwenden. In Kürze würden sie mehr wissen, dessen war er sich ganz sicher. Wie recht er damit hatte, sollte sich bald zeigen.

KAPITEL 26

„Willi, da musst jetzt leider noch warten. Des kann ich dir erst heut Abend sagen. Da kommst am besten zu mir."

Willi hatte Wamprechtshammer auf dessen Rückweg zum Polizeipräsidium angerufen und wollte wissen, was dieser über Enrique Martinez herausgefunden hatte.

„Jetzt werd bloß nicht hysterisch. Du kommst heut bei mir vorbei und ich erzähl dir alles. Aber nicht am Telefon. Nein, auch nicht bloß ein bisserl. Also durchschnaufen, Willi. Wir sehn uns bei mir ... ja, so gegen neun. Genau! Also, servus, Willi."

Er beendete das Gespräch, bevor Willi noch weiterbohrte. Er konnte ihm den Schlamassel doch unmöglich am Telefon erzählen. Wamprechtshammer war gar nicht wohl bei dem Gedanken. Dass der arme Kerl eigentlich auch noch dringend tatverdächtig war, machte die Sache nicht unbedingt leichter.

Um sich abzulenken, legte er einen Schritt zu, und hatte das Polizeipräsidium zwei Minuten später erreicht. Auf dem Flur kam ihm bereits Sigi entgegen. Der hatte rote Augen wie ein Karnickel und begrüßte ihn mit einem Niesanfall.

„Gsundheit, Sigi. Dich hat's ja sauber erwischt."

„Und wie, Berti! Aber ich nehm jetzt gleich was dagegen. Des hältst ja im Kopf ned aus, den Scheiß. Wenn des Allergiemittel einen ned immer so blöd im Kopf machen tät."

„Na dann, Sigi. Ich werd bei dir bestimmt nix davon merken."

Sigi verdrehte die Augen und schniefte. Dann erzählte er Wamprechtshammer, was die KTU in der Wohnung von Martinez zu Tage gefördert hatte.

„Ja, das glaub ich jetzt nicht. Ja da schau her! Der feine Herr Fitnesstrainer und Gesundheitsapostel hat anscheinend mit Steroiden gedealt. Ja sauber, sag ich", frohlockte Wamprechtshammer.

„Ja, Berti, wir haben uns auch ziemlich gewundert. Und etliche Ambullen Bobbers hatte er auch noch gebunkert."

„Ambullen Bobbers? Is des a neue Droge, Sigi? Oder meinst vielleicht Poppers?", stichelte Wamprechtshammer.

„Geh komm, Berti. Verarsch mich halt ned. Ich bin doch eh schon gestraft genug."

„Da hast recht, Franke sein reicht schon."

„Zefix, Heuschnupfen. Ich hab Heuschnupfen, Chef. Bitte!!", mokierte sich Leininger mit tränenden Augen.

„Ist ja gut, ist ja gut. Bist wirklich a arme Sau. Aber bis zur Rente ist das rum."

Wamprechtshammer klopfte ihm aufmunternd auf die Schulter.

„Wir werden jetzt jedenfalls dem Luxus-Fitnessladen noch mal einen Besuch abstatten. Wo soll er das Zeug sonst vertickt haben außer da? Oder er hat's sogar von dort, was mich gar nicht wundern tät, wenn ich mir dieses Muskelmonster von einem Geschäftsführer so anschau."

„Ja und mit dem Poppers hat er anscheinend auch gedealt, oder er hat's in eigener Sache genutzt. Ich hab gehört, damit kannst stundenlang vögeln, wennst da dran schnupperst."

„Hast dich ja gut informiert, Sigi. Aber recht hast. Passt zu unserem Loverboy."

„Meinst, da war jemand eifersüchtig und hat den deswegen angezündet?"

„Glaub ich eher nicht. Dazu war das zu ausgeklügelt und abgebrüht. Eine Eifersuchtstat sieht anders aus. Hast du denn schon die Durchsuchung der Wohnung von unserem Tranchierten angeordnet?"

„Freilich, Berti. Soll ich der KTU noch irgendwas sagen, worauf sie besonders achten sollen?"

„Ja, pass auf, Sigi. Aber dazu lass uns erst mal ins Chefkabuff gehen."

Wamprechtshammer begrüßte die Kollegen und war auf der Ausschau nach Theresa, als diese in voller Laufmontur und tropfnass hinter ihnen durch die Tür kam.

„Servus, Berti, ich war laufen ..."

„Wohl eher schwimmen, wenn ich dich so anschau", grinste Wamprechtshammer.

Theresa blickte an sich herab und zuckte mit den Schultern. Auf ihrem stahlblauen Windbreaker prangte diesmal in großen roten Lettern „SPRGRL" quer über ihrer Brust. Wamprechtshammer runzelte die Stirn. Er brauchte einige Sekunden, um das zu entziffern. Theresa musste seinen stieren Blick bemerkt haben.

„Was is, Berti? Noch nie a nasse Asiatin gsehen?"

„Nein, äh ... doch, jetzt. Aber wo hast denn dein Cape gelassen?"

„Wie, Cape?" Jetzt war es Theresa, die dumm dreinschaute.

„Umflieg halt das nächste Mal das Tiefdruckgebiet."

„Hä? Spinnst jetzt, Berti?"

Sie schaute zuerst Wamprechtshammer und danach Sigi fragend an. Beide konnten ihr Lachen nur schwer zurückhalten. Dann zuckten plötzlich Theresas Mundwinkel und sie kicherte los.

„Oh mei, Berti, jetzt hast mich aber sauber drangekriegt."

Sie knuffte Wamprechtshammer in die Seite.

„Supergirl geht sich jetzt mal duschen, sonst habts ihr nachher nix zu lachen in dem kleinen Chefkabuff. Obwohl, verdient hättet ihr's eigentlich."

Theresa machte sich auf den Weg zu den Duschen.

„Ja, besser ist das. Dein Chef brüht dann derweil Kaffee auf und der Sigi besorgt Zweiundfünfzigzahnige", rief ihr Wamprechtshammer hinterher.

Im Hinausgehen streckte Theresa, ohne sich umzudrehen, ihre Hand mit erhobenen Daumen nach oben.

„Is sie ned süß, unsere kleine Terminatrix."

Sigi schaute ihr mit wässrigen Augen hinterher und schniefte. „Des kannst laut sagen. Und jetzt ab! Kekse holen."

„Jawoll, Cheffe." Sigi schob ab und Wamprechtshammer widmete sich der Kaffeemaschine im Chefkabuff. Endlich mal wieder ordentlicher Kaffee. Seine Kapselmaschine zu Hause ging ihm auf die Nerven und mit dem Gebräu in der Reha hätte man allerhöchstens die Blumen gießen können. Da hatte er sich lieber an Tee gehalten. Die Kaffeemaschine, die ihm sein verunfallter Stellvertreter verräumt hatte, stand wieder an ihrem gewohnten Platz im Büro. Sie hatte gut und gerne zwanzig Jahre auf dem Buckel, aber ihr Direktbrühsystem war bis heute unübertroffen. Der Kaffee schmeckte fast so gut wie der von seiner Oma, die ihn immer per Hand aufgoss. Einfach lecker. Die Kaffeemischung – Costa-Rica-Spezial – holte er sich immer in einem kleinen Laden am Viktualienmarkt, ließ sie dort gleich frisch mahlen und verfeinerte sie noch, indem er eine Prise Zimt und ein paar Körner Salz draufgab, bevor er den Brühvorgang startete. Nach kurzer Zeit duftete es im Chefkabuff wie in einer Rösterei und Wamprechtshammer ließ sich, nachdem er Tassen und Teller auf dem Schreibtisch verteilt hatte, zufrieden in seinen Bürostuhl plumpsen. Lange musste er nicht warten und Sigi kam mit drei Packungen Butterkeksen hereinspaziert.

„Allmächd, hier riecht's aber lecker. Berti, ich muss sagen, nix geht über deinen Kaffee. Hab schon meiner Frau davon vorgeschwärmt. Die war doch glatt ein bisserl eifersüchtig."

„Jetzt übertreib nicht, Sigi. Ich hab den Kaffee von deiner Holden schon getrunken, der schmeckt hervorragend. Außerdem macht die Gudrun den besten Apfelkuchen weit und breit. Den bekommst bei mir nicht."

„Des stimmt. Aber die Keks tun's auch. Wo bleibt denn bloß unser Supergirl?"

Sprach's und in gleichen Moment kam Theresa zur Tür herein. Schlagartig wechselte der Duft im Raum von Kaffee auf Kokos-Vanille.

„Oha, Reserl. In was bist du den reingefallen? Du riechst ja wie eine Duftkerze vom IKEA", konstatierte Wamprechtshammer wenig charmant.

Theresa errötete.

„Neue Duftserie. Haben mir meine Eltern geschenkt. Heißt Cocovanilla. Nomen est omen. Hätt mir gleich denken können, dass Duschgel, Bodylotion und Eau de Toilette ein bisserl zu viel sind. Sorry."

„Brauchst dich nicht entschuldigen. Riecht irgendwie nach Urlaub. Karibikfeeling im Polizeipräsidium, mit Butterkeks und Costa-Rica-Kaffee. Was willst mehr, oder?"

„Vielleicht echten Urlaub?"

„Komm, jetzt nöhl ned, Sigi. Passt mal auf, ich hab da eine spannende Theorie. Die muss aber nicht gleich jeder mitbekommen, sonst heißt's wieder, der Wamprechtshammer spinnt."

„Ist der Ruf erst ruiniert ...", kommentierte Theresa mit einem spitzbübischen Grinsen.

„Du gell, zammreißen und aufpassen! Also, ihr zwei könnts mich jetzt für narrisch erklären, aber ich glaub, dass die drei Fälle miteinander zu tun haben, sofern die Finanzbeamtin weiterhin verschwunden bleibt. Und das sollten wir jetzt möglichst schnell rausfinden."

Theresa und Sigi sahen Wamprechtshammer mit großen Augen an. Zuerst meldete sich der Oberkommissar zu Wort.

„Meinst du echt? Also der Fitnesstrainer und die Szymanski wahrscheinlich schon. Aber die Wasserleich? Ich wüsst ned, was die damit zu tun hat."

„Ich könnt mir das auch vorstellen", meldete sich Theresa zu Wort, „zumal der Kerl zu Lebzeiten ziemlich durchtrainiert war, einen Haufen Geld hatte."

„Und wo bringt man seinen Body besser in Form als im besten Fitnessclub der Stadt mit einem Personal Trainer!", ergänzte Wamprechtshammer.

„Vielleicht ging's ja um die Szymanski?"

„Ja, genau, Sigi. Der Trainer ist eifersüchtig und zerteilt den Manager. Und die Geliebte von den beiden ist daraufhin so sauer auf den, dass sie ihm den Lümmel anzündet und dann verschwindet? Des glaubst doch wohl selber ned!"

„Ja, warum denn nicht, Berti?"

„Erstens, weil das Frauen äußerst selten tun. Zweitens, weil eine Eifersuchtstat mehr Spuren hinterlässt. Und drittens, weil ein toter Trainer keine abgetrennten Arme und Beine in den Englischen Garten schleppen kann. Darum nicht."

„Und weil ein Fitnesstrainer aus Portugal ganz selten Ahnung hat von professioneller Amputation", schob Theresa nach.

„Ja, ist ja schon gut. Hackts nur auf mir rum", motzte Sigi, verschränkte die Arme und sank beleidigt in seinen Stuhl zurück.

„Ach komm, nicht beleidigt sein. Wir machen hier ein Brainstorming. Jede Idee zählt. Also nimm an Keks und bock ned rum." Wamprechtshammer klopfte dem muffig dreinguckenden Sigi auf die Schulter.

„Na gut. Also müsst dann ein Vierter im Spiel sein. Was ist mit deinem Bekannten, der Schwulette?"

„Das hab ich schon mit Theresa durchgekaut. Da hast prinzipiell recht, der ist eigentlich der einzige Verdächtige derzeit. Aber da wär auch wieder Eifersucht im Spiel. Außerdem kenn ich den Willi schon recht lang. Der wird schon blass, wenn er ein Steak *medium rare* servieren muss. Und die Zeit und die Mittel für den Aufwand fehlen dem auch."

„Ja, und? Was machen wir jetzt?", fragte Sigi und kratzte sich den Scheitel. Auch Theresa guckte ein wenig hilflos drein.

„Also, passts auf, Herrschaften, wir machen Folgendes!" Wamprechtshammer erklärte den beiden seinen Plan und wer was zu tun hatte. Ganz besonders Sigi Leiningers Augen wurden dabei immer größer, und als sein Chef mit den Erklärungen am Ende war, schickte er den verdutzten Sigi mit den Worten: „Auf geht's, geh heim, schnapp dir die Gudrun und erklär ihr, was du machen musst. Die weiß schon, was zu tun ist", nach Hause.

Danach besprach sich Wamprechtshammer noch mit Theresa und machte sich kurz darauf selbst auf den Heimweg. Dort angekommen, war ihm nach einem guten Rotwein und etwas Ruhe in seiner Schaufensternische. Er musste sich mental und physisch auf das Gespräch mit Willi vorbereiten.

Als dieser pünktlichst um 21 Uhr an die Tür klopfte, hatte Wamprechtshammer bereits eine ganze Flasche geleert und war daher mehr als entspannt. Sie umarmten sich zur Begrüßung und ein den Umständen entsprechend erstaunlich ruhig wirkender Willi nahm am Küchentisch Platz. Wamprechtshammer holte seinen Lieblingsmarillengeist, setzte sich dazu und schenkte beiden zwei ordentliche Stamperl davon ein. Sie stießen schweigend an und ließen sich den Schnaps schmecken. Dann begann Wamprechtshammer zu erzählen. Dabei sparte er immer wieder Details aus, wenn er merkte, dass Willis Augen feucht wurden oder dieser begann, die Gesichtsfarbe zu wechseln. Als er mit seinen Ausführungen fertig war, trat eine ungewöhnlich lange Stille ein. Dann atmete Willi einmal tief durch und schob Wamprechtshammer sein Schnapsglas hin.

„Ich glaub, ich brauch noch mal einen", seufzte er und kippte sein Stamperl in einem Zug hinunter.

„So ein Saukerl, aber des hat er nicht verdient", fuhr er kopfschüttelnd fort.

„Obwohl ich mir so was irgendwie schon gedacht hab. Der war so geheimniskrämerisch und außerdem hat er viel zu gut ausgesehen. So was gehört einem nie allein. Aber dass der es gleich so übertreiben muss. Also nein. Ich sag's dir, Berti, des hat jetzt ein End. Die Kerle können mir jetzt gestohlen bleiben, so wahr ich Wiegald Semmeling heiß!"

Willi straffte seine hängenden Schultern, sah Wamprechtshammer mit trotzigem Stolz an und schniefte.

„Aha, wie des?", fragte Wamprechtshammer neugierig und legte den Kopf schief.

„Ja, so halt. Mir reicht's. Ich änder mein Leben."

„So, so. Verstehe. Könnt des sein, dass des was mit der Oriana zu tun hat?", bohrte Wamprechtshammer und fixierte Willi über seine randlose Brille hinweg. Der wurde mit einem Schlag puterrot.

„Öhhhh, wie kommst denn jetzt da drauf?"

„Willi, ich bin Kriminaler, schon vergessen? Und obwohl ich dich bis jetzt – mit Verlaub – für stockschwul gehalten hab, drängt sich mir einfach der Verdacht auf, dass des vielleicht doch gar ned so in Stein gemeißelt is und dass da was läuft, zwischen der Oriana und dir!"

„Ähmm, also weiß du, ich ..."

„Jetzt drucks ned rum, erzähl schon. Raus damit!"

Wamprechtshammer lachte, klopfte Willi aufmunternd auf die Schulter und dieser begann zu erzählen.

KAPITEL 27

Das hatte er sich allerdings etwas amüsanter vorgestellt. Diese Finanzamtstussi war echt ein harter Brocken. Jedes Mal, wenn er sie aus dem künstlichen Koma, in das er sie versetzt hatte, zurückholte, überschüttete sie ihn mit Flüchen und Beleidigungen. Nicht, dass er das nicht verstanden hätte, schließlich wurden einem ja nicht alle Tage einfach so beide Beine amputiert, aber ein wenig Reue und Einsicht wären schon angebracht gewesen. Oft genug hatte er ihr dies förmlich in den Mund gelegt, aber diese Person war total uneinsichtig und vollkommen frei von jeglicher Selbstreflexion. Sie dachte sogar, er wäre tatsächlich scharf auf sie. Wie lächerlich! Wobei er zugeben musste, dass es ihn erstaunte, wie top in Form sie war. Das war aber auch schon alles und nötigte ihm doch einigen Respekt ab. Er würde ihr als Nächstes die Arme amputieren und er spielte mit dem Gedanken, einen Teil des Fettgewebes, sofern vorhanden, dazu zu nutzen, um ihre Brüste um ein bis zwei Größen aufzupolstern. Wäre das zu wenig, würde er ihr Implantate einsetzen. Einen skurrilen Homunkulus würde er aus ihr machen. Das hatte er ihr auch genau so mitgeteilt. Sie war in irres Gelächter ausgebrochen und hatte versucht, ihn anzuspucken. Als ihr dies nicht gelungen war, hatte sie wieder angefangen, ihn zu beschimpfen. Er hatte die Dosis der Narkose- und Schmerzmittel erhöht und sie war wieder eingeschlafen. Was war sie nur für ein Mensch? Privat sport- und sexsüchtig, im Beruf eine absolut gnadenlose Exekutionsmaschine. Sie hatte damals seinem Vater, ohne mit der Wimper zu zucken, den Todesstoß versetzt. Denn sie hatte jede Form der Stundung abgelehnt und dessen Steuervergehen sofort zur Anzeige gebracht, ohne ihm die Chance zur Selbstanzeige zu lassen. Damit war der Weg für ein ausgedehntes Strafmaß geebnet. Sein Vater war erledigt, und als er davon erfuhr, konnte man sehen und spüren, wie er daran zerbrach. Sie hatte ihn damit in den Selbstmord getrieben, und er würde ihr jegliche Möglichkeit nehmen, ihrem Leben selbst ein Ende zu setzen. Das war nämlich äußerst schwierig, so ohne Hände und Beine. Er überlegte, wie sie sich wohl kratzen würde, wenn es sie juckte. Vor allem da, wo es sie scheinbar sehr oft juckte. Bei dem Gedanken daran musste er kichern. Geht dann wohl nicht mehr. Jetzt entschied er darüber, wann ihr trauriges Dasein beendet werden würde. Selbst schuld – wie man in den Wald hineinruft, so schallt's zurück.

Er verließ den Beobachtungsraum mit den Monitoren und Anzeigen für die lebenserhaltenden Systeme. Seine permanente Anwesenheit war dank modernster Technologie zum Glück nicht erforderlich. Auch hatte er dafür gesorgt, dass niemand auch nur zufällig sein Versteck ausfindig machen konnte. Seien es spielende Kinder, Landstreicher oder irgendein neugieriger Nachbar. Er hatte zwei Söldner mit einschlägiger Vergangenheit engagiert, die das Gelände gut getarnt bewachten. Keiner kam hier rein oder raus, ohne dass er darüber informiert wurde. Die kosteten ihn zwar eine Stange Geld, aber man konnte nie vorsichtig genug sein. So machte er sich entspannt auf den Weg in seine neue Unterkunft, die er vor ein paar Wochen unter einer seiner vielen falschen Identitäten angemietet hatte.

Davor hatte er eine Zeit lang in dem Luxusloft des Finanzmanagers gewohnt. Den vermisste ohnehin niemand und der Concierge kannte ihn als die Person, die er zu diesem Zeitpunkt darstellte – den hippen Kumpel des reichen Sonderlings, der dessen Wohnung während seiner Abwesenheit nutzte und in Schuss hielt.

Doch das war nicht von Dauer, denn spätestens ab dem Zeitpunkt, an dem er die Leiche der Öffentlichkeit und somit den Ermittlungen preisgegeben hatte, würde es nicht mehr lange dauern, bis hier die Polizei auftauchte. All das war Teil des Plans. Denn einer der Ermittler stand zwar nicht selbst auf seiner Todesliste, jedoch würde eine Person aus dessen Freundeskreis nicht mehr allzu lange unter den Lebenden weilen.

Er wollte sich keinesfalls den Spaß nehmen lassen, diese einfältige Truppe bei der Ermittlungsarbeit zu beobachten. Zumal die das gesamte Ausmaß seines perfiden Racheplanes unmöglich überblicken konnten. Um immer bestens informiert zu sein, hatte er sich seine neue Bleibe ganz in der Nähe der Wohnung des leitenden Kommissars gesucht. Dessen Umgang mit dem Smartphone war reichlich lax und so hatte er es bei einer günstigen Gelegenheit geklont. Der Trottel hatte es tatsächlich im Schaufenster seiner Ladenwohnung eingeschaltet und entsperrt liegen lassen. Auf diese Weise war er zwar nicht immer ausführlich, aber in hinreichendem Maße über den Stand der Ermittlungen informiert. Es stellte auch nicht mehr als eine Fingerübung für ihn dar, herauszufinden, wer den Fall zugeteilt bekommen hatte. Dieser Wamprechtshammer war schon zu der Zeit, als er selbst noch ein erfolgreicher Arzt war, der Einzige gewesen, der mit der Aufklärung von Verbrechen solcher Art betraut worden war. Beim Schönheitschirurgen wird schließlich getratscht wie beim Friseur, und da bei ihm auch die Gattin des Polizeipräsidenten unterm Messer lag – Fett an Po und Hüfte absaugen, Brüste damit aufpolstern – , war er bestens informiert. Nichts geschieht zufällig, dachte er sich. Sogar der dämliche Stellvertreter des Hauptkommissars hatte seinen Weg in die Isar nicht ganz freiwillig gefunden. Er hatte ein wenig nachhelfen müssen, sonst hätte ihm ein banaler Bandscheibenvorfall seinen schönen Plan zunichtegemacht.

Er überlegte kurz und korrigierte sich. Einmal hatte ihm doch der Zufall geholfen und das hatte ihn in seinem Tun mehr als bestätigt. Die Schlampe vom Finanzamt war doch tatsächlich die Nachbarin dieses bisexuellen Latin Lovers und körnerfressenden Möchtegerntrainers aus dem Fitness-Studio. Er hatte es kaum fassen können, als dieser damit prahlte, dass eine blonde Finanzbeamtin namens Margot seinem Riesenschwanz total verfallen war und er sie mehrmals die Woche in ihrem Appartement besuchte. Kumpelgespräche in der Männerumkleide hatten so ihre Vorteile. Es war ein Einfaches gewesen, diesem hormongesteuerten Kerlchen einen Dreier mit der Szymanski schmackhaft zu machen. Dass am Ende nur er alleine etwas davon hatte, konnten diese beiden paarungsfreudigen Turteltäubchen ja nicht ahnen.

KAPITEL 28

Sigi Leininger öffnete schwungvoll die Tür des Fitness-Studios. Wamprechtshammer hatte ihm tags zuvor mit der Bemerkung, ein wenig Training könne ihm nicht schaden, den EMS-Trainingsgutschein in die Hand gedrückt, den er vor ein paar Tagen im SPORTS MILLIONAIRES mitgenommen hatte. Bei dieser Gelegenheit sollte Sigi – sozusagen undercover – Marco Nidlich, den Geschäftsführer oder Trainingsleiter oder was immer der auch war, aushorchen. Also hatte Sigi sich in gehobene Freizeitklamotte geschmissen: rotes Poloshirt mit großem blauen Logo – Kragen hochgestellt, Jeans im Destroyed-Look, weißer

Windbreaker, weiße Turnschuhe, dazu eine blau verspiegelte Sonnenbrille von Ermenegildo Zegna – im wahrsten Sinne des Wortes unaussprechlich ... teuer. Gudrun, ganz hingerissen von der Idee, war sofort mit ihm shoppen gegangen. Sie fand, jetzt sehe er mal richtig modisch aus. Sigi hingegen kam sich vor wie ein Volldepp. Das Markenuhren-Imitat an seinem Arm sah zwar täuschend echt aus, trug aber nicht gerade dazu bei, dass er sich besser fühlte.

Derart ausstaffiert stolzierte er nun in das Foyer des Fitnessclubs. Nach dem üblichen „Herzlich-willkommen-im-SPORTSMILLIONAIRES-ich-bin..." – diesmal war's Chiara – „...was-kann-ich-für-dich-tun?" zog Sigi den Gutschein aus seiner Jackentasche und erklärte der Hostess und ihrer auf der Computertastatur herumklackernden Kollegin, dass er Lénonsché heiße, Siegmund Lénonsché, und er das gerne mal ausprobieren wolle, aber auch einen Personal Trainer suche – am besten den Cheftrainer – , der ihn wieder auf Vordermann bringen solle. Der stressige Managerjob, Filmbusiness, sie wüssten das ja, oder vielleicht auch nicht. Jedenfalls ständig Geschäftsessen und immer diese Einladungen. Gar nicht gut für die Figur und die körperliche Fitness.

Kurz gesagt, Sigi Leininger machte einen auf dicke Hose. Wer ihn kannte, hätte sich vermutlich vor Lachen eingenässt. Bei den Mädels am Empfang schien es zu wirken. Die wurden mit einem Mal ganz geschäftig, boten dem fast ein wenig überforderten Sigi die verschiedensten Kaffeevariationen an, baten ihn, doch bitte Platz zu nehmen, und versicherten ihm, sich sofort darum zu kümmern. Filmbusiness war wohl das Stichwort, dachte Sigi, oder die brauchen wirklich jeden Kunden, um sich über Wasser zu halten. Gewundert hätte ihn das nicht. Dick auftragen war ja sozusagen der Standard in München mit seiner Bussi-Bussi-Gesellschaft. Also ließ er sich in einen der Sessel in der Lounge-Ecke plumpsen und kurz darauf kam auch schon Hostess Bella mit seinem Chai Latte mit Mandelmilch und Kokosblütenzucker angestöckelt. Leininger nippte daran – er schmeckte ausgezeichnet –, schnappte sich eine Ausgabe von Gentlemen's Monthly und blätterte diese mehr oder weniger interessiert durch.

Plötzlich wurde es dunkel. Berti hatte ihn schon vorgewarnt, dass dieser Nidlich körperlich überhaupt nicht seinem Namen entsprach. Aber dass der Kerl ein derartiger Koloss war, damit hatte er nicht gerechnet. Er nahm seine unaussprechlich teure Brille ab und blickte nach oben. Weit über sich sah er in einem solariumgebräunten Gesicht ein gebleachtes Lächeln, das nicht bei den Augen ankam. Ein gewaltiger Bass dröhnte ihn an.

„Grüß Gott, Herr ..."

„Lénonsché, bitte. Siegmund Lénonsché."

„Herr, äh, Lénonsché. Oder darf ich Siegmund sagen?"

„Ja, bitte, gerne. Wir sind ja unter Sportlern sozusagen, gell", entgegnete Sigi und winkte nonchalant ab.

„Hallo, Siegmund, ich bin der Marco." Nidlich streckte ihm seine Pranke hin. Sigi war aufgestanden und seine Rechte verschwand zur Gänze darin. Er war froh, als er diese unbeschädigt zurückbekam und sie möglichst lässig in seine Hosentasche stecken konnte.

„Du willst also Fitness auf ganz hohem Niveau, wie mir die Chiara mitgeteilt hat."

„Ja, richtig, und möglichst effektiv und schnell sollte es gehen. Bin bald zu einem Dreh auf den Seychellen, da muss ich schließlich fit sein. Nicht wahr. Die Mädels schauen ja nicht nur aufs Geld heutzutage", schwadronierte Sigi und unterdrückte dabei seinen fränkischen Restdialekt so gut es ging.

„Ja dann bist du hier genau richtig. Willst du das EMS heute gleich ausprobieren? Wir hätten gerade einen Trainingsplatz frei."

„Ja freilich, gern. Aber brauch ich da nicht ...?" Sigi blickte an sich herab.

„Nein, nein. Brauchst du nicht. Du bekommst einen speziellen Anzug an. Die Unterwäsche kannst du anbehalten. Ich hoffe, du trägst welche."

Nidlich blinzelte ihm verschwörerisch zu. Lachte dröhnend, als er Sigis verdutztes Gesicht sah, und klapste ihm freundschaftlich auf den Bizeps. Sigi zuckte vor Schmerz zusammen, rieb sich die Schulter und beeilte sich, ihm lachend beizupflichten.

„Ja klar. Ägyptische Baumwolle mit Seide. Nur vom Feinsten halt, ha, ha. Ist das okay?"

Nidlich nickte grinsend und Sigi war froh, dass Gudrun ihn rundum – also auch untenrum – ausgestattet hatte, und schickte ein Stoßgebet zum Himmel. Seine geliebten Baumwollshorts mit lustigen Tierchen und Comicfiguren hätten ihn jetzt wahrscheinlich auffliegen lassen.

„Na, dann komm mal mit, Siegmund. Wirst staunen, wie effektiv das ist. Über das Personal Training können wir uns währenddessen auch unterhalten."

Nidlich bedeutete Sigi, ihm zu folgen. Dieser setzte seine Brille wieder auf und die beiden marschierten in Richtung Umkleiden und Trainingsbereich. Unterwegs erläuterte der Trainer Sigi die Vorteile des Muskelaufbaus mithilfe von Elektromyostimulation. In Kombination mit einem fein abgestimmten persönlichen Trainingsplan würde er innerhalb von zwei bis drei Monaten aussehen wie ein griechischer Athlet und die Mädels würden dann nur so auf ihn fliegen. Noch mehr als vermutlich eh schon, beeilte er sich hinzuzufügen: Er selbst wäre der beste Beweis dafür, wie effektiv dieses Training sei und welche Erfolge – insbesondere beim weiblichen Geschlecht – man damit hätte. Früher sei er ein richtiges Grischperl gewesen und die Weiber hätte ihn noch nicht mal mit dem Arsch angeguckt. Aber jetzt, ho, ho. Er könne ihm da ein paar Dinge erzählen, wenn er wolle. Sigi nickte bestätigend, tat, als würde er es gar nicht erwarten können, und schwärmte Nidlich seinerseits von den willigen Assistentinnen in der Filmbrache vor. Da ginge schon so einiges, aber er wolle eben immer noch ein bisserl mehr. Beide nickten selbstbestätigend und lachten wissend. Innerlich stellte es dem grundtreuen Sigi alle Haare auf. Aber Hauptsache, sie waren jetzt ein eingeschworenes Testosteron-Team.

„Sag mal, Siegmund, wenn ich fragen darf: Kommst du eigentlich aus Nürnberg?", unterbrach Nidlich ihren selbstbeweihräuchernden Männer-Smalltalk.

„Ja, Heidingsfeld. Wieso?", fragte Sigi etwas überrascht.

„Allmächd, du auch. Sach amool, hab ich's ma glei dengd", fränkelte der braune Riese auf einmal und haute Sigi auf die Schulter, dass es diesen beinahe aus den Schuhen gehoben hätte.

„Oha, hört man das noch so raus?", entgegnete er verblüfft und rieb sich die zertrümmerte Schulter. Obwohl es Sigi schwerfiel, bemühte er sich dennoch um eine möglichst hochdeutsche Aussprache, um nicht aus seiner Rolle zu fallen.

„Ja, schon a weng. Einmal Franke, immer Franke. Den Dialekt kannst halt kaum verstecken."

„Also, Marco, wenn du mir das jetzt nicht gesagt hättest ..."

„Ach", winkte Nidlich ab, „dass man das nicht hört, war echt harte Arbeit. Wollte ja auch mal zum Film. Hab dann Schauspielunterricht genommen und Sprechtraining. Dreimal die Woche. Ein Gfrett, kann ich dir sagen."

„Ja, ja, das Filmbusiness ist gnadenlos. Mit Dialekt kommst da kaum rein – außer die Rolle verlangt's, gell. Aber Management geht. Als Produzent sowieso, da kommt's nur auf die Kohle an und das Näschen für den nächsten Blockbuster", stimmte Sigi zu und fand, dass seine Antwort äußerst professionell klang. Fast hätte er selbst geglaubt, was er da so vollmundig von sich gab.

„Aber, Siegmund, ganz ehrlich und du brauchst es mir auch nicht zu sagen. Lénonsché? Das ist doch ein Künstlername, oder? So heißt doch kein Nürnberger."

Jetzt wurde es Sigi ein wenig warm, aber er ließ sich nichts anmerken. Der Große war ganz schön neugierig. Aber es bot sich die Chance, ihm seinen tatsächlichen Namen – und wenn auch nur den Nachnamen – zu nennen, ohne dass das auffiel.

„Tja, äääh. Weißt, Marco, mit dem Namen Leininger gewinnst halt im Filmgeschäft keinen Preis. Lénonsché merkt sich da jeder Depp, sobald ich ihm eine Flasche Taittinger dazu schenk. Denen erklär ich dann immer, dass der ‚Tétonsché' ausgesprochen wird, und so vergessen s' mich nie mehr. So, jetzt kennst das Geheimnis meines Erfolges und bist mir was schuldig, gell."

Sigi grinste gewinnend unter seiner unaussprechlich teuren Sonnenbrille hervor und freute sich – er hatte einen neuen Freund gefunden. Viel Muskeln, wenig Hirn. Das wird ein Leichtes, den auszuhorchen, dachte er und sollte sich dabei gewaltig täuschen.

KAPITEL 29

Kurze Zeit später hatte sich Sigi in einem separaten Trainingsbereich mit eigener Umkleide seiner Kleidung entledigt und war in einen EMS-Anzug der neuesten Generation geschlüpft. Besser gesagt: Er hatte sich hineingepfercht. Als er aus der Umkleide trat, zeigte Nidlich seine gebleachten Zahnreihen und reckte den Daumen nach oben.

„Alle Achtung. Schaust aus wie ein Superheld, Siegmund."

Sigi betrachtete sich im Spiegel und war selbst überrascht. Schneidig sah er aus, in der schwarzen Pelle. Die Applikationen für die Übertragung des Reizstroms wirkten wie Muskelgruppen. Jetzt fehlte ihm nur noch eine Maske und eine Superwaffe und er würde als Marvel-Avenger durchgehen, dachte er, sich selbst bewundernd. Nidlichs Bass riss ihn aus seinen Gedanken.

„Das ist ein Anzug der neuesten Generation. Da muss ich dich nicht mehr verkabeln. Der wird nur noch mit einer einzigen Verbindung an die Steuereinheit angeschlossen."

Er zeigte Sigi den silbernen Schraubstecker und fixierte diesen anschließend in einer Buchse am Rücken des Anzugs.

„Da drin sind Silberfäden eingewebt, die übertragen den Strom auf deine Muskelpartien, ohne dass ich den Anzug anfeuchten muss, wie das früher der Fall war. Das Training steuere ich von diesem Pult aus. Wenn ich zum Beispiel hier drücke ...", er tippte auf eine Taste und betätigte einen Drehregler.

„Aaaaahhhhh!!! Was??" Sigis rechter Arm schoss in die Höhe zum Hitlergruß erhoben.

„Spinnst du!! Mach das weg!!!", kreischte Sigi. Nidlich lachte sich kaputt.

„Oha, war wohl etwas zu heftig eingestellt. Wir Franken sind zwar a weng konservativ, aber ich wusste gar nicht, dass du politisch so weit rechts stehst", gluckste der Trainer und ließ Sigis Arm mit einem Tastendruck wieder nach unten sinken.

„Spaßvogel!" Sigi rieb sich den Bizeps. „Das ist ja ganz schön gruselig, was du da mit mir anstellen kannst."

„Entschuldige, war keine Absicht. Aber lustig sah es schon aus. Ich hoffe, du nimmst mir das nicht übel."

Nidlichs Entschuldigung klang aufrichtig.

„Ja, ja. Passt schon. Wir Franken verstehen ja zum Glück Spaß, gell. Aber sag mal, Doktor Frankenstein, wie trainiert man denn jetzt tatsächlich damit?", fragte Sigi ein wenig skeptisch.

„Frankenstein ist gut. Ha, ha."

Der Vergleich gefiel Nidlich sichtlich.

„Aber jetzt pass auf, wir legen los. Ist eigentlich ganz einfach. Du machst eine bestimmte Übung, die ich dir vormache, und dann steuere ich mit dem Strom dagegen. Dann müssen deine Muskeln bei jeder Ausführung dieser Trainingseinheit mehr arbeiten, als würdest du sie ohne den Anzug ausführen – und das beschleunigt den Muskelaufbau."

„Genial, Marco, wirklich. Da bin ich ja jetzt echt mal gespannt. Aber mal ganz im Vertrauen: Kann man das Training eigentlich nicht noch ein ganzes Stück effektiver gestalten? Da soll's doch ganz tolle Sachen zum Muskelaufbau geben, hab ich gehört. Ich glaub, die sind aber nicht ganz legal. Ihr habts hier so was sicher nicht, oder?"

„Hm, Siegmund, wie meinst jetzt des?"

„Na ja, Testosteron, Anabolika, Gen-Doping und so was, weißt."

Nidlich fixierte Sigi mit ernstem Gesicht und durchdringendem Blick. Der versuchte möglichst unschuldig dreinzuschauen, was ihm anscheinend gut gelang, denn plötzlich hellte sich Nidlichs finstere Miene auf.

„Ha, ich seh schon, du meinst es wirklich ernst. Ein echter Heidingsfelder halt." Er nickte anerkennend und schürzte die Unterlippe.

„Na, sagen wir mal, ich könnte dir da schon das eine oder andere besorgen."

Er blinzelte Sigi verschwörerisch zu.

„Lass uns nachher in meinem Büro drüber reden. Ich würd sagen, wir starten jetzt mal mit dem Training."

„Hast recht. Bin schon gespannt."

„Also, pass auf. Du gehst jetzt so in die Hocke, wie beim Abfahrtslauf und drückst die Arme nach oben, als wolltest die Skistöcke zum Anschieben heben. Klar so weit?"

Nidlich machte Sigi die Position vor und dieser ahmte sie ein wenig ungelenker nach.

„So, jetzt drückst die Arme nach unten und versuchst aufzustehen. Und das zehn Mal. Und los!"

Der Trainer aktivierte den Anzug und Sigi tat, wie ihm geheißen.

„Uuuiiiih, halleluja. Oha!", ächzte Sigi und versuchte sich aus der Rennhocke nach oben zu stemmen. Er fühlte sich dabei, als würde ihn eine unsichtbare Hand in dieser Position festhalten wollen.

Plötzlich quakte eine Ente im Nebenraum.

„Ah, shit. Handy", quetschte er mit zusammengebissenen Zähnen hervor, während er mehr schlecht als recht versuchte, die Übung auszuführen.

„Wart, ich hol's dir. Ist sicher wichtig."

„Nnnnnh. Hmmmpf. Brauchts ned …"

Nidlich war bereits unterwegs in die Umkleide.

„In deiner Jacke, gell?"

„Nrrrgh! Jessas!" Mehr konnte Sigi gerade nicht rausbringen, während er zum fünften Mal versuchte aufzustehen und die Arme nach unten zu drücken.

Nidlich lokalisierte das Quaken in der Außentasche von Sigi Leiningers Windbreaker. Als er das Smartphone herauszog, fiel eine blaue Plastikkarte zu Boden. Er bückte sich, um sie aufzuheben. Was darauf stand, war mehr als aufschlussreich für ihn.

Sigi war so mit seiner Übung beschäftigt, dass er Nidlichs Gesicht nicht bemerkte, als dieser den Trainingsraum wieder betrat.

„Na, Siegmund. Tust dich ein bisserl schwer mit der Übung, was?"

Auch den gereizten Unterton bemerkte Sigi nicht.

„Uiiih ja, des kannst laut sagen. Wer war denn dran?"

„Tja, das ist eben das komische, Siegmund. Da wurde ein Kriminalhauptkommissar Herbert Wamprechtshammer angezeigt. Der kam mir irgendwie bekannt vor. Und als ich dann das gefunden hab…", Nidlich hielt Sigis Dienstausweis in die Höhe, „… da hab ich mir gedacht, ob du mich vielleicht verarschen willst, Herr Oberkommissar Siegfried Leininger!!"

Sigi merkte mit einem Mal, wie seine Knie weich wurden, und als er Nidlichs baumstammdicke Oberarme ansah, die von Sekunde zu Sekunde mehr anzuschwellen schienen, hatte er das Gefühl, keine Luft mehr zu bekommen.

„Äh, du, des is ganz anders …"

„WIE GANZ ANDERS??!!", brüllte ihn Nidlich an. „NIX IS

GANZ ANDERS!! Aushorchen wolltest du mich! Und ich Depp steig auch noch drauf ein!"

„Jetzt beruhig dich, Marco!" Sigi hob beschwichtigend die Hände.

„ICH? Ich beruhig mich gar nicht! Ich glaub, ich zeig dir jetzt erst mal, was einem blüht, wenn man mich für blöd verkauft! Du knastest mich nicht ein, wegen ein paar Anabolika! Pass auf, du Bullenarsch, dich kalibrier ich neu!"

„Äh, wie? Was meinst du denn damit ...?"

Nidlich drückte ein paar Knöpfe an seinem Steuerpult, drehte den Regler auf höchste Stufe und startete das Kalibrierungsprogramm von Sigis Anzug. Nur, dass er die ersten neun Stufen übersprang und gleich bei der höchsten anfing. Als er „Start Calibration" drückte, geschah einige Sekunden gar nichts und Sigi konnte gerade noch „Neiiiin!" rufen. In dem Moment, als ihm klar wurde, was Nidlich vorhatte, machte er einen vergeblichen Versuch, zum Steuerpult zu gelangen, als plötzlich der erste Stromimpuls den armen Oberkommissar regelrecht zusammenfaltete. Der Anzug zwang ihn in die Hocke, um als Nächstes die Streckmuskulatur zu aktivieren, was Sigi einen ungewollten Hopser in Richtung Decke ausführen ließ. Ziemlich hoch sogar, dachte er, kurz – sehr kurz – bevor er gurgelnd auf dem Boden aufschlug, weil seine Beine bereits wieder eine unfreiwillige Hockposition eingenommen hatten. Gleich darauf wurden seine Schultern wie von einer eisernen Faust nach hinten gerissen – die nächste Muskelgruppe war dran. Sigi lag jetzt wild zappelnd am Boden und japste nach Luft. Er hörte noch, wie Nidlich mit der Bemerkung den Raum verließ, dass er in einer halben Stunde leider einen tödlichen Trainingsunfall zu melden habe, aber wahrscheinlich müsse er nur noch ein paar Minuten leiden, bevor er ohnmächtig werden würde. Sein Herz hielte das sowieso nicht länger als eine Viertelstunde aus.

„Marc... Nid... Niiiaaarggghh!", war alles, was Sigi noch herausbrachte, bevor der Trainer den Raum verließ. Jetzt waren die Bauchmuskeln an der Reihe ...

KAPITEL 30

Es hupte vor seiner Tür. Ein trotz erheblichen Muskelkaters gut gelaunter Herbert Wamprechtshammer trat ins Freie, durchquerte den kleinen Vorgarten vor seiner Wohnung und stand ... vor einem riesigen schwarzen Pick-up. Der mattschwarze Dodge Ram 3500 blockierte die nicht allzu breite Straße vor seiner Haustür zur Gänze. Er öffnete die Tür und sah auf gefühlten zwei Metern Höhe eine kleine Gestalt sitzen. Die grinste ihn frech an und forderte ihn auf einzusteigen. Wamprechtshammer kraxelte ungelenk in die geräumige Fahrerkabine und ließ sich mit übertriebenem Ächzen auf den Beifahrersitz fallen.

„Sag mal, Reserl, hättest dir halt gleich einen Lkw zugelegt. Viel fehlt da nicht mehr."

Theresa thronte auf dem Fahrersitz ihres Heavy-Duty-Pick-up-Trucks und freute sich offensichtlich wie ein Schnitzel, ihren Chef mal wieder überrascht zu haben.

„Also seitdem ich dich kenne", fuhr Wamprechtshammer fort, „hab ich jedes Vorurteil bezüglich asiatischer Zurückhaltung und Feinsinnigkeit über Bord geworfen."

„Schön hast des jetzt gesagt, Berti. Und dir auch einen guten Morgen", feixte Theresa zurück.

„Magst einen Kaffee? Schau, noch schön warm."

Sie klappte den Deckel der schrankkoffergroßen Mittelkonsole auf und präsentierte dem verblüfften Wamprechtshammer ein Warmhaltefach mit zwei Kaffee-Thermosbechern.

„Und hier was Kaltes, falls dir nach einer Cola ist", erklärte sie und klappte einen zweiten Deckel nach oben. Diesmal ein Kühlfach. Wamprechtshammer war begeistert.

„Der Wahnsinn, Reserl. Gerne."
Wamprechtshammer nahm sich einen der Becher und nippte vorsichtig an dem heißen Gebräu.

„Oh, lecker. Sogar schon gesüßt und mit Milch."
„Jetzt hast aber ganz zufällig den richtigen erwischt", freute sich Theresa und zwinkerte ihm zu.

„Mei, du denkst aber auch an alles. Aber eines würd mich doch interessieren, Theresa. Wenn du mit dem Monster einmal Gas gibst, ist doch dein gesamtes Monatsgehalt beim Teufel. Also rein benzintechnisch."

„Da geb ich dir absolut recht, Berti. So ein Teil könnt ich mir von meinem Gehalt freilich niemals leisten. Aber mein Papa hat doch die Autowerkstatt in Rosenheim. Also eigentlich tunt er Autos. US-Cars. Mustang, Viper, Corvette. Die dicken Dinger eben. Ich hab halt seine Gene, da kann ich echt nix dafür. Ich find die Teile einfach geil. Und Papa zahlt zum Glück den Sprit und was sonst noch so anfällt. Er findet, je mehr davon rumfahren, desto mehr Leuten gefällt's", erklärte sie schulterzuckend. Sie wurde dabei tatsächlich ein wenig rot. Doch noch ein bisschen Asiatin in ihr – Wamprechtshammer musste grinsen.

Theresa gab Gas, der V8 Big Block wummerte los und sie starteten in Richtung Gerichtsmedizin, wo sie Dr. Alois Dornberger, den neuen und sehr sympathischen Leichenfledderer aus Wien, treffen wollten. Theresa kannte ihn noch nicht und Wamprechtshammer hatte ihr gestern vorgeschwärmt, dass dies endlich mal ein Gerichtsmediziner nach seinem Geschmack sei und nicht so ein hochnäsiger Misanthrop wie dieser Dr. Seltsam, der zum Glück gerade ein Buch über verfaulende Tote unter Apfelbäumen schrieb und daher die nächste Zeit wohl irgendwo in den Staaten weilte.

Theresa hatte Wamprechtshammer daraufhin angeboten, ihn von zu Hause abzuholen, und so hatte er heute sein Fahrrad zugunsten des bequemen Fahrdienstes stehen lassen. Zumal für diesen Dienstag heftige Gewitter vorhergesagt waren. Bis jetzt konnte man davon allerdings noch nichts erkennen und der Himmel präsentierte sich mal wieder wolkenlos blau.

„Sag mal, Berti, du bist so gut gelaunt. Wie lief's denn mit deinem Gespräch gestern Abend. War wohl gar nicht so schlimm, wie du vermutet hattest?", fragte Theresa neugierig.

„Mei Reserl, das glaubst du mir jetzt nicht, wenn ich dir das erzähle. Ich hab's ja selbst kaum fassen können."

„Jetzt spann mich nicht auf die Folter ... zefix, Volldepp!!!"

Theresa stieg in die Eisen und konnte gerade noch einen Zusammenstoß mit einem wildgewordenen Biker verhindern, der in halsbrecherischer Geschwindigkeit von der falschen Seite kommend bei Rot über die Ampel gerauscht war.

„Beinah hätt der auch noch das kleine Kind ... Oooohhhh, Berti, bitte, darf ich den verfolgen und erschießen? Ich hasse diese Egoärsche!!"

Theresa sah Wamprechtshammer flehend an.

„Heut nicht. Das nächste Mal fährst halt einfach drüber. Würde man ja bei deinem Monstertruck eh kaum merken."

„Uih ja, auch eine Idee. Aber dann erschießen. Biiiitteee!"

„Okay, hast meinen Segen", lachte Wamprechtshammer.

„Aber jetzt weiter! Also stell dir vor, der Willi hat sich in die Oriana verguckt!"

„Was?"

„Echt!"

„Gibt's nicht!"

„Doch, wenn ich's dir sag."

„Komm, Berti, du verarschst mich. Ich dachte immer, der ist schwul und macht sich gar nix aus Frauen."

„Ja anscheinend doch. Ich war selber total überrascht, aber der Willi hat mir erzählt, dass er irgendwann in der Schule schon mal eine Freundin hatte. Mit der hat's scheint's nicht so recht geklappt und dann hat ihn sein Sportlehrer verführt. Für Sigi war's die große Liebe, für den Sportlehrer das Karriereende. Gab einen Riesenskandal, als das rauskam. Die Affäre war dann freilich auch vorbei und Willi kam ins Klosterinternat."

„Und seitdem hat er nach dieser großen Liebe gesucht. Sportliche Machos waren ja irgendwie sein Ding."

„Genau! Bis eben die Oriana bei mir reinspaziert ist."

„Wahnsinn! Deine Perfect-Ten-Putzfrau hat ihn also flachgelegt. Alle Achtung!"

Theresa schüttelte bewundernd den Kopf.

„Aber bei der kann ich mir das fast irgendwie vorstellen. Die ist ja derart hübsch, da würde ich mir ja sogar überlegen, ob ich ..."

„Hey, Reserl, jetzt fang du nicht auch noch mit so was an!"

„Ach komm, Berti. Gönn mir halt auch mal ein bisserl Spaß", grinste Theresa, leckte sich über die Lippen und ließ die Augenbrauen hüpfen.

„Nix da! Befehl!"

„Jawoll, Herr Kriminalhauptkommissar!"

Theresa salutierte.

„Aber wie hat er denn ansonsten so reagiert, der Willi? Schließlich ist das ja schon ganz schön starker Tobak."

„Na ja, ein wenig angeschlagen war er schon. Und als ich ihm gesagt hab, dass er eigentlich zu den Hauptverdächtigen gehört hätte, wenn ich ihn nicht so gut kennen und für ihn bürgen würde, ist er schon ein bisserl blass geworden. Aber glaub mir, das war wirklich harmlos. Der ist voll im Hormonrausch, sonst hätt ich gestern Minimum drei Stunden Zeter und Mordio aushalten müssen."

„Ja, dann wundert mich deine gute Laune heute Morgen nicht mehr. Und die beiden meinen es jetzt tatsächlich ernst?"

„Total ernst. Die denken sogar darüber nach, ein eigenes Lokal aufzumachen. ‚Willoriana' – den Namen muss ich ihnen wohl noch ausreden. Mich hat's jedenfalls sehr erstaunt und natürlich auch riesig gefreut. Ich mag die zwei ja echt gern."

„Das glaub ich dir, Berti. Freut mich auch wirklich für dich. Du hast dich ja immer fast wie ein Papa um die Oriana gekümmert." Theresa tätschelte ihm den linken Oberschenkel.

„Danke dir, Reserl. Ja, das hab ich tatsächlich. Dass es ihr gut geht, liegt mir schon sehr am Herzen. Aber was mich am allermeisten erstaunt, ist, wo die Liebe immer wieder hinfällt. Ist doch unglaublich, oder?"

„Ja, Berti, das ist es allerdings."

Wamprechtshammer schaute stur nach vorne und hatte ein wenig feuchte Augen. Wie ihn Theresa bei diesen Worten anblickte, konnte er in dem Moment leider nicht sehen.

Kurze Zeit später kamen sie an ihrem Ziel gegenüber des alten Münchner Südfriedhofs an. Nachdem Theresa ihren Ausweis an der Einfahrt zum Innenhof der Gerichtsmedizin vorgezeigt hatte, parkten sie das mattschwarze Ungetüm auf einem für Besucher ausgewiesenen Parkplatz. Besser gesagt auf zweien davon.

„Ist schon ein wenig Drecksau-Parken, was du da machst", bemerkte Wamprechtshammer kritisch.

„Ach komm, Berti. Ich bin so klein und nehm so wenig Platz weg, da darf ich doch auch mal ein bisschen klotzen, oder?" Theresa bedachte ihn mit einem unschuldigen Augenaufschlag.

„Ja, so gesehen, hast natürlich recht", lachte Wamprechtshammer.

„Dann lass uns mal unseren hippen Wiener Rechtsmediziner besuchen. Mal schauen, ob er noch was Interessantes gefunden hat."

Sie betraten das Gebäude durch den Hintereingang und fuhren mit dem Lift hinab in die Katakomben der Gerichtsmedizin. Als sich die schwere Aufzugtür öffnete, drang ihnen bereits mehr als vernehmlich ein Lied aus der persönlichen Playlist von Dr. Alois Dornberger entgegen. Heute war's mal nicht Wolfgang Ambros, sondern Blue Öyster Cult.

„Come on baby, don't fear the reaper
Baby take my hand, don't fear the reaper
We'll be able to fly, don't fear the reaper
Baby I'm your man ..."

Theresa sah Wamprechtshammer mit zusammengezogenen Augenbrauen fragend an.

„Ein wenig makaber, der gute Herr Doktor, oder?"

„Aber ziemlich passend, das musst du schon zugeben, Reserl", lachte Wamprechtshammer sie an.

„Ja, stimmt, nur dass hier herunten die meisten den Sensenmann nicht mehr fürchten müssen. Die sind vom Schnitter schon abgemäht worden …"

„Und jetzt hat sie der Dornberger in der Reißen, der Tod kann echt stressig sein, da kann ein wenig musikalische Aufmunterung nicht schaden."

„Aufmunterung nennst du das. Ganz schön depressiv für meinen Geschmack."

„Ach geh, Theresa, das war meine Musik. So schön psychedelisch. Blue Öyster Cult, Doors, Led Zep, ein guter Rotwein und dazu ein feines Tüterl – mei, des war'n Zeiten."

„Berti, ich hab gar nicht gewusst, dass du so ein Hippie warst. Aber eigentlich bist du dafür doch gut zehn Jahre zu jung."

„Ja mei, ist Auslegungssache. Mir hat's gefallen. War ja schon immer ein wenig old-fashioned, gell", erwiderte Wamprechtshammer mit einem verklärten Schmunzeln.

Als sie vor Obduktionsraum drei angekommen waren, schwang wie auf Kommando dessen Tür auf, die Musik wurde um gefühlte einhundert Dezibel lauter und Alois Dornberger trat heraus. Diesmal in einem stahlblauen Anzug mit Hochwasserhosen, einem orangen „FCK-U"-T-Shirt und deutlich sichtbaren Socken in der gleichen Farbe. Dazu trug er dunkelblaue Budapester. Nur der Medizinerkittel darüber störte den Hipster-Look ein wenig. Er hatte sein Smartphone am Ohr, und als er sie sah, dimmte er damit die Musik auf erträgliche Lautstärke.

Theresa zog eine Augenbraue hoch und musterte den Paradiesvogel unter den Gerichtsmedizinern, während ihr dieser gewinnend grinsend die Hand zum Gruß entgegenstreckte.

„Servus, die Dame, Sie müssen Theresa Gruber sein. Es ist

mir eine Ehre", begrüßte er sie, ließ das Handy in der linken Brusttasche seines Kittels verschwinden, verneigte sich und deutete doch tatsächlich einen Handkuss an.

„Ganz meinerseits, Herr Dr. Dornberger."

Theresa knickste leicht, und jetzt war es Wamprechtshammer, der eine Augenbraue nach oben zog.

„Alois bitte, Frau Gruber", entgegnete der Gerichtsmediziner galant.

„Theresa. Freut mich, dich kennenzulernen, Alois. Hab schon einiges von dir gehört."

„Ich hoffe, nur Gutes."

„Ausnahmslos."

Wamprechtshammer räusperte sich vernehmlich.

„So, hätt ma's dann. Wir sind ja hier schließlich nicht beim Wiener Opernball."

„Entschuldige bitte, Berti. Du bist ja auch noch da. Ich war so abgelenkt von deiner bezaubernden Kollegin."

Er legte dem Kommissar freundschaftlich die Hand an die Schulter. Theresa errötete mal wieder und blickte unschuldig auf ihre Schuhe.

„Dir geht der Schmäh anscheinend nie aus", lachte Wamprechtshammer, als plötzlich sein Handy vibrierte. Ein unbekannter Anrufer hatte ihn fünf Mal angerufen und auf die Mailbox gesprochen, als er gerade keinen Empfang gehabt hatte. Hier unten im Keller waren zwar überall Signalverstärker angebracht, aber der Aufzug war ein Funkloch.

„Ja, so was. Entschuldigt bitte."

Er wandte sich ab, hielt sich ein Ohr zu und lauschte der Nachricht, während seine Augen dabei immer größer wurden.

„Herrschaftszeiten, so ein Scheißdreck! Komm, Theresa! Wir

müssen sofort los!", brüllte er. Theresa zuckte zusammen, was sie sonst sehr selten tat.

„Ja, um Himmels willen, Berti, was is denn?"

„Frag nicht. Notfall. Erklär's dir auf dem Weg. Auf geht's. Keine Zeit verlieren", plärrte Wamprechtshammer die verwunderte Kommissarin und den ebenso bedröppelt dreinguckenden Alois an.

Er schob Theresa vor sich her auf die Fahrstuhltür zu. Die wusste immer noch nicht, wie ihr geschah. Über die Schulter weg warf er Dornberger noch die Frage zu, was denn bei starken Muskelkrämpfen helfe.

„Gebts euerm Kollegen Magnesium, und wenn gar nix hilft, bringt ihn vorbei, ich hab ein Muskelrelaxans da!", rief der in Richtung Aufzug zurück.

Wamprechtshammer stutzte kurz, dann schob er Theresa in den Lift und hieb ungeduldig mehrmals auf „E".

„Dankschön, Alois! Ich komm drauf zurück. Meld mich bei dir! Servus!", rief er noch, dann schlossen sich die Aufzugtüren.

„Mensch Berti, spinnst du. Was soll das denn? Jetzt sag schon!"

„Den Sigi hat's erwischt, Theresa. Wir müssen uns sputen!"

Sprach's und stürmte, kaum waren sie im Erdgeschoss angekommen, durch die Aufzugtür nach draußen. Selbst Theresa kam kaum hinterher. Erst beim Truck holte sie ihn wieder ein, entriegelte die Türen und schwang sich behände auf den Fahrersitz, während Wamprechtshammer ein wenig atemlos mit dem Auf- beziehungsweise Einstieg zu kämpfen hatte.

„Komm, Theresa. Gib Gas. Leopoldstraße. SPORTS MILLIONAIRES!", schnaubte er atemlos.

„Aye, aye, Sir, Berti, Sir!", rief Theresa, klatschte das Blaulicht aufs Dach und ließ die 410 Pferdestärken des Dodge RAM von der Leine.

KAPITEL 31

CALIBRATION COMPLETE ... PLEASE CONFIRM ...

Sigi hätte beim Grab seiner Großmutter geschworen, dass ihm gerade mindestens eine Arschbacke geplatzt war. Er schwitzte, krümmte sich am Boden und konnte sich kaum bewegen. Er fühlte sich wie ein Kalbsschnitzel nach dem Durchklopfen. Jedenfalls machte diese Höllenmaschine anscheinend gerade Pause.

CALIBRATION NOT CONFIRMED ...

... CALIBRATION WILL RESTART ...

Vor Muskelschmerzen nahezu gelähmt, lag er da. Aufstehen war unmöglich. Deshalb konnte er auch nicht sehen, welche Routine das EMS als Nächstes ausführen würde. Sein Puls raste. Gefühlt zweihundertsechzig. Er versuchte, den fummeligen Stecker am Rücken herauszudrehen. Keine Chance, er zitterte viel zu sehr.

RESTARTING IN ... 5 SECONDS ...

Sigi versuchte, sich aufzurappeln, und erreichte mit viel Mühe die Ausgangsposition für den Hund beim Yoga.

... 4 SECONDS ...

Er kippte wieder um in die Löffelchen-Stellung.

... 3 SECONDS ...

Sigi begann am Verbindungskabel zu ziehen, das Steuerpult fing an zu wackeln.

... 2 SECONDS ...

Das Steuerpult kippte um und fiel krachend neben ihm zu Boden. Jetzt sah er das Display.

... 1 SECOND ...

Nackte Angst ergriff Sigi. Er zog panisch am Kabel, riss die Steuereinheit zu sich heran. Krabbelte, kroch und griff mit immer noch zitternden Fingern nach dem Netzkabel.

... INITIALIZING CALIBRATION MODE ...

Sigi zog mit aller Kraft am Netzkabel.

... STARTING CALIBRA...

Der Bildschirm erlosch, als der Stecker mit einem Ruck aus der Steckdose flutschte. Sigi sank zitternd und schwitzend zu Boden. Nach einer gefühlten und vermutlich auch realen Ewigkeit schaffte er es, sich schnaufend wie ein Stier aufzurichten. Langsam setzte er einen Fuß vor den anderen. Das Verbindungskabel stoppte ihn. Einen wilden Fluch ausstoßend, riss er es aus der

Verankerung am Steuergerät. Dann begann er zu laufen, gebückt wie ein Schimpanse auf der Flucht eierte er durch den Trainingsbereich. Kaum jemand bemerkte ihn, alle waren vertieft in ihre Smartphones oder starrten auf die Bildschirme der Trainingsgeräte. Er taumelte ins Foyer und stürzte auf Chiara und Bella zu, die beide vor Schreck loskreischten.

„Heilandssack, gebts mer des Delefon und haltets die Goschn!", herrschte er die beiden schockstarren Hostessen an.

Die beiden schwiegen wie auf Kommando und Chiara reichte ihm das Mobiltelefon. Sigi versuchte zu wählen.

11133333444###...

„Scheißdreck!!!"

Er gab ihr das Mobilteil zurück. Weit aufgerissene blaue Augen, darunter eine Stupsnase und ein paar dicke, zu einem „O" geformte rote Lippen, waren die Antwort.

„Guck ned so dappich, wähl NULL, EINS ..." Sigi nannte ihr die Nummer von Wamprechtshammer. Als endlich nach dem fünften Versuch das Freizeichen erklang, gab Chiara, nun ebenfalls mit zitternden Händen, Sigi das Telefon zurück. Bella schluchzte.

„Der Anschluss ist vorübergehend nicht erreichbar. Sie können jedoch nach dem Signalton eine Nachricht hinterlassen. Beeep!"

Nach einer ganzen Reihe fränkischer Flüche schilderte Sigi, bei weitem kürzer als sonst üblich, Wamprechtshammers Mailbox sein Dilemma. Erschöpft humpelte er zur Lounge-Ecke und ließ sich stöhnend in die Polster fallen. Das Chiara-Bella-Duo kam angestöckelt. Zwei erschrockene Fragezeichen auf High Heels.

„Herr Lénonsché, um Gottes willen, was ist denn passiert?", fragte Bella besorgt.

„Leininger, Oberkommissar, Mordkommission München. Verdeckte Ermittlung. Der Nidlich ... ach, nicht jetzt. Die Kollegen kommen gleich. Bringt's mir ein Handtuch und alle Energydrinks, die ihr in der Kühlung habt. Und keine weiteren Fragen. Bitte!!"

Sigi winkte niedergeschlagen ab. Verstört, aber folgsam machte das Hostessen-Duo kehrt und tat, wie ihm geheißen. Kurze Zeit später standen zehn Dosen „Powerade" in verschiedenen Geschmackssorten vor Sigi. Die ersten drei leerte er in einem Zug. Als er bei Nummer fünf angelangt war, trafen Wamprechtshammer und Theresa ein. Die Kommissarin stürzte sofort besorgt auf ihn zu. Wamprechtshammer nahm sich etwas mehr Zeit und ließ die kuriose Szene auf sich wirken. Der Sigi Leininger im schwarzen Lurex-Dress mit hochrotem Kopf vor einem Berg Energydrinks. Er lachte, nicht nur weil das alles sehr komisch aussah, sondern auch weil er heilfroh war, dass es seinem Kollegen gut ging.

„Mensch Sigi, du machst Sachen. Siehst aus wie ein Superheld nach erfolgreicher Rettung der Welt. Bin ich froh, dass du noch in einem Stück bist." Er umarmte Sigi, der mittlerweile, wenn auch etwas zittrig, aufgestanden war.

„Und ich erst, des kann ich dir sagen."

„Wollte dich dieses Schwein doch tatsächlich umbringen. Ich fass es nicht. Den schnappen wir uns", platzte es aus Theresa heraus. Ihre Wut darüber war fast greifbar.

„Sag mal, du hast vom Festnetz angerufen, oder? Hat der Arsch vielleicht dein Diensthandy eingepackt?"

„Ich glaub schon, Theresa. Zumindest hat er es in der Hand gehabt, als er mich hat zappeln lassen."

„Sehr gut, dann können wir ihn ganz schnell orten!"

Theresa zog ihr Smartphone heraus und aktivierte eine Ortungs-App, die vor einiger Zeit auf allen Diensthandys installiert worden war. Damit konnte man jeden Kollegen, wo auch immer er sich befand, zu jeder Zeit orten. Sie aktivierte die Suche nach Sigis Handy. Und tatsächlich blinkte nach ein paar Sekunden ein blauer Punkt mit der Markierung „SigLeiOK_pk7443" und bewegte sich schnell von ihnen weg in Richtung Süden.

„Da! Ich hab ihn. Fährt grad die Nymphenburger stadtauswärts."

„Was für ein Auto fährt der Herr Nidlich und wo wohnt er?", richtete Wamprechtshammer das Wort an das Chiara-Bella-Duo, das wie zwei scheue Käuzchen hinter dem Tresen hervorguckte.

„Porsche Macan S, schwarz, beiges Leder", sagte Chiara.

„Neuhausen, Winthirstraße fünfzehn, Hinterhaus. Gaaanz romantisch, gleich neben dem Kircherl", ergänzte Bella eifrig.

Gaaanz romantisch, äffte Wamprechtshammer sie in Gedanken nach und hätte jetzt beinahe noch nach der Farbe von Nidlichs Bettwäsche gefragt, aber das sparte er sich. Offensichtlich hatte man sehr spezielle Einstellungskriterien in diesem „Nobelfitnessclub".

„Ich glaub, der will Beweise wegschaffen und hinterher behaupten, das mit Sigi wäre ein Trainingsunfall gewesen." Theresa kochte.

„Das glaub ich auch", stimmte ihr Wamprechtshammer zu.

„Sigi, wie schaut's mit dir aus? Bist du so weit fit, um dich nachher von den Kollegen zum Alois bringen zu lassen? Dann übernimmst du unseren Job und wir flitzen jetzt los und schnappen uns diesen Nasenbohrer."

„Ja freilich. An echten Franken haut so schnell nix um. Auf geht's, schnappts euch des Arschloch!"

Sigi reckte beide Daumen in die Höhe.

„Ja dann los, Berti. Wer meinen Sigi umbringen will, der lernt mich von meiner ganz unangenehmen Seite kennen. Pfiat di, Sigi. Bis später! Halt die Ohren steif."

Theresa stürmte los, und diesmal war es Wamprechtshammer, der hinterherhetzen musste. Der Tag würde ein unerfreuliches Ende für Nidlich nehmen, das hatte er irgendwie im Urin.

KAPITEL 32

Theresa steuerte den Dodge souverän durch den dichten Verkehr, was Wamprechtshammer eine ordentliche Portion Respekt abverlangte, denn das war trotz Blaulicht nicht gerade ein Vergnügen. Der Münchner Autofahrer an sich wähnt sich nämlich gerne allein auf der Straße, ohne einen Gedanken daran zu verschwenden, dass die Menschen hinter ihm, vor ihm und neben ihm auch vorwärtskommen wollen. Zu ihrem eigenen Glück hielten sich die Fahrradfahrer auf der Fahrt zu Nidlichs Wohnung halbwegs an die Verkehrsregeln. Theresa hätte so einen wie heute Morgen jetzt entweder erschossen oder gnadenlos überrollt, da war sich Wamprechtshammer ganz sicher. Ihr Gesichtsausdruck sprach Bände.

Kurz bevor sie die Zieladresse erreichten, schaltete sie das Blaulicht aus und nahm es vom Dach, um Nidlich nicht aufzuschrecken. Der blaue Punkt, der die Position von Leiningers Handy anzeigte, war mittlerweile tatsächlich in der Winthirstraße angekommen und bewegte sich nicht mehr. Sie parkte den Dodge um die Ecke in einer Einfahrt und platzierte die Polizeiplakette hinter der Frontscheibe.

„Also, wenn der raus muss …"

„Is mir des grad scheißegal."

Ja leck mich am Arsch, die ist geladen. Das kann was werden, dachte Wamprechtshammer.

„Hast deine Dienstwaffe dabei, ich hab meine nämlich mal wieder im Büro gelassen."

„Die liegt im Sicherungsfach im Auto. Brauch ich nicht. Erledige ich ganz manuell."

„Der ist aber …"

„Groß, ich weiß. Für mich nicht groß genug. Komm, Berti, ich muss meinen Grant loswerden, sonst platz ich."

Als sie den Hauseingang erreicht hatten, klingelten sie im Vorderhaus an einer der beiden Parterrewohnungen. Ein Fenster wurde geöffnet und ein Kopf mit großen Lockenwicklern erschien.

„Wos woins?", fragte eine solariumgebräunte Mittsiebzigerin mit viel zu großem, viel zu weißem Zahnersatz.

„Polizei. Wir ermitteln. Bitte lassen Sie uns rein und bleiben Sie in der Wohnung."

Wamprechtshammer hielt seinen Polizeiausweis hoch.

„Warten S'."

Die Alte verschwand im Dunkel der Wohnung. Theresa und Wamprechtshammer sahen sich fragend an. Der Lockenwicklerkopf erschien wieder im Fenster. Diesmal mit einer sehr großen beigen Brille auf der Nase.

„Ohne mei Bruin sig i nix."

Sie musterte den Polizeiausweis.

„So, so, jaaa. Guad. Wos macha Sie, hamm's gsagt?"

„ERMITTELN. Bitte machen Sie die Tür auf und bleiben Sie in Ihrer Wohnung", wiederholte Wamprechtshammer seine Bitte.

„Ermitteln? Zwecks was?"

„Geht Sie nix an. Jetzt machen S' halt die Tür auf."

Wamprechtshammers Ton wurde schärfer.

„Jetzt ned unfreundlich werden, gell."

„Frau, äh ..."

Wamprechtshammer schaute auf das Klingelschild.

„... Brinslmeyer, entschuldigen Sie bitte, wir haben es wirklich eilig. Bitte machen Sie uns jetzt endlich die Tür auf, sonst muss ich Sie wegen Behinderung einer Amtshandlung festnehmen."

„Was? Festnehmen? Ach du lieber Gott. Nein, nein. Oan Moment."

Frau Brinslmeyer verschwand wieder. Kurz darauf summte der Türöffner.

„Sei froh, dass ich meine Waffe nicht mithab. Ich hätt sie wahrscheinlich erschossen", schnaubte Theresa.

„Und wer lässt uns dann rein?", fragte Wamprechtshammer zurück. Theresa verdrehte die Augen, öffnete die Tür zur Hofdurchfahrt und blickte vorsichtig hinein, bevor sie eintrat. Sie winkte Wamprechtshammer, ihr zu folgen. In der Durchfahrt war linker Hand der Eingang zum Vorderhaus, und eine weitere Toreinfahrt mit integrierter Tür führte zum Hinterhof und den dort befindlichen Wohnungen.

Die Kommissarin öffnete die Tür einen Spalt und spähte hindurch. Mehr als einen Kopf darüber tat es ihr Wamprechtshammer gleich. Im Hof stand ein schwarzes Porsche-SUV mit geöffneter Heckklappe. Im Kofferraum befand sich bereits ein Stapel Kartons. Plötzlich tauchte im Hauseingang des Hinterhofhauses eine riesenhafte Gestalt auf. Nidlich. Er brachte gerade weitere Kartons zu seinem Auto.

„Ist er das?"

Theresa nickte in Richtung des Kartons schleppenden Nidlich.

„Zweifelsohne, so was gibt's nicht zweimal", flüsterte Wamprechtshammer.

„Ja dann. Hältst du mal kurz?"

Theresa schloss leise die Tür und drückte dem Kommissar ihre Lederjacke in die Hand.

„Glaubst du wirklich, dass das eine gute Idee ist?"

„War mir nie so sicher."

Sie tänzelte von einem Fuß auf den anderen und neigte ihren Kopf mal nach rechts, mal nach links. Es knackte. Ihre Konzentration war fast hörbar, wie das Surren eines auf Hochspannung laufenden Trafos. Wamprechtshammer machte große Augen. So hatte er die kleine Asiatin noch nie erlebt. Sie wirkte wie eine Raubkatze kurz vor dem Sprung auf ihre Beute. Beängstigend fokussiert.

„Du wartest hier! Hajime!"

Theresa verneigte sich kurz, und bevor Wamprechtshammer fragen konnte, was das schon wieder bedeutete, war sie auch schon im Hinterhof. Ihm blieb nichts anderes übrig, als das Schauspiel durch den Türspalt zu beobachten.

Theresa ging auf das Auto und den Trainer zu. Dieser war gerade dabei, die Kartons in den Kofferraum zu stellen, und wandte ihr dabei seinen schrankwandbreiten Rücken zu.

„Marco Nidlich?"

Er drehte sich um und blickte fragend.

„Wer will das wissen?"

„Ich. Kommissarin Theresa Gruber von der Mordkommission. Herr Nidlich, ich nehme Sie fest wegen des Verdachts des

Mordversuchs an einem Polizeibeamten. Bitte leisten Sie keinen Widerstand!"

Oh, doch, bitte tu es, dachte Theresa, und wie es aussah, würde Nidlich ihr diesen Gefallen tatsächlich erweisen.

„Wie? Die Polizei will mich festnehmen und dafür schicken die so ein japanisches Reiskörndl wie dich? Dass ich ned lach!"

Nidlich wirkte belustigt.

Theresa ging weiter auf ihn zu.

„Herr Nidlich, ich wiederhole mich ungern. Bitte leisten Sie keinen Widerstand. Ich bin sonst gezwungen, körperliche Gewalt anzuwenden!"

„Ja, wie willst du denn das anstellen, du Zwergerl!"

Die Muskelberge erzitterten unter einem Lachanfall.

Zwerg! Großer Fehler, dachte Wamprechtshammer und war gespannt, was als Nächstes passierte.

Theresa stand nun etwa zwei Meter von Nidlich entfernt und sah ihn mit festem Blick an.

„Indem ich dir gleich ganz fürchterlich wehtun werde", hätte sie ihm am liebsten mitgeteilt, schwieg jedoch und fixierte ihn weiterhin konzentriert. Ihre großen Mandelaugen waren jetzt nur noch schmale Schlitze.

„Komm, schleich dich, du Scheißhausfloh!"

Nidlich tat einen Schritt auf Theresa zu und holte aus, um ihr mit dem Handrücken eine saftige Watschn zu verpassen. Was jetzt geschah, ging so schnell, dass selbst der vor Anspannung fast platzende Wamprechtshammer dem kaum folgen konnte.

Theresa tauchte unter Nidlichs Schlag hindurch, gab mit ihrer linken Hand seinem Arm einen Impuls nach oben und platzierte einen Shihon-Nukite, einen Vierfingerstich, knapp vor der Achselhöhle am Schmerzpunkt des Bizepsansatzes, der jetzt ungeschützt war. Nidlich fühlte sich, als ob er an eine Starkstromleitung gegriffen hätte. Er brüllte auf. Instabil durch den lähmenden Schmerz und seinen Schlag ins Leere, taumelte er nach vorne. Die schräg hinter ihm stehende Theresa verpasste ihm nun einen Kansetsu-Geri, einen seitlichen Tritt gegen sein rechtes Kniegelenk. Das knickte nach innen ein und Wamprechtshammer konnte trotz der beträchtlichen Entfernung die Kreuzbänder reißen hören. Vor Schmerzen stöhnend sackte der Riese in sich zusammen und ging auf die Knie. Die kleine Asiatin war jetzt in seinem Rücken, sprang hoch, stieß ein lautes „Kiai" aus und versetzte ihm einen von oben durchgezogenen Empi-Uchi, einen Ellenbogenschlag, genau auf die Schädelmitte. Nidlich verdrehte die Augen, seine Lider flatterten und er brach grunzend zusammen. Theresa tänzelte einmal um ihn herum, dann setzte sie sich auf den Rücken des bewusstlos daliegenden Muskelbergs und verzurrte seine Hände mit Kabelbinder.

„Kannst kommen, Berti!", rief sie über die Schulter.

„Der macht so schnell nix mehr. Die Kollegen sollen gleich einen Krankenwagen mitschicken, mit dem Knie läuft der nämlich keinen Meter."

Wamprechtshammer kam aus seiner Deckung und deutete Applaus an.

„Keine Sorge, Reserl. Hab ich in weiser Voraussicht schon erledigt. Meinst, der schläft noch, bis die kommen?"

„Ich denk schon. Die Wirkung von so einem Schlag hält so circa fünfzehn Minuten an, bei dem Brocken vielleicht zehn."

„Also, Theresa, ich muss schon sagen: Ich bin baff. Das war ja filmreif, wie du den erledigt hast. Halleluja, mit dir möcht ich mich wirklich nicht ums Essen streiten."

„Beim Essen bin ich harmlos, beim Bier werd ich giftig",

grinste ihn Theresa, immer noch auf Nidlich hockend, von unten an.

Frau Brinslmeyer hatte währenddessen die Wohnungsseite gewechselt und blickte nun mit großen Augen hinter der noch größeren Brille aus ihrem Klofenster auf die Szenerie.

„Ja, wos is denn da los? San Sie welche von dene Kung Fus? Des kenn ich ja bloß von dem Gwei Tschang Käin. Der hat die Leut auch immer so zsammglassen, wenn S' ihm dummkommen sind."

Theresa sah Wamprechtshammer fragend an. Der winkte ab.

„Fernsehserie. War vor deiner Zeit, Reserl."

„Nein, Frau Brinslmeyer, kein Kung Fu, kein Kwai Chang Caine. Ein ganz normaler Polizeieinsatz. Alles zu Ihrer Sicherheit, gell."

„Ja, des is recht. Machen S' so weiter. Mei Mo war a bei da Polizei, aber solche Kunststückl hat der ned können. Mei, was red ich. Ich muss mich jetzt um meine Haare kümmern, sonst werd des heut nix mehr. Auf Wiederschaun, gell."

Im nächsten Augenblick waren Frau Brinslmeyer und ihre Lockenwickler aus dem Klofenster verschwunden.

Hinter ihnen brummte es. Ein widerlicher Gestank breitete sich aus.

„Ja, pfui Deifi, was stinkt denn da so?"

Wamprechtshammer wedelte mit der Hand vor seinem Gesicht.

Theresa hielt sich die Nase zu und deutete auf den bewusstlosen Trainer. Nidlich hatte einen ziehen lassen.

„In jeder Beziehung ein echter Stinker. Ja leck mich am Arsch. Aber schau mal, ich glaub, er wacht auf", nuschelte Wamprechtshammer mit nun ebenfalls zugehaltener Nase.

„Vielleicht werden wir noch ein paar Fragen los, bevor er ins Krankenhaus verfrachtet wird."

Nidlich drehte den Kopf zur Seite, seine Augenlider flatterten kurz, dann öffnete er die Augen, versuchte, sich umzudrehen, und stöhnte vor Schmerz auf.

„Auuaa, autsch." Er schnüffelte. „Was stinkt denn hier so?"

Wamprechtshammer war vor ihm in die Hocke gegangen und verkniff sich dabei ein Stöhnen. Sein Muskelkater zwickte ihn immer noch ganz ordentlich.

„Sie, Herr Nidlich."

„Wer ich? Ach du Scheiße!"

„Kann man so sagen."

„Was machen Sie denn hier, Herr Wamprechtshammer?"

„Sie vernehmen, Herr Nidlich. Wieso wollten Sie unseren Kollegen töten?"

„Wie, was? Töten? Niemals. Einen Schrecken wollt ich ihm einjagen. Mit einem EMS-Gerät kann man niemanden umbringen. Allerhöchstens einen infernalischen Muskelkater verpassen. So wie dem Siegmund Lénonsché, also dem Herrn Oberkommissar Leininger, mein ich."

Er gluckste amüsiert, zuckte aber gleich darauf vor Schmerz zusammen.

„Autsch, verdammt!"

„Aber der Herr Martinez, der war Ihnen im Weg."

„Was? Wieso im Weg, mit dem hab ich doch Geschäfte gemacht. Was meinen S' denn, von wem ich des Zeug hab? Habts den erwischt? Hat der mich verpfiffen, der Arsch? Wollt sich wohl mit der Kohle aus dem Staub machen!"

„Und deswegen haben Sie ihn umgebracht!"

Nidlich blickte verwirrt.

„Der Ricky ist tot? Umgebracht? Und Sie meinen ... ja Scheiße noch eins, ich bring doch nicht mein bestes Pferd im Stall um!"

„Aber entlassen wollten Sie ihn dann schon?"

„Ach Schmarrn, ich wollt doch nur nicht, dass Sie uns auf die Schliche kommen. Aber wo er sich rumgetrieben hat, wusste ich tatsächlich nicht."

Nidlich drehte sich stöhnend und schwerfällig auf den Rücken.

„Ich glaub, ich brauch jetzt einen Arzt. Ich spür meinen Arm nicht mehr und mein Knie macht mich fertig. Vom Schädelweh ganz zu schweigen."

Er kniff die Augen zusammen und sog hörbar Luft durch die Zähne ein.

„Eine Frage noch, Nidlich. Sagt Ihnen der Name Weirather etwas?"

„Weirather? Hannes Weirather? Ja freilich. Stinkreicher Schnösel, aber guter Kunde. Hab den schon eine Zeit lang nicht mehr gesehen. Zahlt aber immer noch jeden Monat seinen VIP-Beitrag. Wieso? Hat der was ausgefressen?"

„Nicht wichtig. Fällt Ihnen sonst noch was ein?"

„Krieg ich einen Deal?"

„Geh, Nidlich, wir sind doch hier nicht in Amerika. Jetzt sag, sonst hau ich dir aufs Knie!"

Wamprechtshammer hob drohend die Hand. Marco Nidlich zuckte zusammen. Als er merkte, dass der Kommissar das nicht ganz ernst gemeint hatte, schaute er ihn enttäuscht an und ließ den Kopf hängen. Ihm war klar, dass er verloren hatte.

„Ist ja eh schon wurscht. Ja, der Typ hing immer mit so einem Hipster bei uns rum. Dem sein Name fällt mir grad nicht ein.

Fragen S' einfach meine Mädels am Empfang. So schnell werd ich ja nicht mehr im Studio sein, vermute ich."

„Tja, sorry, Nidlich. Das glaub ich auch. Selber schuld, tät ich sagen", entgegnete Wamprechtshammer mit einem Schulterzucken. Mittlerweile waren eine Polizeistreife und der Krankenwagen eingetroffen und Theresa hatte sie in den Hinterhof geführt.

„Komm, Reserl, wir packen's. Mehr weiß der auch nicht."

Er klopfte dem ziemlich bedröppelt dreinschauenden Nidlich auf die Schulter.

„Und für das Häuferl Elend hier werdet ihr eine Trage brauchen. Gehen kann der wahrscheinlich nicht mehr."

Die Sanitäter schauten hinunter auf den erschlafft am Boden liegenden Muskelberg. In ihren Blicken lag pure Verzweiflung.

KAPITEL 33

Leininger hatte in einem Tempo gearbeitet, das man sonst von ihm nicht gewohnt war. Bis zum Eintreffen von Theresa und Wamprechtshammer im Präsidium war er nicht nur beim Gerichtsmediziner in der Autopsie gewesen, er hatte auch alle Akten mehrfach kopiert und fein säuberlich für jeden in Mappen geheftet. Wamprechtshammer pfiff erstaunt durch die Zähne, als er Sigis gesammelte Werke auf dem Besprechungstisch liegen sah. Seine Bemerkung, so ein EMS-Gerät wäre doch eine sinnvolle Anschaffung für ihr Dezernat und würde das Arbeitstempo erheblich erhöhen, löste bei Kollege Leininger nervöses Augenzucken aus.

„Ja, ja, wer den Schaden hat ..."

„... spottet jeder Beschreibung", ergänzte Wamprechtshammer lachend.

„Komm, Sigi, jetzt tu nicht so wehleidig."

„Du bist gut, der wollt mich umbringen. Fünfzehn Minuten hat er mir gegeben, dann wärn bei mir die Lichter ausgegangen."

„Ja, hat er dir gesagt – und dich mächtig verarscht. Ich hab mich auch noch mal bei dem Arzt schlaugemacht, der den Sanka für den Nidlich begleitet hat. Der hat mir bestätigt, dass das absolut unmöglich ist. Ein sauberer Muskelkater wäre aber durchaus drin, meinte er."

„Sanka? Habts ihr dem vielleicht einen Krankenwagen gerufen? Und mir? An mich hat mal wieder kei Sau denkt!"

Er verschränkte die Arme und zog eine Schnute.

„Mei, Sigi. Glaub mir, der hatte den wirklich nötig. Der wär keinen Meter mehr gegangen, so hat den unsere Theresa verdroschen."

„Was? Theresa? Du hast den ...?"

Sie zog die Schultern hoch und guckte so unschuldig, als wäre das so normal wie Schuheanziehen.

„Ja, wenn einer meinem Sigi wehtut, dann fällt bei dem halt der Watschnbaum um, gell."

Sie grinste Sigi an, der bekam feuchte Augen.

„Oh mei, Theresa. Wenn ich nicht schon verheiratet wär ..."

Theresa wurde mal wieder rot.

„Ist gut, Sigi, ist ja gut. Lädst mich mal auf ein Bier ein, dann passt des, gell."

„Also, da lass ich mir was einfallen, ganz bestimmt, Theresa. Ganz bestimmt!"

Sigi umarmte die kleine Asiatin mit kaum zu überbietender Theatralik. Theresa wurde noch röter und klopfte ihrem Kollegen verlegen die Schulter. Wamprechtshammer hatte ihnen mittlerweile den Rücken zugewandt und fummelte an der Kaffeemaschine herum, damit sein sensibler Kollege nicht sah, dass er kurz davor war, sich vor Lachen in die Hose zu machen.

„Jetzt ist's dann aber mal wieder gut!", unterbrach er die traute Zweisamkeit. Theresa guckte dankbar.

„Ich weiß nicht, wie's euch geht, aber ich hab genug für heut. Schnappts euch die Unterlagen und schauts die daheim mal durch, wo wir einhaken können. Dass das alles zusammenhängt, ist – glaub ich – mittlerweile unbestreitbar. Bloß wie, das müssen wir rausfinden."

Die anderen beiden nickten bestätigend.

„Äh, und Sigi. Ist denn irgendwas vom Finanzamt gekommen? Von einer Frau Feulner?"

„Wenn du das Kuvert mit den Steuerunterlagen und dem parfümbedufteten Brief meinst, das hab ich zu deinen Sachen gelegt. Ich dachte, das ist vielleicht persönlich."

Sigi sagte das mit einem sehr süffisanten Grinsen.

„Ööömhm, danke, Sigi", nuschelte Wamprechtshammer, und jetzt war er es, der einen roten Kopf bekam.

KAPITEL 34

Wamprechtshammer hatte sich von Theresa am Stüberl absetzen lassen und sich dort ein Grillhendl geholt. Ein Ganzes, denn er hatte Hunger wie ein Bär. Fürs gute Gewissen ließ er den Kartoffelsalat weg. Dazu zwei, nein, drei Halbe Münchner Hell, nur vorsichtshalber. Zusammen mit seinen Unterlagen schwer beladen, aber für einen gemütlichen Abend perfekt ausgestattet, machte er sich auf den Nachhauseweg. Entgegen der Vorhersage hatte es heute nicht geregnet und die Abendsonne würde jetzt genau seinen Sitzplatz im Vorgarten vor dem Schaufenster erwärmen. So lässt sich's leben, dachte er und rieb sich im Geiste die Hände. Dort draußen würde er jetzt an dem alten restaurierten Holztisch, dessen Platte einst einem Bäcker zum Teigkneten gedient hatte, die gesammelten Unterlagen durchforsten. Dank Sommerzeit blieb es dafür lange genug hell. Daheim angekommen, setzte er seinen Plan sofort in die Tat um. Er packte also den Stapel Unterlagen auf den Gartentisch, holte aus der Küche alles, was er zum Zerlegen und Verspeisen des Hendls benötigte, schenkte sich die erste Halbe in sein altes Bierseidel und vertiefte sich in die Lektüre der Fallakten. Jedoch nicht, ohne vorher das parfümierte Anschreiben von Frau Feulner – sie hatte neben ihre Unterschrift ein „XOXO" gesetzt – sorgfältig zerknüllt zu haben.

Zwei leere Krüge und etliche Fettflecke auf den Akten später unterbrach eine ihm wohlbekannte Stimme seine Konzentration.

„Ja da schau her, mein lieber Exgatte bei seinem allabendlichen Fitnesstraining."

Dr. Katharina Perlmoser trat durch das eiserne Eingangstor in den Vorgarten. Wie immer war sie sportlich-elegant gekleidet und hatte ihre langen, gelockten rotbraunen Haare zu einem lässigen Dutt hochgesteckt. Trotz ihrer fünfzig Jahre sah sie immer noch so gut aus, dass sich weitaus Jüngere nach ihr umdrehten. Nicht selten waren das Frauen, was ihrer Lebensgefährtin Gertraud gar nicht gefiel. Sie grinste Wamprechtshammer an.

„Du tust ja mächtig was für deine Gesundheit, Berti. Nur drei Bier und kein Kartoffelsalat. Alle Achtung. Darf ich?"

„Gern, Kathi" – hochgezogene Augenbraue über grünen Katzenaugen – „äh, Katharina. Setz dich. Aber nur, wenn du nicht weiter nörgelst", feixte Wamprechtshammer zurück.

„Was magst du denn trinken?"
„Hast einen Wein? Rot?"
„Klar! Wart, ich hol ihn dir."
„Brauchst du nicht, ich weiß ja, wo er steht."
Katharina ging nach drinnen in die Küche, holte sich Flasche, Glas und Korkenzieher und setzte sich zu ihm an den Tisch.

„Eines kann ich dir sagen, Katharina, unser Fall – also eigentlich unsere vier Fälle – sind ganz schön nervenaufreibend. Da brauch ich schon was Gscheites zum Essen. Sonst halt ich das nicht durch, weißt", begann Wamprechtshammer zu argumentieren.

Ein wenig überzeugtes „Aha!" war die Antwort.

Katharina entkorkte geübt die Flasche, roch am Korken, nickte anerkennend und schenkte sich ein.

„Aber was verschafft mir eigentlich die Ehre deines Besuchs? Du willst mich doch hoffentlich nicht kontrollieren."

„Ach Berti, das wär doch hoffnungslos", seufzte sie übertrieben.

„Ich wollte nur heute noch mal nach dir sehen und schauen, ob's dir gut geht. Weil morgen zu unserem Termin bin ich nicht da. Ich halt einen Vortrag auf einer Konferenz und du musst mit meinem neuen Kollegen vorliebnehmen. Dr. Sebastian Stankowicz von der Berliner Charité wird dich morgen untersuchen. Okay?"

„Na gut, wenn's sein muss. Aber bücken muss ich mich nicht für den, oder?"

„Geh Berti, du Schmarrer. Der guckt dich bloß mal an, nimmt dir Blut ab und verschreibt dir was, falls du Schmerzen hast. Hast du Schmerzen, Berti?"

„Ja, ganz schreckliche."

Er schaute Katharina leidend an.

„Was? Warum sagst du denn nix! Wo?"

„Da, da, da und da." Wamprechtshammer deutete nacheinander auf seine Oberarme, die Oberschenkel, den Bauch und seinen Hintern.

„Muskelkater. Grauenvoll!"

Er grinste sie an.

„Berti, du bist so ein Depp! Wann wirst du endlich mal erwachsen?", lachte Katharina erleichtert.

„Hoffentlich nicht vor der Rente."

„Dachte ich mir. Aber mal im Ernst, Berti", Katharina blickte ihn streng an, „du übernimmst dich hoffentlich nicht?"

„Nah, keine Sorge. Und jetzt Prost erst mal."

Er hob seinen Krug und stieß mit Katharina an.

„Des is halt alles ein bisserl verzwickt. Pass auf, ich erzähl dir mal, worum's geht."

Wamprechtshammer fasste die Fakten in Kürze zusammen, dennoch stand die Sonne bereits ziemlich tief, als er damit fertig war.

„Brauch dir ja nicht sagen, dass das streng vertraulich ist, gell. Aber was meinst du denn dazu?"

„Also, wenn du mich fragst, ich würd ja sagen, da will sich einer rächen. Und wenn's nicht um Liebe geht, dann geht's bestimmt um Geld oder irgendein Quidproquo."

Katharina nahm einen großen Schluck aus ihrem Glas und fuhr fort: „Ich würde ja in den Steuerakten dieser Finanzamtstussi nachschauen, wem sie besonders übel mitgespielt hat. Außerdem glaube ich, habt ihr noch gute Chancen, sie lebend zu finden. Zumindest teilweise, wenn der Täter bei ihr genauso vorgeht, wie bei dem Finanzmanager. Und bei dem gibt's bestimmt auch den einen oder anderen, dem seine Aktienfonds kein Glück gebracht haben."

Sie nahm abermals einen großen Schluck und schenkte sich nach.

„Leckeres Tröpferl hast da. Süffig!"

„Hab ich noch aus meinem letzten Urlaub. Ein 2007er Morellino di Scansano. Südtoskana. Freut mich, dass er dir schmeckt."

Wamprechtshammer war froh, dass er sich ein drittes Bier mitgenommen hatte, ihm war heute gar nicht nach Wein. Aber guter Rotwein und Katharina waren schon immer eine kreative Kombination gewesen. Zum Glück hatte sich das nicht geändert. Das freute Wamprechtshammer, denn sie hatte ihm mit ihrem Gespür für die Abgründe der Menschen schon häufig bei der Lösung von verzwickt scheinenden Fällen geholfen. Manchmal hatte er das Gefühl, dass sie am liebsten mitermittelt hätte. Da war es auch nicht weiter verwunderlich, dass seine Exfrau vor einigen Jahren ihren Aufgabenbereich als Amtsärztin um den Bereich Rechtspsychologie erweitert hatte, um zumindest auf diese Weise ein wenig bei der Verbrechensbekämpfung mitmischen zu können.

„Hörst du mir überhaupt zu?"

Wamprechtshammer war mit den Gedanken abgeschweift und zuckte zusammen.

„Doch, doch, ja. Freilich. Hab nur gerade über was nachgedacht. Falltechnisch, weißt?"

„Na dann ist's ja gut", entgegnete Katharina mit hochgezogenen Augenbrauen und fuhr fort: „Ich glaub auch, dass der portugiesische Schwanzlurch da nur durch Zufall reingeraten ist. Kollateralschaden sozusagen. Und dieser Hulk von einem Trainer ist einfach ein Vollpfosten mit Aggressionsschüben, ausgelöst durch sein Testosterondoping."

„Ja, und Münchens dümmster Dealer obendrein. Aber du hast recht, mit dem Rest hat der nichts zu tun", stimmte ihr Wamprechtshammer zu. „Ich werd aber auch das Gefühl nicht los, dass da noch mehr als nur Geld dahintersteckt. Da muss was passiert sein, das beim Täter einen Schalter umgelegt hat. An Menschen hat der sicher auch vorher schon gerne rumgebastelt. Früher konstruktiv und dann – zack – destruktiv."

Katharina nickte, trank den letzten Wein und drehte das Glas versonnen zwischen ihren Fingern.

„Jedenfalls ist er sehr geübt darin. Sowohl medizinisch als auch psychologisch versiert. Gewinnt scheinbar schnell das Vertrauen von Menschen. Aber nun, ihr werdet das schon rausfinden, gell."

Sie klopfte Wamprechtshammer kumpelhaft auf die Schulter.

„Ich muss es jetzt jedenfalls packen, Gertraud hat gekocht und wartet wahrscheinlich schon auf mich. Außerdem sollte ich mich noch auf meine Vortragsreihe vorbereiten. Mach's gut und sei morgen nett zu Dr. Stankowicz. Termin ist um neun. Nüchtern, also kein Kaffee, kein Hörndl, gell."

Sie stand auf und wand sich zum Gehen.

„Is recht. Danke dir für die Info. Pfiat di, Kathi. Grüß Gerdl von mir."

„Ja, ja. Servus, Berti."

Entweder der lernt das nie, oder der will mich immer noch ärgern, dachte sie, sagte aber nichts und hob zum Abschied die Hand.

Wamprechtshammer räumte den Gartentisch ab und blickte in den Himmel. Die Sonne war fast untergegangen. Nur im Westen kämpfte noch ein Rest Abendrot gegen die hereinbrechende

Dunkelheit an. Plötzlich hatte er das Gefühl, dass er beobachtet wurde. Er schaute zum Haus gegenüber, aber da war nichts. Komisch. Er schüttelte sich und kratzte sich am Kopf. Vielleicht ein Zeichen, dass er mal früh ins Bett musste. Er schloss die Tür und löschte das Licht auf dem Weg zum Bad. Zehn Minuten später war er im Bett, nach zwanzig Minuten ruhte er sanft in Morpheus' Armen.

KAPITEL 35

Sie nervten ihn alle gewaltig! Sie kotzten ihn geradezu an – anders konnte man es nicht sagen. Am schlimmsten war diese Szymanski. Die hatte doch allen Ernstes versucht, sich die Zunge abzubeißen, damit sie daran erstickte. Wie konnte man nur so bescheuert sein!

„Du dämliche Fotze, das geht doch nicht!", hatte er ihr ins Gesicht gebrüllt. Da war sie allerdings schon wieder sediert gewesen. Er gab sich die größte Mühe, dass sie keine Schmerzen hatte, und diese gottverdammte Bitch fügte sich selbst welche zu. Er konnte es nicht fassen.

Kurz hatte er überlegt, ob er ihr den Gefallen tun sollte und ihr die Zunge einfach entfernen sollte. Aber warum? Also hatte er sie in ein noch tieferes künstliches Koma versetzt und würde sie erst wieder daraus hervorholen, wenn sie dabei zusehen durfte, wie er ihr die Brüste amputierte und ihr anschließend das Herz aus dem Leib schnitt. Bis dahin war jetzt erst mal Ruhe.

Und dann war da noch dieses Amöbenhirn von einem Trainer. Dessen Intelligenzquotient verhielt sich wahrlich indirekt proportional zu seiner Muskelmasse. Er hatte darüber nachgedacht, ihm ein wenig wassergelöstes Polonium 210 in seine selbstverabreichten Testosteronspritzen zu mischen. Daran wäre er elendiglich krepiert – strahlender Tod statt strahlenden Lächelns. Aber er kam nicht nahe genug an diesen Typen ran. Außerdem hatte ihm die Zeit gefehlt. Er war genug mit dem portugiesischen Hengst und Weirather beschäftigt gewesen. Doch jetzt hatte dieses Rindvieh von einem Möchtegern-Dealer es tatsächlich geschafft, dass die Ermittler eine mögliche Spur zu ihm verfolgen konnten. Warum musste sich Nidlich auch derart mit Hormonen zudröhnen, dass er seine Aggressionen nicht mehr unter Kontrolle hatte? Einen Bullen am EMS-Gerät zappeln lassen – wie konnte man nur so unglaublich bekloppt sein! Er verdrängte diesen Gedanken, um sich nicht noch mehr darüber zu ärgern. Schließlich konnte man das nun nicht mehr ändern.

Aber dass sich dieser Wamprechtshammer gerade eben ausgerechnet mit seiner Ex über den Fall unterhalten hatte, gefiel ihm noch weniger. Und dass dieser Bulle so verteufelt selten telefonierte und simste, sodass er über dessen angezapftes Handy nur ausgesprochen spärliche Informationen erhielt, damit hatte er nun wirklich nicht gerechnet. Obwohl er es hätte ahnen können – der Kerl war ziemlich old-school.

So blieben ihm also nur die Beobachtung und die Mutmaßung, über was sich die beiden unterhalten hatten, denn leider ließ die App es nicht zu, dass man das Handy des Kommissars in ein aktives Abhörgerät umfunktionieren konnte. Aber was er von seinem Fenster aus durch den Feldstecher sah, genügte, um zu wissen, dass es die aktuellen Fälle waren, die Wamprechtshammer dort vor sich ausgebreitet liegen hatte. Es wäre jetzt sicherlich am besten gewesen, sich in den nächsten Tagen

Zutritt zu der Wohnung des Kommissars zu verschaffen. Doch das Risiko, dabei ertappt zu werden, wollte er nicht eingehen. Zum Glück aber war dieses Ermittlertrio nicht allzu fix. Ihm blieb deshalb immer noch genug Zeit, seine Pläne in die Tat umzusetzen. Sollten sie ihn nach deren Ausführung schnappen, war ihm das egal. Dann konnten sie mit ihm machen, was sie wollten. Aber bis dahin musste alles reibungslos funktionieren. Gleich morgen würde das Ganze eine völlig neue Wendung nehmen, und darauf musste er sich jetzt vorbereiten. Er verließ seinen Beobachtungsplatz hinter dem Fenster und setzte sich an den alten Theaterschminktisch. Die regelmäßige Veränderung seines Äußeren war ihm mittlerweile in Fleisch und Blut übergegangen, und er begann routiniert damit, sämtliche Teile aus seinem Gesicht und von seinem Körper zu entfernen, die nicht zu ihm gehörten.

KAPITEL 36

Nachdem er bereits fast fünf Minuten regungslos dagestanden und fassungslos hinaus in seinen Vorgarten geblickt hatte, wurde Wamprechtshammer bewusst, wie dämlich das von draußen aussehen musste. Aber er konnte nicht anders, obwohl dies bestimmt nicht das erste Mal war, dass er so etwas sah. Es schneite! Anfang Mai, morgens um sieben! Das Münchner Wetter war wirklich immer für eine Überraschung gut. Er kratzte sich ratlos am Hintern, denn eigentlich wollte er mit dem Fahrrad zum Arzttermin fahren. Das konnte er sich jetzt getrost abschminken. Auf seinem alten Bock türmten sich kleine Schneehäufchen. Noch nicht einmal ein Kaffee war ihm zum Überlegen vergönnt. Dann halt erst mal unter die Dusche. Wamprechtshammer ließ sich Zeit, aber als er nach einer Dreiviertelstunde wieder in seiner Küche stand – diesmal angezogen und wohlduftend – hatte sich an der Situation und an seiner Ratlosigkeit immer noch nichts geändert. Es schien fast, als wolle das Wetter ihn von seinem Amtsarztbesuch abhalten. Schön wär's, aber das gilt wohl nicht als Ausrede, dachte er und spielte im Kopf „Schere, Stein, Papier", ob er noch einmal einen Carsharing-Dienst nutzen oder es mit der Taxi-App probieren sollte. Das Taxi gewann mit zwei Mal Schere gegen Papier. Also griff er nach seinem Handy und rief die App auf, die ihm umgehend ein Taxi bescheren sollte. Er drückte auf „Bestellen" und sofort begann ein kleines Autosymbol auf dem Bildschirm auf und ab zu hüpfen. Nach kurzer Zeit war ein Fahrer auf dem Weg zu ihm. Die App zeigte ihm dessen Bild. Sein Name war Chifo Chukwuma – ein fröhlich dreinguckender Kerl mit vielen leuchtend weißen Zähnen und lustigen Augen in einem mitternachtsschwarzen Gesicht. Und Chifo war flott. So flott, dass Wamprechtshammer gerade noch seine Schuhe und den Mantel anziehen konnte. Kaum stand er auf der Straße, hörte er auch schon einen recht betagt klingenden Dieselmotor brummen. Dann bog das vermutlich älteste noch im Dienst befindliche Taxi äußerst schwungvoll in seine Straße ein, schlingerte ein wenig, der Motor heulte auf, der alte Benz pendelte sich ein, bremste vor dem Kommissar – und rutschte weiter. Gut, Schneeglätte im Mai. Damit muss man nicht rechnen, aber man hätte es zumindest vermuten können, wenn's schon schneit, dachte Wamprechtshammer. Er zog die Schultern hoch, schloss die Augen und wartete auf den Einschlag. Nichts geschah. Der Motor brüllte noch einmal gefährlich, auf und als er die Augen wieder öffnete – erst das linke, dann das rechte – , stand das Taxi, jetzt in anderer Fahrtrichtung, vor ihm. Chukwuma hatte anscheinend eine Lücke ausgenutzt und dort einen Powerslide hingelegt. Nur so konnte sich Wamprechtshammer dieses physikalische Wunder erklären. Er stieg mit einem leicht mulmigen Gefühl ein. Drinnen strahlte ihn Chukwuma an.

„Griaß di. Sakra, des war knapp. Ja spinnst, is des glatt. Wo deaf i di denn hibringa?", begrüßte er seinen verdutzt dreinschauenden Passagier.

„Ääh, ja. Zum Mariahilfplatz."

„Aha, geht's auf'd Dult, ha? A bisserl früh is dafür scho no, oda?"

„Na, leider ned. Zum Arzt. Aber vorsichtig fahrn, gell. Jetzt hast die Polizei an Bord."

„Uih. Do hoast's zsammreißn."

Mindestens hundert Zähne grinsten Wamprechtshammer erneut an. Dieser guckte immer noch fassungslos.

„Wos? Host no nia an boarischn Nega gseng?", fragte Chukwuma amüsiert und sicher nicht das erste Mal.

„Hm, ehrlich gsagt, so oan no ned. Aber könnt ma dann langsam mal losfahren?"

„Ja freilich!", entgegnete Chukwuma, dieselte schwungvoll los und fuhr fort: „So wos wia i kummt übrigns dabei raus, wenn ma in Bad Tölz aufwachsd. Mei Vatta war Koch bei da Army in Tölz und mei Mama von am Bauernhof in Mittenwald. Dreiundneunzig hamms dann den Hof übernommen. Mei, die Leut ham gschaut. Is bis heut a Attraktion. Mia hamm den dann selber ‚Negahof' tauft. Wenn ma woaß, wias gmoand is, klingt des gar ned schlimm, find i."

„Ich auch nicht. Maximalpigmentiertenhof wär ja auch ein

saublöder Name gewesen", entgegnete Wamprechtshammer grinsend.

„Maximalpigmentiertenhof! Ja, wia geil is des denn!? Hob i ja no nie ghört. Muaß i glei meine Oidn ausrichtn und meina Frau a. Des werd a Schenklklopfa!"

Chukwuma bog sich vor Lachen hinter dem Riesenlenkrad seines Uralt-Mercedes und kurvte schwungvoll durch die engen Gassen in Richtung Isar.

„Chifo hoaß i übrigens", sagte er, nachdem er sich wieder beruhigt hatte, und reichte Wamprechtshammer die Hand.

„Berti."

„Und wenns'd a Taxi brauchsd – einfach des nächste Mal mich direkt anrufen, gell."

Er fummelte eine Visitenkarte aus seiner Brusttasche und reichte sie dem Kommissar.

Chifo Chuckwumas Taxiservice – einfach anrufen, wenn Sie mal Schwarzfahren wollen!

... stand darauf und jetzt musste Wamprechtshammer lachen. Dieser Chifo hatte wirklich einen erfrischenden – um nicht zu sagen, schwarzen – Humor. Den hatte er wohl auch gebraucht, im bayrischen Oberland, als Sohn eines afroamerikanischen Soldaten und eines Mittenwalder Bauernmadls. Wamprechtshammer zog innerlich den Hut vor so viel Selbstbewusstsein und Mut. Chifos Fahrstil allerdings war gewöhnungsbedürftig und dass er, während er seine Lebensgeschichte zum Besten gab, immer wieder zu ihm herübergrinste, ohne dabei auf die Straße zu sehen, trug bei Wamprechtshammer nicht gerade zur Entspannung bei. Immerhin waren sie in Rekordzeit am

Ziel und es war dank schlechten Wetters und früher Stunde noch nicht viel los rund um die Auer Dult, die dreimal jährlich auf dem Mariahilfplatz stattfand. Gerade war Maidult. Im Sommer hieß sie Jakobidult, im Herbst Kirchweihdult. In den letzten zwanzig Jahren hatte Wamprechtshammer keine davon verpasst. Ihm gefiel die Mischung aus Fahrgeschäften, Kitsch, Kunst und Trödelmarkt – vom Bier und vom Steckerlfisch ganz zu schweigen. Aber heute würde daraus nichts werden. Amtsarzt und Wetter stemmten sich vehement dagegen. Also verabschiedete er sich von Chifo, gab ihm ein sattes Trinkgeld und das Versprechen, von seinen Diensten bald mal wieder Gebrauch zu machen. Er schlug den Kragen seines Mantels hoch und beeilte sich, den Eingang zur Amtsarztpraxis zu erreichen. Dabei führte ihn der Weg über einen großen Vorplatz mit einer ebenso riesigen wie hässlichen Granitsäulenskulptur. Jeder seiner Schritte hinterließ einen Abdruck im glitschigen Schneematsch. Als er den Eingang erreicht hatte, musste er sich eine Schicht weißer Flocken vom Mantel klopfen. Er blickte noch einmal missmutig zum Himmel und glaubte, knapp über den Dächern im Süden, einen blauen Streifen zu sehen, der ein bisschen nach Föhn aussah und hoffentlich wieder für schönes Wetter sorgen würde. Aber wer wusste das schon so genau. Er trat ein und es roch, wie es überall roch, wo Beamte arbeiten: muffig. Die Praxisräume befanden sich im ersten Stock des Amtes für Gesundheitswesen, doch Wamprechtshammer schlurfte zum Aufzug. Ohne Kaffee keine Treppe. Die gute Laune, die er während der Fahrt dank seines kuriosen Taxifahrers noch gehabt hatte, war wie weggeblasen.

KAPITEL 37

Waltraute, Ortlinde, Roßweiße, Schwertleite, Gerhilde, Siegrune, Grimgerde oder Helmwige: Eine dieser Walküren musste es sein, die Wamprechtshammer den Urinbecher vor die Nase hielt.

„Da neibieseln", lautete ihre unmissverständliche Anweisung zu seiner Begrüßung.

„Ja, äh, gern. Wamprechtshammer übrigens. Ich hab den Termin um neun."

Er nahm verdattert das kleine Plastikbecherchen mit dem grünen Deckel entgegen.

„Ich weiß. Wir machen hier keine Doppeltermine. Zum Klo geht's da lang!"

Ein wurstiger Zeigefinger mit einem spitz zulaufenden, pinkfarbenen Fingernagel wies dem Kommissar den Weg.

„Mittelstrahl, wenn's geht, gell!"

Der Wurstfinger reckte sich jetzt zu einem „Achtung!" nach oben. Wamprechtshammer trollte sich lieber schnell gen Männerklo, bevor er Dinge tat, die er später vielleicht bereuen würde.

„Mistpritschn, greislige. Und so was ohne Kaffee und Frühstück", murmelte er grantig vor sich hin.

„Was sagn S'?"

Waltraute – wie auch immer ihr Name sein mochte – reckte den Kopf in Richtung des Kommissars.

„Ach, nix. Passt schon", winkte Wamprechtshammer ab und verschwand in die Herrentoilette.

Als er nach gut zehn Minuten leicht angestrengt dreinschauend diese wieder verließ, hatte er gerade mal die Minimalmenge zusammengetröpfelt. Roßweiße hielt es nicht für notwendig, von ihrem PC aufzuschauen, und tippte nur mit ihrer rosa

Zeigefingerkralle auf ein Plastiktablett neben ihrem Bildschirm. Tick, tick, tick. Wamprechtshammer stellte den Becher dort ab und blieb provozierend vor ihrem Schreibtisch stehen, obwohl er sehr wohl wusste, wo sich der Wartebereich befand. Ihre ignorante Arroganz ging ihm gewaltig auf den Keks. Schwertleite hackte auf die Tastatur ein, ohne ihn eines Blickes zu würdigen. Nach einer gefühlten Ewigkeit nahm sie ihre dicke, an einer Perlenkette befestigte Lesebrille ab und blickte mit einem genervten Seufzer zu ihm auf.

„Wie? Soll ich jetzt applaudieren, oder was wollen S' noch? Da drüben können S' warten."

Sie nickte in Richtung Wartebereich, ihr Doppelkinn schwang mit. Wamprechtshammer setzte sein freundlichstes Lächeln auf – und wer ihn kannte, wusste, dass das nichts Gutes verhieß.

„Sie, gute Frau. Ich weiß ja nicht, welche Laus ihnen heute Morgen über die Leber gelaufen ist, aber ich glaub des muss ein Riesenviech gewesen sein?"

„Wie? Was erlauben Sie sich", entrüstete sich Gerhilde.

„Was ich mir erlaub. Ich sag Ihnen jetzt, was ich mir erlaub."

Wamprechtshammers Stimme wurde trotz zunehmender Schärfe gefährlich leise. Das Lächeln war verschwunden. Er stützte sich mit beiden Armen auf ihren Schreibtisch und fixierte sie mit finsterem Blick. Er hatte das schon oft bei Verhören getan. Es funktionierte wirklich nur ohne Kaffee und Frühstück.

„Ich erlaub mir, Ihnen zu sagen, dass Sie mir jetzt mal ganz genau zuhören werden. Aber ganz genau, denn was ich jetzt sag, des sag ich nur einmal", knurrte er bedrohlich und reckte den Zeigefinger vor ihrer Nase nach oben. Helmwige schielte auf seinen Finger und nahm zitternd die Brille von der Nase. Wamprechtshammer wäre beinahe ein Grinsen ausgekommen, doch er fuhr unbeirrt fort.

„Wenn ich mich in den nächsten Tagen mit der leitenden Amtsärztin, die sich ja heute auf einen wichtigen Vortrag am Abend vorbereiten muss, nach Dienstschluss auf ein gemütliches Bier treffe, dann hab ich zwei Möglichkeiten, ihr von heute zu erzählen. Können Sie sich vorstellen, welche zwei Möglichkeiten das sind?"

Wamprechtshammer legte den Kopf leicht schief und blickte sie mit hochgezogenen Augenbrauen über seine Brille hinweg an. Ortlinde schüttelte sehr langsam den Kopf und schluckte. Ihr Kinn zitterte jetzt ebenfalls.

„Nein? Dann will ich's Ihnen sagen: Ich kann Frau Dr. Perlmoser, geschiedene Wamprechtshammer erzählen, dass ich von ihrer neuen Mitarbeiterin, die Sie ja anscheinend sind, weil ich Sie hier noch nie gesehen habe, ganz angetan war, weil die mich so freundlich mit einem fröhlichen ‚Guten Morgen, Herr Wamprechtshammer' empfangen hat. Ich kann ihr auch mitteilen, dass sie mir höflich gezeigt hat, wo ich auf meine Untersuchung warten kann, mir ein Wasser angeboten hat, und dass sie mir gesagt hat, dass ich sowieso nicht lange warten müsse. Und so weiter und so fort. Verstanden?"

Ein verhaltenes Kopfnicken war die Antwort. Die Augen glänzten jetzt leicht wässrig.

„Ich könnt ihr aber auch was ganz anderes erzählen. Aber ich glaub, des wär dann nix Gutes, und des wollen wir doch beide ned, oder?"

Grimgerde nickte jetzt sehr beflissen.

„Ja, und was sagn ma da jetzt?"

Wamprechtshammers Kopf rückte noch ein Stück näher an sie heran. Ihre Backen wackelten, das Doppelkinn zuckte, die Walküre blickte ihn mit großen wassergefüllten Augen an.

„Mögen S' a Wasser, Herr Wamprechtshammer?", hauchte sie vorsichtig.

Wamprechtshammer lächelte und richtete sich zufrieden auf. Sein Gesicht war wieder die Freundlichkeit selbst.

„Sehen S', des war doch gar ned so schwer. Und, nein, danke, ich geh dann mal in den Wartebereich."

Er machte auf dem Absatz kehrt. Hinter sich hörte er tiefes, stoßweises Einatmen, ein Rascheln und ein röhrendes Schnäuzen. Er musste lächeln und war sich sicher, dass dieser Einlauf seine Wirkung nicht verfehlt hatte. Kurze Zeit später hörte er Stimmengemurmel aus der Gegensprechanlage und danach ein mächtiges „Tack, tack, tack", das auf ihn zukam. Graziler als vermutet erschien die Walküre auf erstaunlich hohen Pumps im Wartebereich, lächelte ihn fast schon ein wenig kokett an und bat ihn ganz ungekünstelt freundlich, ihr ins Behandlungszimmer zu folgen. Na also, warum nicht gleich, dachte Wamprechtshammer und folgte ihrem mächtigen Windschatten. Sie öffnete ihm die Tür zum Behandlungsraum.

„Wenn S' schon mal Platz nehmen wollen, der Herr Doktor kommt gleich", lächelte sie ihn an und blinzelte ihm zu. Ihre Lippen hatte sie mit dickem Rot nachgezogen, das Make-up saß wieder, die Brille lag oben auf ihrem mächtigen Busen und bewegte sich mit jedem ihrer Atemzüge auf und ab. Irgendwie hatte Wamprechtshammer das Gefühl, dass die wagnersche Naturgewalt scheinbar auf dominante Männer stand und ihm wurde ein wenig mulmig.

„Vielen Dank, Frau …?"

„Fräulein … Schwertleit."

Wamprechtshammer stutzte. Echt jetzt?

„Irmingard Schwertleit, für Sie aber gerne Irmi, Herr Kommissar. Sie wissen ja, wo Sie mich finden, wenn Sie noch was brauchen, gell?"

Sie rückte ein wenig näher an ihn heran. Jetzt hatte Wamprechtshammer tatsächlich Angst. Dass sein Anschiss eine solche Wirkung zeigte, damit hatte er nicht gerechnet. Er schluckte kurz, und bevor sich die Schweißtropfen unter seinen Haaren ihren Weg auf die Stirn bahnten, schlüpfte er durch die Tür.

„Vielen Dank, Frau, äh Fräulein Irmi. Äh, ja, ich weiß, wo ich Sie finde. Danke schön."

„Immer gerne, Herr Kommissar", flötete die jetzt sehr willige Walküre und schloss die Tür. Hatte sie sich jetzt tatsächlich noch über die roten Lippen geleckt? Wamprechtshammer nahm erleichtert und ein wenig verwirrt vor dem Schreibtisch Platz. Er rückte den Stuhl leicht schräg, damit er die Tür im Blick hatte, und atmete tief durch. Er sehnte sich nach einem ordentlichen Milchkaffee und einem, nein, zwei Croissants.

KAPITEL 38

Wamprechtshammer blickte sich um. Der Behandlungsraum war schmucklos und pragmatisch eingerichtet, das war ihm schon bei seinem letzten Besuch aufgefallen. Doch so ohne Katharina oder irgendeine zweite Person im Raum entfaltete er seinen ganzen trostlosen Amtscharme. Der Schreibtisch, vor dem er saß, hatte schon bessere Tage gesehen, und die Behandlungsliege sowie die übrigen medizinischen Untersuchungsgeräte wirkten auch alles andere als taufrisch. Es roch klinisch steril mit einer Note Bohnerwachs. Auf einem Beistelltisch stand ein anatomisches Modell mit herausnehmbaren Organen – ebenfalls ein wenig angespeckt. Die Neonröhren an der Decke brannten und verliehen der Ödnis den letzten Schliff. Wamprechtshammer fröstelte. Gerade kam ihm sein Chefkabuff regelrecht wie ein Schmuckkästchen vor. Er trommelte ungeduldig mit den Fingern auf die Schreibtischplatte und blickte auf die Uhr – fünf nach neun. Es kam ihm vor, als befände er sich in einem Zeitloch.

Schlagzeile: Schwarzes Loch im Gesundheitsamt gefunden, Kommissar im Ereignishorizont gefangen!

Nach gefühlten zehn Minuten schaute er noch mal auf die Uhr: sechs nach neun. Fingertrommeln. Kaffeegelüste. Hunger! Er hörte Schritte. Gleich darauf trat Dr. Stankowicz in den Raum und durchbrach die Zeitschleife.

„Herr Wamprechtshammer?"

Ein freundlich lächelnder und ziemlich sympathischer Mittdreißiger kam auf ihn zu. Wamprechtshammer stand auf und ging dem Doktor entgegen.

„Sehr wohl. Höchstpersönlich, Herr Doktor ...?" Jetzt hatte er doch glatt den Namen vergessen. Dabei fiel ihm auf, dass Dr. Fälltmirnichtein einem Arzt aus einer Fernsehserie, die er immer mit Katharina hatte anschauen müssen, verdammt ähnlichsah. Dessen Spitzname fiel ihm komischerweise ein. Die weibliche Belegschaft in irgendeiner amerikanischen Klinik nannte ihn immer verzückt „McDreamy". Sympathischer Typ, saublöder Name.

„Stankowicz. Sebastian Stankowicz."

„Saublöder Name", murmelte Wamprechtshammer versonnen.

„Wie meinen?", fragte Stankowicz verdutzt und holte Wamprechtshammer damit aus seinen Grey's-Anatomy-Assoziationen.

„Äh, nein, ich mein nicht Sie. Entschuldigen S', Herr Doktor, äh, Stankowicz. Also, mein Hirn funktioniert einfach nicht ordentlich ohne Kaffee und Croissant, verstehn S'?"

„Geht mir ähnlich."

Sie schüttelten sich die Hände. Dr. Stankowicz runzelte die Stirn, setzte einen erstaunten Blick auf und raunte verschwörerisch: „Was haben Sie denn mit der Schwertleit gemacht? So freundlich war die ja noch nie! Egal wie nett ich bin, ich hab immer Angst, dass die mich gleich frisst."

„Ach, Herr Doktor, wir hatten nur ein kurzes, klärendes Gespräch. Aber glauben Sie mir, lassen Sie's, wie's ist. Besser ist das. Ganz bestimmt."

Wamprechtshammer untermalte seinen Rat mit heftigem Nicken und bitterer Miene. Über dem Doktor kreisten Fragezeichen.

„Ja, wenn Sie meinen, da vertrau ich Ihrer Menschenkenntnis als Kommissar", entgegnete Stankowicz mit einem Grinsen und Schulterzucken. Er ging um den abgewetzten Schreibtisch herum und bot Wamprechtshammer an, wieder Platz zu nehmen. Er selbst ließ sich schwungvoll in den betagten Chefsessel plumpsen und wippte dabei fröhlich dreimal auf und ab.

„Sooo, Herr Kommissar!" Er rieb sich freudig die Hände und faltete sie dann entspannt vor sich auf dem Schreibtisch.

„Ihre Frau ..."

„Exfrau. Oder einfach Katharina – passt besser", korrigierte ihn Wamprechtshammer ganz pragmatisch.

„Also, Katharina hat mich ja schon über alles aufgeklärt. Sie haben es nicht mehr daheim ausgehalten und sind schon wieder im Dienst. Löblich, aber eigentlich müssten Sie noch ein wenig Ruhe geben."

Stankowicz sah ihn ernsthaft besorgt an. Wamprechtshammer winkte beschwichtigend ab und schüttelte den Kopf.

„Da machen's sich mal keine Sorgen, Herr Doktor. Ich fühl mich topfit. Bei der Physio war ich auch schon. Also alles im grünen Bereich."

„Ja, wenn Sie das sagen. Dann lassen Sie mich mal sehen. Würden Sie mal eben den Oberkörper frei machen? Und die Hose bitte auch ausziehen, damit ich Ihre Körperhaltung überprüfen kann? Am besten da drüben in der Raummitte."

Ein wenig widerwillig entledigte sich Wamprechtshammer seines Hemdes und seiner Hose und begab sich wie geheißen in die Mitte des Behandlungsraumes. Nur in Unterhose und Socken stand er jetzt vor Stankowicz und kam sich dabei reichlich dämlich vor. Dieser nahm ihn rundherum in Augenschein.

„Sagen S' mal, wo arbeiten Sie eigentlich sonst, wenn Sie die Katharina nicht gerade vertreten?", fragte Wamprechtshammer, um die Peinlichkeit des Moments zu überbrücken. Stankowicz stand jetzt direkt in seinem Rücken und Wamprechtshammer schielte über die rechte Schulter nach hinten.

„Im veterinärmedizinischen Institut."

„Wie bitte!!"

Der Kommissar verkrampfte sich schlagartig und Stankowicz drückte ihm im selben Moment unerwartet auf eine Stelle am unteren Rücken nahe der Wirbelsäule.

„Auuuuuaaah! Zefix! Sie Viechdoktor! Ich bin doch keine Kuh!", entfuhr es Wamprechtshammer.

„Aha! Nein, nein. Ich bin Facharzt für Orthopädie und Spezialist für alternative Heilverfahren. Das war nur, um Sie ein wenig zu stressen. Gell, da tat's jetzt etwas weh?"

„Ja, und wie! Aber wieso …?"

Obwohl er spüren konnte, wie Stankowicz hinter ihm verschmitzt grinste, war Wamprechtshammer jetzt doch ein wenig verwirrt. Hatte Katharina ihren Kollegen beauftragt, ihn gründlich zu verarschen? Die Antwort darauf kam prompt.

„Ich wollte Ihnen nur zeigen, dass Sie gerade bei unerwarteten Stresssituationen aufpassen müssen, Herr Wamprechtshammer. Dann verkrampfen Sie nämlich unbewusst Ihre Rückenmuskulatur und Ihre Bandscheibe drückt's ein ganz klein wenig nach draußen. Nicht viel, aber wenn der falsche Impuls hinzukommt. Zack! Blockade! Nix geht mehr. Und dann müssten wir höchstwahrscheinlich operieren. Also Obacht!"

„Ja, stimmt, ab und zu zieht's da schon ein wenig, wenn's stressig wird. Gibt's da nix, was Sie mir verschreiben könnten?", entgegnete Wamprechtshammer und kratzte sich nachdenklich am Kopf. „Außerdem würd ich mich jetzt gern wieder anziehen, wenn's recht ist."

„Ach so, ja, ja. Kein Problem. Entschuldigung."

Stankowicz hatte wieder an seinem Schreibtisch Platz genommen und las, die Stirn auf eine Hand gestützt, grübelnd in der Patientenakte.

Wamprechtshammer hatte sein Hemd bereits angezogen und war gerade dabei, akrobatisch im Einbeinstand in seine Hose zu schlüpfen, da hatte der Doktor scheinbar ausgegrübelt.

„Ja, so machen wir's", sagte er plötzlich, „ich geb Ihnen was Homöopathisches. Curare-Globuli gegen die Verspannungen und Gelsemium sempervirens als Tropfen für die Nerven, das hilft garantiert!"

„Wie bitte!! Das Zeug kenn ich. Sind Sie narrisch!"
Wamprechtshammer starrte ihn an und vergaß dabei, das zweite Bein durch die Hose zu stecken, woraufhin er das Gleichgewicht verlor. Er strauchelte und schoss, auf einem Bein hüpfend, quer durch den Behandlungsraum. Im verzweifelten Versuch, sein Gleichgewicht wiederherzustellen, klammerte er sich an den lebensgroßen anatomischen Torso und riss ihn vom Tisch. Beide drehten zwei, drei wilde Walzerpirouetten, Leber, Nieren, Milz, ein Auge und das Herz kullerten fröhlich durch den Behandlungsraum und Dr. Stankowizc blieb hinter seinem Schreibtisch nichts anderes übrig, als dieses aberwitzige „Let's Dance!"-Szenario starr vor Schreck mitzuverfolgen. Letztlich stoppte die Wand des Behandlungsraumes den wilden Tanz, wobei sich ein „Achtung: Zeckenimpfung ist wichtig!"-Plakat von 1980 in Fetzen auflöste. Wamprechtshammer und der ausgeweidete Torso rutschten zu Boden. Dessen zweites Auge fiel heraus und kullerte davon.

„Ja Himmelarschundzwirn, was war jetzt des?!", fluchte Wamprechtshammer, während sich Stankowicz aus seiner Schreckstarre gelöst hatte und ihm zu Hilfe eilte.

„Ach du grüne Neune, wat machense denn für Jeschichten, Herr Kommissar? Allet jut?", berlinerte er vor lauter Schreck und schickte sich an, dem beträppelten Kommissar wieder auf die Beine zu helfen.

„Ja, schon. Au! Vielleicht ned ganz", rappelte sich Wamprechtshammer an der Hand von Stankowicz hoch und griff sich ans Kreuz.

„Jetzt zwickt's wieder."

„Is ja auch kein Wunder, bei dem Stunt."

Stankowicz hatte seinen Dialekt jetzt wieder im Griff.

„Was hat Sie denn so aus der Fassung gebracht, dass Sie hier gleich das halbe Amt einreißen wollten?"

„Ja, das Gelse… Dings, semper… trallala …"

Wamprechtshammer wedelte mit der Hand durch die Luft.

„Damit kann man doch jemand lähmen und der kriegt trotzdem alles mit. So ein Indianergift ist das doch. So was wollen Sie mir einflößen?!"

„Sie meinen Gelsemium sempervirens, der Carolina-Jasmin? Aber wie kommen Sie denn da drauf? Das wird doch nur noch in der Homöopathie eingesetzt. Genauso wie Curare, das Pfeilgift. In minimalen Dosen, beziehungsweise Potenzen. Damit kann man niemand vergiften, außer man verabreicht demjenigen auf einmal ein paar Kilo Globuli. Richtig dosiert, sind beide äußerst wirksame alternative Heilmittel."

Während er erklärte, stellte Stankowicz den Torso zurück an seinen Platz und setzte ihm die herumliegenden Organe wieder ein. Wamprechtshammer humpelte unterdessen zur Behandlungsliege und ließ sich ächzend darauf nieder, um sein im Freien verbliebenes Bein endlich in die Hose zu fummeln, was sich wegen seiner Kreuzschmerzen nicht gerade einfach gestaltete.

„Aber wir haben da gerade einen Fall, da wurde das eben genau so verwendet, nämlich als lähmendes Gift, und das verwundert mich jetzt schon ein wenig, wie Sie da draufkommen."

„Na ja, das kann ich Ihnen sagen", entgegnete der Doktor, „mein Steckenpferd sind Gifte als Heilmittel in der Medizin und der Naturheilkunde. Botox zum Beispiel kennt ja mittlerweile jeder, aber dass es das stärkste uns bekannte in der Natur vorkommende Gift ist, weiß kaum einer. Und dass es von Bakterien produziert wird, noch viel weniger."

Wamprechtshammer war erstaunt.

„Oha, das wusste ich allerdings auch nicht. Aber, Herr Doktor Stankowicz, Gelsemium, Giftjasmin oder wie das Zeug genannt wird, das ist doch ungewöhnlich, oder?"

„Ja, schon sehr. Ist eher was für Nostalgiker oder irgendeinen Freak, der tatsächlich Spaß an so was hat. Würde mich interessieren, wer Sie da draufgebracht hat. Der muss echt ein Faible dafür haben."

„Na ja, unser Oberspurensicherer hat's zuerst vermutet. Der hat schon die entlegensten Winkel der Welt bereist und ist permanent im Expeditions- und Entdeckermodus, bei dem wundert's mich gar nicht, dass der das weiß. Und dann hat's freilich unser neuer Gerichtsmediziner, der Alois Dornberger, bestätigt."

„Ach was, der Alois. Aus Wien? Der ist jetzt hier Gerichtsmediziner? Ja, dann wundert mich nichts mehr. Ein ganz ausgefuchster Hund ist das. Ein bisserl eigen, aber eine echte Koryphäe. Sagen S' ihm einen schönen Gruß von mir, wenn Sie ihn sehen."

Stankowicz strahlte über das ganze Gesicht.

„Mach ich gern. Der ist vorübergehend als Vertretung für unseren hiesigen Pathologen eingesprungen. Könnte gerne bleiben, wenn Sie mich fragen."

„Das glaub ich Ihnen gerne. Wie gesagt, ein echt super Typ", bestätigte Stankowicz Wamprechtshammers Meinung.

„Ich hab übrigens über diese ganzen Naturgifte und deren gegenwärtige und zukünftige medizinische Verwendung vor gar nicht allzu langer Zeit einen Vortrag in Berlin gehalten. Da hab ich den Alois auch kennengelernt. Und wenn ich mich recht erinnere, war da noch so ein Typ, der extremes Interesse daran gezeigt hat. Der hatte, glaube ich, eine Beauty-Klinik. Irgend so was ganz Abgehobenes. Wie hieß der denn gleich?"

Stankowicz stützte sein Kinn auf die rechte Hand und fixierte konzentriert einen Punkt an der Decke über Wamprechtshammers Kopf. Der hatte Gänsehaut. Die bekam er immer, wenn sich in einem Fall eine entscheidende Wendung anbahnte. So ein unglaublicher Zufall, vielleicht brachte sie das tatsächlich einen großen Schritt weiter. Jetzt wäre er am liebsten in Stankowicz' Hirn gekrochen und hätte dort die richtigen Schalter umgelegt. Unbewusst schob er den Kopf immer weiter nach vorne und seine Augen wurden größer und größer. Wie im Kino, wenn man bei einem Film wusste, dass gleich etwas passieren würde, man aber nicht um die Ecke schauen konnte, um zu sehen, wann genau das der Fall war.

„Jetzt hab ich's!!"

Stankowicz schnippte mit den Fingern und Wamprechtshammers Kopf schnellte in Sekundenbruchteilen wieder in seine normale Position zurück.

„Gutaussehender Typ. Smart, gebräunt, dunkle Haare, zurückgegelt. Eine Prise Falco, wenn Sie verstehen, was ich meine, Herr Kommissar."

Wamprechtshammer nickte und hatte gerade das Bild von einer Person vor seinem inneren Auge, die ihm nicht besonders sympathisch war. Dr. Seltsam, der Leichenfledderer als sadistischer Mörder? Nun ja, ganz abwegig wäre das nicht. Vielleicht würde er sich bei seiner Verhaftung ja wehren und er könnte ihn dann ... Wamprechtshammer verbat sich weitere Gewaltfantasien. Denk logisch, sagte er sich. Wieso sollte der so was tun? Der hat doch seine Assistenten zum Quälen. Und außerdem weilte der Leichenjunkie gerade in den Staaten und beschäftigte sich dort mit allerlei faulendem Fleisch. Ob das auch wirklich so war, ließ sich ja schnell nachprüfen.

„Erde an Wamprechtshammer! Können Sie mich hören, oder hat Houston ein Problem?"

Stankowicz wedelte mit der Hand vor den Augen des Kommissars. Goaßgschau – eindeutig, diagnostizierte Wamprechtshammer seinen starren Blick und blinzelte sich wieder in die Gegenwart.

„Ähhh, ja, 'tschuldigung. War in Gedanken."

„Wär mir jetzt gar nicht aufgefallen", flachste Stankowicz. Wamprechtshammer hatte sofort einen Konter parat.

„Würd freilich helfen, wenn Ihnen zur Beschreibung auch noch ein Name einfiele. Ich tät ungern den Johann Hölzel exhumieren und ihn der mörderischen Wiedergängerei bezichtigen."

„Ja, ha, ha. Das wär doch mal was. ,Muss ich erst sterben, um zu leben?' und so", amüsierte sich Stankowicz, war aber gleich wieder ernsthaft bei der Sache.

„Aber im Ernst, ich glaube, dem sein Name war ... Dings."

„Wie, Dings? Ach, der Dings! Ja, den kenn ich!", frotzelte jetzt Wamprechtshammer.

„Nein, nicht Dings, Herr Kommissar! Ding! Dr. Ding. Den Vornamen hab ich nicht mehr parat. Reinhard, Richard, Robert oder so. Mit dem Alois hat sich der auch recht angeregt unterhalten. Der kann Ihnen dazu vielleicht ebenfalls was sagen."

„Ja, das ist doch mal was", freute sich Wamprechtshammer. „Da hat sich ja mein Besuch bei Ihnen tatsächlich gelohnt, auch wenn ich gerade scheppser geh als vorher. Herr Doktor, ich könnt Sie busseln! Oder auf ein Bier einladen, wenn Sie mögen."

„Nicht böse sein, aber ich glaube, ein Bier wäre mir da tatsächlich lieber", bedankte sich Stankowicz mit einem Augenzwinkern.

„Das muss aber leider noch warten, denn Sie sind heute mein einziger Patient und ich fahre nachher zu dem Kongress, bei dem auch Ihre Frau, äh Ex…, äh, die Katharina ihren Vortrag hält."

„Ach so, Sie sehen sie heute noch. Ja dann sagen S' ihr einen schönen Gruß und am besten nichts von meinen Tanzübungen, gell."

Stankowicz winkte gelassen ab.

„Keine Sorge. Aber ich verschreib Ihnen noch ein paar Stunden Physio. Da kommen Sie nicht drum rum, Herr Wamprechtshammer."

„Ja, wenn's sein muss", nölte der und blickte in gespielter Verzweiflung zum Himmel.

„Aber das Bier steht, gell! Vielleicht gleich nächste Woche auf der Maidult, wenn das Wetter passt?"

„Det machen wa!", berlinerte der Arzt und freute sich sichtlich über die Einladung.

Er stellte Wamprechtshammer das Rezept aus und überreichte es ihm mit dem Hinweis, dass er sich jetzt beeilen solle, da „Fräulein" – er verdrehte die Augen und malte Gänsefüßchen in die Luft – Schwertleit erfahrungsgemäß gerade Kaffeepause mache und der Kommissar so ungesehen und unbehelligt nach draußen gelangen könne. Dafür war ihm Wamprechtshammer abermals mehr als dankbar und notierte im Geiste noch einen Steckerlfisch für Stankowicz als Draufgabe.

„Und vergessen Sie bitte nicht, den Alois von mir zu grüßen!", rief der Doktor Wamprechtshammer hinterher. Dieser war bereits zur Treppe in der Mitte des Geschosses geeilt und auf dem Weg nach unten. Das Letzte, was Stankowicz sah, war eine Hand mit nach oben gerecktem Daumen, die wippend zwischen den Stäben des Geländers im Boden versank.

KAPITEL 39

Die Sonne strahlte wieder, der Himmel war blau, als wäre nichts gewesen. Der Föhn hatte sich durchgesetzt und vom Schneematsch waren nur noch ein paar Pfützen übrig. Alles glänzte und funkelte, die Luft war frisch und mild. Als Wamprechtshammer ins Freie trat, schnaufte er erst mal tief durch. Dem drohenden Walkürenritt war er Gott sei Dank entgangen und das Wetter war wieder so, wie es sein sollte. Doch jetzt beschwerte sich sein Magen lautstark über die mangelnde Nahrungszufuhr. Croissant und Milchkaffee reichten da mit Sicherheit nicht mehr. Ihm war nach etwas Handfesterem und da kam eigentlich nur ein gescheites Weißwurstfrühstück beim Wallner infrage. Wamprechtshammer hatte diesen überlebensnotwendigen Gedanken kaum zu Ende gedacht, da rockte es gewaltig in seiner rechten Hosentasche. Sein Handy gab mal wieder „Thunder" zum Besten. Mit einem Wisch drehte er AC/DC den Saft ab, sein Spezi Franz Perchtenreiter, der Polizeipräsident, war am anderen Ende.

„Ja servus, Berti. Wo stör ich dich denn grad?", brüllte Perchtenreiter fröhlich durch die Leitung. Wamprechtshammer hielt das Telefon auf Armlänge weg vom Ohr und konnte ihn immer noch gut verstehen. Anscheinend war sein Freund und Vorgesetzter gerade in seinem Triumph TR 6 unterwegs.

„Du, Franzl, ned so laut. Mir haut's ja mein Trommelfell raus!"

„Ja, 'tschuldige, Berti, ich fahr grad Cabrio. Herrlich bei dem Wetter, aber halt zu laut zum Telefonieren, gell. Oha! Wart ich muss schalten."

Es krachte, schepperte und röhrte, dann fuhr Perchtenreiter fort.

„Du, Herr Kommissar, ich hab heute frei und die Annemarie ist beim Botoxen. Hast Zeit auf ein paar Weißwürscht beim Wallner?"

„Ja mei, Franz, zwei Deppen, ein Gedanke. Da wollt ich grad hin. Ich war nämlich beim Amtsarzt ... nein, nicht bei der Katharina, die hat heute Abend einen Vortrag auf einem Kongress in Salzburg ... aber was red ich lang. Hol mich doch einfach ab. Weißt, wo du hinmusst?

„Ja freilich. Zur Auer Dult. Da, wo diese greislige Betonskulptur steht, gell."

„Genau. Und ich steh gleich daneben."

„Passt ja."

„Vielen Dank, du mich auch. Schau lieber, dass s'dich nicht erwischen mit dem Handy am Ohr!", stichelte Wamprechtshammer und musste grinsen. Perchtenreiter hatte sich nämlich auf einmal ziemlich beeilt, aufzulegen. Wahrscheinlich war ihm eine Polizeistreife in die Quere gekommen.

Es dauerte keine zehn Minuten und er hörte das tiefe Röhren des britischen Sportwagens. Franz hatte ihn über viele Jahre hinweg selbst restauriert, bis es ein fahrender Traum in British Racing Green und beigem Leder war. Dieser kam nun mit sattem Sportauspuff-Sound auf ihn zu. Hinter dem wagenradgroßen Holzlenkrad saß – stilsicher mit Lederkappe, Fliegerjacke, Sonnenbrille und Fahrerhandschuhen – der Polizeipräsident und nahm ob seiner doch beträchtlichen Leibesfülle dabei den Großteil des engen Cockpits ein. Mit quietschenden Bremsen hielt er neben Wamprechtshammer und stieß ihm mit einem breiten Grinsen die Beifahrertür auf.

„Steig ein, Berti!"

Wamprechtshammer nickte seinem Spezi zum Gruß zu,

zwängte sich neben den Koloss auf den Beifahrersitz und versuchte, sich den prähistorischen Sicherheitsgurt anzulegen.

„Lass bleiben. Brauchst nicht. Sind eh nur Alibi", war die knappe Anweisung, bevor der Polizeipräsident reifenquietschend losbrauste. Wamprechtshammer drückte es in den Sitz und bei jedem Gangwechsel warf es ihn nach vorne und wieder zurück ins feine Leder.

„Sag mal, du lässt es aber sauber krachen. Fährst ja wie eine gesengte Sau. Mein lieber Schwan."

Wamprechtshammer stemmte sich mit beiden Händen gegen das Armaturenbrett, um sich den Schädel nicht an der Frontscheibe einzuschlagen. Irgendwie war heute scheinbar der Tag der wildgewordenen Oldtimer. Erst Chukwuma mit seinem prähistorischen Benz und jetzt der rasende Franz im britischen Roadster. Vom Regen in die Traufe sozusagen. Hoffentlich ging das gut. Wamprechtshammer schickte ein Stoßgebet gen Himmel.

„Jetzt hab dich ned so, Berti. Des is a Auto für Männer, ned für Memmen."

Perchtenreiter freute sich sichtlich über Wamprechtshammers leicht panischen Blick und hätte dabei beinah eine rote Ampel überfahren. Er trat das Bremspedal fast durchs Bodenblech und Wamprechtshammers Backe hinterließ einen deutlichen Abdruck auf der Windschutzscheibe.

„Aua, jetzt langt's dann aber. Du narrischer Uhu. Ich möcht meine Weißwürscht nicht im Krankenhaus essen", schimpfte er und fühlte nach, ob in seinem Gesicht noch alles in Ordnung war.

Ein „Oha" und ein dröhnendes Lachen waren die Antwort. Wamprechtshammer schüttelte den Kopf. Dass sein Kumpel in seiner Freizeit ein echter Hool sein konnte, wusste er. Aber dass er auch noch so ein mieser Autofahrer war? Wie gut, dass er normalerweise den ganzen Tag am Schreibtisch verbrachte. Nicht auszudenken, wenn der auf Streife auf die Menschheit losgelassen werden würde. Als Polizeipräsident allerdings war er der feinste Kerl, den man sich vorstellen konnte. Vollkommen unprätentiös und bodenständig, ohne Karriereallüren. Den Weg nach ganz oben hatte Perchtenreiter mühelos und fast spielerisch beschritten. Als wäre er einfach dafür gemacht. Das bewunderte er an ihm. Jedoch nicht seinen Fahrstil. Glücklicherweise war es nicht sehr weit bis zum Wallner an der Großmarkthalle. Es war an der Zeit für eine weitere Bitte an höhere Mächte. Das Universum vielleicht? Irgendjemand würde ihn hoffentlich erhören, denn mit leerem Magen sterben, das war nicht sein Ding. Abermals ließ Perchtenreiter die Bremsen quietschen, riss das Steuer nach links, fegte durch eine Pfütze, dass es nur so spritzte, und parkte schwungvoll längs zwischen einem Porsche und einem Ferrari direkt vor dem Wirtshaus. Bescheidenheit, dein Zuhause ist nicht München, dachte Wamprechtshammer, dankte Gott und dem Universum, dass mindestens eines seiner Gebete erhört worden war, und schälte sich aus dem doch recht tief liegenden Sitz. Neben ihm schickte sich der rasende Franz an, seine zarten hundertvierzig Kilo in die Höhe zu wuchten. Man hätte nicht hinsehen müssen, man konnte hören, dass das nicht ganz einfach für ihn war.

„Ja, Kreizkruzifix, Franziskus Hieronymus, jetzt wird's Zeit, dass du was machst. Sonst wird des nix mehr mit dir!", fluchte er und versuchte sich durch die kleine Fahrertür nach draußen zu quetschen.

„Brauchst einen Wagenheber, Franzl?", fragte Wamprechtshammer süffisant. Er war zur Fahrerseite gegangen und schickte sich an, seinem Freund die Hand zur Hilfe zu reichen.

„Ja, so weit kommt's noch!"

Perchtenreiter winkte erbost ab und stemmte sich mit hochrotem Kopf aus dem engen Cabrio-Cockpit. Zum Glück war der Triumph hervorragend restauriert und vermutlich stabiler als damals als Neuwagen, sonst wäre nach dieser Aktion sicherlich irgendein wichtiges Teil abgebrochen oder verbogen worden.

„Ich könnt dir eine Reha empfehlen. Bei mir hat's geholfen." Wamprechtshammer klopfte auf seinen kaum mehr vorhandenen Bauch.

„Ich könnt dich auch in Pension schicken", frotzelte Perchtenreiter schnaufend.

„Dann musst aber deine verzwickten Fälle selber lösen, schon klar, oder?"

„Auweh zwick. Dann halt erst danach. Aber apropos komplizierte Fälle! Lass uns schnell reingehen, damit wir noch einen guten Platz kriegen und dann erzählst mir alles."

Die beiden betraten das holzgetäfelte Lokal und gingen hindurch bis zur letzten Gaststube – die gemütlichste, da waren sie sich einig. Dort pflanzten sie sich fast schon selig ächzend an einen Ecktisch. Die Bedienung war ihnen bereits auf den Fersen, sie kannte schließlich ihre Pappenheimer.

„Aha, die Obrigkeit is a moi wieda da. Zwoa Weißbier, zehn Weißwürscht und sechs Brezn. Bassd, oda?", fragte sie, kaum hatten die beiden Platz genommen.

„Für mich bloß drei Würscht", gab Wamprechtshammer zurück.

Perchtenreiter sah ihn erstaunt an, die Bedienung zog die Augenbrauen nach oben.

„Oha, jetzt wird's aber hint höher wie vorn. Übertreib's nicht mit deiner Diät, gell", moserte Perchtenreiter.

Er nickte der Bedienung zu.

„Dann bringst halt neun Stück. Der muss sich erst wieder langsam akklimatisieren. War auf Reha, der Arme. Nur Gemüse und Tee."

Er blickte mitleidig auf Wamprechtshammer und klopfte ihm auf die Schulter. Die Bedienung nickte mit uneingeschränktem Verständnis für diese missliche Lage und zog ab. Kurz darauf standen Bier, Brezn, Massen an süßem Händlmaier-Senf und eine dampfende Terrine mit Weißwürsten vor ihnen. Ein Traum, allein schon deshalb, weil der Wallner jeden Morgen schon vor Sonnenaufgang seine Münchner Wurstdelikatesse frisch herstellte und das in derart hervorragender Qualität, dass diese schon sämtliche Weißwurstpreise aller nur erdenklichen Innungen abgeräumt hatte. Außer gefräßigem Schweigen war daher zunächst nichts zu hören. Erst als sie die erste Weißwurst ausgezuzelt hatten – was zugegeben nicht sehr elegant aussah, aber beim Weißwurstessen ganz der Tradition entsprach –, nahm Perchtenreiter das Gespräch wieder auf.

„Jetzt schieß mal los, Berti. Wie schaut's aus an der Aufklärungsfront?"

Er wedelte mit seiner zweiten Wurst, tunkte sie in den Händlmaier und biss hinein, dass es nur so knackte und spritzte. Wamprechtshammer kaute noch an einem Stück rescher Breze, die er ebenfalls vorher in den Senf getunkt hatte, spülte diese mit einem großen Schluck Weißbier hinunter und begann zu erzählen. Während seiner detaillierten Ausführung der Ereignisse der letzten Tage mampfte Perchtenreiter fleißig weiter und kommentierte seine wechselnden Gefühlslagen mit Brummen, Kopfnicken oder -schütteln. Bei der Geschichte mit dem angebrannten Martinez musste ihm Wamprechtshammer allerdings mit ein paar kräftigen Schlägen auf den Rücken das Leben retten, weil sich ein Stück Weißwurst vor Schreck beim Hinunterschlucken ein wenig verirrt hatte und das Gesicht des Polizeipräsidenten eine gefährlich rote Farbe annahm. Kurz darauf sorgte ein Lachanfall für ein ähnlich spektakuläres Farberlebnis, denn Wamprechtshammer war bei Sigi Leiningers Ausflug in die Fitnesswelt angelangt. Auf Nidlichs Knockout durch Theresa Gruber stießen sie dann mit ihrem bereits dritten Weißbier an. Als es schließlich um die vermisste Finanzbeamtin ging, bemerkte Perchtenreiter grimmig, dass es eigentlich gar nicht so schlimm wäre, wenn man die nicht finden würde. Eine greislige Mistpritschn weniger, die – wie er meinte – ihn bei seiner Steuererklärung triezen könne. Zum Glück hört uns gerade keiner zu, dachte Wamprechtshammer. Er genehmigte sich einen großen Schluck, um sich eine bissige Bemerkung zu den finanziellen Verhältnissen seines Freundes zu verkneifen, und fasste noch kurz die Informationen zusammen, die ihm Kommissar Zufall vor noch nicht mal zwei Stunden zugespielt hatte. Den Tanz mit dem anatomischen Torso ließ er bei seinen Ausführungen allerdings weg. Jedes Detail musste er Perchtenreiter nun wirklich nicht auf die Nase binden. Spezi hin oder her. Die Informationen über den Schönheitschirurgen aber schienen Perchtenreiters Interesse geweckt zu haben und er beeilte sich, seine mittlerweile sechste Weißwurst hinunterzuzwingen. Ein mächtiger Schluck Bier beschleunigte diesen Vorgang.

„Du, Berti, mir fällt dabei grad was ein", begann er und seine Schweinsäuglein blitzten auf. „Du sagst doch, dass der Mörder höchstwahrscheinlich ziemlich viel Ahnung von Medizin haben muss. Also wahrscheinlich sogar Arzt ist?"

Wamprechtshammer nickte und angelte sich schnell seine erst zweite Weißwurst aus der Schüssel. Solange sein Freund redete, hatte er beste Chancen, doch noch drei davon ergattern zu können. Mehr waren schließlich auch nicht mehr da.

„Ich hab dir ja schon gesagt, dass die Annemarie heut beim Botoxen ist", fuhr er fort, während Wamprechtshammer nun seinerseits genüsslich das mit Senf garnierte weiße Brät aus der Wursthaut zuzelte und dabei bestätigend nickte.

„Und vor kurzem hat sie sich ja auch die Winkgeschwader an den Oberarmen operieren lassen. Das sollte ihr eigentlich der Chirurg machen, der ihr vor fünf Jahren das Fett am Hintern und an der Hüfte abgesaugt und äußerst appetitlich in ihren zwei Dutterln platziert hat."

Perchtenreiters Augen glänzten.

„Der hat das echt sauber hinbekommen. Ich sag's dir! Der Arsch und die Möps von der Annemarie – straff wie bei einer Achtzehnjährigen. Und dabei ist sie ja doch schon vierzig." Er schürzte die Lippen und hob seine Pranken vor die Brust, als würde er zwei Wassermelonen an selbige drücken wollen.

Wamprechtshammer räusperte sich vernehmlich.

„Ja, Franzl, ist gut. Deine Annemarie ist ein Mordsgerät, ich weiß. Aber auf was willst raus?"

„Äh, ja. Also ..." Perchtenreiter ließ die virtuellen Melonen fallen und wischte verlegen ein paar Krümel Brezensalz vom Tisch. „... die Klinik, wo sie das hat machen lassen ... Super Beauty Irgendwas AG, oder war's französisch? Egal. Die ist jedenfalls pleite. Ich hab dann ein bisserl nachgeforscht. Dramatisch, ich sag's dir! Der Arzt, dem die Klink gehörte, hat sich finanziell total übernommen. Von Investitionsbetrug und Sex mit Minderjährigen war die Rede – nur Pressegerüchte, nix Konkretes. Aber das Finanzamt hatte ihn dann in der Reißen, da war's natürlich aus. Keine Gnade. Knast, erweiterter Selbstmord beim Freigang. Hat seine Frau gleich mit erschossen."

„Klingt dramatisch, Franz, aber ich weiß immer noch nicht, was das mit unseren Fällen zu tun hat."

„Ja, jetzt pass auf! Dem sein Sohn war Teilhaber und megabegabter Schönheitschirurg. Hat die Annemarie operiert damals. Die hat mir was vorgeschwärmt! Supertyp muss das gewesen sein. Aber der ist plötzlich verschwunden. Weg. Wie vom Erdboden verschluckt, nach dem tragischen Tod seiner Eltern und der AG-Pleite."

„Und keiner hat nach dem gesucht?"

„Ja, wer denn? Keine Vermisstenanzeige. Keine Strafanzeige. Den Steuerbetrug hat sein Vater auf sich genommen. Der war einfach nicht mehr da. Schwupps."

Perchtenreiter schnippte mit den Fingern.

„Aha."

„Und weißt, was ich glaub?"

„Jetzt bin ich aber gespannt!"

Wamprechtshammers Augenbrauen waren auf Anschlag.

„Ich glaub, der ist wieder da und rächt sich. Das sag ich dir!"

Perchtenreiter nickte, machte dazu ein wichtiges Gesicht und piekte Wamprechtshammer mit dem Zeigefinger in die Brust.

„Aua! Geh Franzl, jetzt übertreibst du's aber ein bisserl mit deiner Stammtischkriminalistik. Meinst nicht auch?"

„Bist ja bloß neidisch, weil ich drauf komm. Also, pass mal auf: Die Teilleiche war Finanzmanager und die Finanzbeamtin ... na ja, selbstredend. Die haben bestimmt alle was mit dieser – Herrschaftszeiten wie hieß die jetzt gleich noch mal! Ja genau! HBS AG, so war's! – zu tun!"

„Und die Rindsbratwurst?"

„Äh, wer? Ach so, der Portugiese! Kollateralschaden. Der hat wahrscheinlich seinen Schwengel zur falschen Zeit in der falschen Frau gehabt. Also mir könntest ja eine vom Finanzamt nackert auf den Bauch binden, da würd sich nix rühren."

„Da bräucht man aber viel Seil", unkte Wamprechtshammer und Perchtenreiter fasste sich mit betretenem Gesicht an den üppigen Bauch.

„Aber ich muss zugeben, was du da zusammenreimst, klingt recht logisch. Außerdem – HBS AG sagt mir was, ich glaub, ich hab den Namen tatsächlich in den Unterlagen von dieser Szymanski gesehen. Allerdings waren da auch Akten von Katharinas Freundin Gertraud mit dabei, muss also nicht unbedingt was heißen. Nur, dass die Szymanski nicht unbedingt viele Freunde hatte. Zumindest in platonischer Hinsicht."

„Stimmt. Aber sag, die Gertraud wird auch vom Finanzamt bezwiebelt? Richt ihr einen schönen Gruß von mir aus. Apropos: Wann heiraten sie und die Kathi denn endlich?"

„Ich glaub, Gerdl drängelt, aber Kathi zieht nicht so recht. Aber wurscht, die zwei passen auch ohne Hochzeit zusammen, wie Arsch auf Eimer."

Wamprechtshammer zuckte mit den Schultern und fuhr fort: „Aber jetzt zu deiner Theorie. Vielleicht hast ja recht. Ich ruf schnell den Sigi an, der soll zusammen mit Theresa gleich anfangen zu recherchieren. Und wenn dein ominöser Chirurg aus

München auch dieser Dr. Ding in Berlin war, wie der Stankowicz erzählt hat, gibt's da sicher jede Menge Parallelen."

Wamprechtshammer wühlte sein Smartphone aus der Hosentasche, während sich sein Spezl die letzte Weißwurst aus der Terrine angelte. Er sah diesen vorwurfsvoll an. Ein unschuldiges Schulterzucken war die Antwort. Gleich darauf knackte und spritzte es erneut. Wamprechtshammer aktivierte sein Handy und wurde mit einem lauten „Beeep" begrüßt. Der Akku war leer. Tolle Wurst.

„Ach geh, so ein Scheißdreck. Magst mir mal deines leihen, Franz?"

„Mmmhmm, mmhwart", nuschelte Perchtenreiter kauend und fummelte das Mobiltelefon aus seiner ledernen Fliegerjacke, die neben ihm auf der Holzbank lag. Die Bedienung streckte mit fragendem Blick den Kopf ins Hinterzimmer. „No zwoa?", und ein gemeinsames Nicken war die Antwort. Der Bedienungskopf verschwand und Wamprechtshammer wählte Sigis Nummer. Als dieser abnahm, ahmte der Kommissar zunächst die Stimme des Polizeipräsidenten nach und ließ seinen Kollegen erst mal ein wenig zappeln. Perchtenreiters Bauch wippte vor unterdrücktem Lachen.

„Immer mit der Ruhe, Sigi, du wirst nicht nach Dresden versetzt. Ich bin's, der Berti", gab sich Wamprechtshammer noch rechtzeitig zu erkennen, bevor sein Kollege am anderen Ende der Leitung zu hyperventilieren begann. Eine Viertelstunde und eine fränkische Schimpfwortlitanei später hatte er Leininger die Situation geschildert und gab dem immer noch grinsenden Franz sein Telefon zurück.

„Bin mal gespannt, ob du recht hast, Franz. Prost!"

Sie stießen an und leerten die Gläser. Wie auf Kommando erschien die Bedienung mit einer neuen Fuhre obergärigem Gerstensaft.

Wäre ja zu schön, um wahr zu sein, dachte Wamprechtshammer und nahm anstatt seiner nicht mehr vorhandenen dritten Weißwurst eine Breze, stippte sie in den süßen Senf und biss hinein, dass es nur so krachte.

„Wie kommst eigentlich nachher heim, Franz?", fragte er kauend.

„Mit dem Auto, wieso. Quod licet Iovi, non licet bovi, sed licet Franzi. Woasd scho, gell."

„Aha, der Herr Polizeipräsident. Darf wieder mehr als die anderen. Du bist mir vielleicht einer. Aber sei mir nicht bös, wenn ich lieber zu Fuß geh!"

„Mei, Berti, du bist so ein Weichei", stichelte Perchtenreiter und rülpste, dass die hölzerne Vertäfelung wackelte. Da war er wieder, der Hool. Wamprechtshammer verdrehte die Augen und sie prosteten sich abermals zu.

Als Wamprechtshammer und Perchtenreiter nach einem weiteren Weißbier und zwei Verabschiedungs-Willis – den dritten, hatte Wamprechtshammer mit Müh und Not abwehren können – die Wirtschaft verließen, waren sie sichtlich angetrunken. Der Kommissar lallte tatsächlich ein wenig. Ihm fehlte es definitiv an Übung und Volumen, wie er für seinen Zustand erstaunlich selbstkritisch feststellte. Der Kollege Polizeipräsident schwang sich nach kurzer Umarmung und Schulterklopfen zu seinem Erstaunen bei weitem behänder ins Cockpit des englischen Roadsters, als er es dem Koloss in diesem Zustand zugetraut hätte. Der Sechszylinder startete wummernd. Perchtenreiter hob noch einmal die Hand zum Gruß und röhrte reifenquietschend davon. Wamprechtshammer schaute ihm kopfschüttelnd nach.

Der Chef der Münchner Polizei, ein Hallodri, wie er im Buche steht, dachte er. Zum Glück wussten das nur wenige und hoffentlich blieb das auch so, bis er selbst in Pension ging. Mit einem anderen als Franz als obersten Chef würde er sich wohl auch aus dem Dienst verabschieden. Er kratzte sich nachdenklich am Kopf und machte sich leicht wankend auf den Nachhauseweg. Auch wenn es erst früher Nachmittag war, an Büroarbeit war heute nicht mehr zu denken. Aber Reserl und Sigi machten das schon. Er selbst würde sich noch mal die Unterlagen von der Szymanski zu Gemüte führen und einen Kollegen in Berlin kontaktieren, mit dem er früher bei der Sitte zusammengearbeitet hatte, vielleicht war an Perchtenreiters Theorie ja tatsächlich was dran. Der alte Sesselpupser hatte manchmal eine echte Spürnase.

Zu Hause angekommen, rief er seine Kollegen über das Festnetz an und entschuldigte sich. Kreuzweh. Ein „Ja, ja, Berti. Ruh dich aus, wir sehen uns morgen" kam prompt als Antwort. Sigi glaubte ihm nicht. Auch wurscht, schließlich war er der Chef im Stall. Wamprechtshammer stöpselte das tote Smartphone im Wohnzimmer zum Aufladen an, suchte sich die Akten aus dem Stapel auf seinem Designerschreibtisch aus Nussbaum und Edelstahl und fläzte sich in die Schaufensternische, zehn Minuten später schlief er mit einem Stapel Papier auf der Brust tief und fest.

KAPITEL 40

Das Telefon klingelte sich mitten in seinen Traum. Was für ein Glück, denn gerade wurde er von einer liebestollen Finanzbeamtin und einer sehr großen und ausladenden Blondine mit pinkfarbenen Fingernägeln durch eine schier nicht enden wollende Saunalandschaft gejagt. Ortsbedingt ohne Bekleidung. Das Telefonklingeln läutete den Aufguss ein, es rummste und Wamprechtshammer wäre beinahe, ebenso wie der Aktenstapel, welcher sich kurz vorher noch auf seiner Brust befunden hatte, von der Fensterbank gekippt. Er tastete benommen nach dem wild blinkenden Etwas, das er verschwommen vor sich auf dem Boden liegen sah.

„Wamprwrdlbrnft ...", knurrte er in das Mobilteil seines Festnetztelefons.

„Bertiii!", schrillte es daraus zurück. Theresa war dran. Ihr alles andere als sanftes Organ katapultierte ihn augenblicklich ins Hier und Jetzt.

Nach einem Satz, der eigentlich nur von einer gut ausgebildeten Opernsängerin ohne Luft zu holen ausgesprochen werden konnte, war Wamprechtshammer trotz leichten Hirnsausens voll im Bilde. Er blickt auf die Uhr – Zeit zum Abendessen.

„Habts noch was vor? Wenn nicht, kommts vorbei. Ich lass was vom Italiener ums Eck vorbeibringen. Antipasti, Pizza und Wein. Ihr bringts die Akten mit. Heut spielen wir mal Commissario Brunetti und ermitteln italienisch. Deal?"

„Ja geil! Ich bin dabei. Ich frag nur noch schnell den Sigi." Es rauschte und rumpelte, kurzes Gemurmel.

„Passt. Wann?"

„Subito."

„Bene! Und schalt dein Handy ein, ich hab dich übers Festnetz anrufen müssen. Ciao."

Schon hatte Theresa aufgelegt. Wamprechtshammer rappelte sich hoch, blickte schlaftrunken auf das Display des Telefons und war ein wenig erstaunt. Bei Sigi hing anscheinend der Haussegen schief. Ansonsten wäre der doch niemals so spontan mit von der Partie. Hoffentlich nicht wegen dieser Aktion im Fitnesscenter. Das wäre Wamprechtshammer wirklich unangenehm. Er nahm sich vor, ihn nachher darauf anzusprechen. Aber jetzt musste er erst einmal für ausreichend Essen und Trinken sorgen. Wo hatte er denn bloß sein Smartphone hingelegt? Er kratzte sich noch leicht benebelt am Kopf. Egal, überbewertet. Festnetz tat's schließlich auch. Ein kurzer Anruf bei seinem Stammitaliener ums Eck und die Versorgung war geritzt.

Es dauerte keine halbe Stunde und Theresa und Sigi liefen mit großem Hallo ein. Kurz darauf knatterte und quietschte es draußen auf der Straße. Gennaro, der Chef selbst, hatte es sich nicht nehmen lassen, die bestellten Köstlichkeiten stilecht mit seiner in den italienischen Landesfarben lackierten Transport-Ape auszuliefern.

„Dottore Umberto, mio caro. Habe gedacht, bist du tot. Hab so lang nix mehr von dir ghört und gsehn!"

Er umarmte Wamprechtshammer mit einer Inbrunst, dass diesem fast die Luft wegblieb.

„Schaugst! Passt so. Oder?"

Er öffnete den Laderaum des dreirädrigen italienischen Minitransporters und Wamprechtshammer erfasste eine Wolke pures „Bella Italia". Ein wenig Zweitaktmotor-Duft mischte sich mit einem Hauch von Tomatensugo, Rosmarin, Basilikum und Olivenöl zu einem Odeur, das er in der sogenannten „nördlichsten Stadt Italiens" gerne öfter gerochen hätte. Herrlich! Gennaro fing an auszuladen und die Köstlichkeiten auf dem Küchentisch zu stapeln.

„Du, Gennaro, dir ist aber schon klar, dass ich für drei Leute bestellt hab und nicht für dreißig", bemerkte Wamprechtshammer skeptisch, als er die Mengen sah, die sich da auftürmten.

„Ah, Dottore, ihr müssts heut euer Hirn anstrengen und ermitteln und weißte ...", er stach mit dem Zeigefinger in die Luft, „... Denken verbraucht viele Kalorien. Habts ihr gewusst, dass ein Schachspieler bei einem Turnier genauso viele Kalorien verbraucht wie ein Fußballspieler während eines Spiels?"

Alle drei schüttelten den Kopf. Das hatten sie tatsächlich nicht gewusst. Doch viel mehr erstaunte es Wamprechtshammer, dass dieser kleine, verschmitzte italienische Wirt doch in der Tat den Genitiv richtig anwendete.

„Ned, gell?" Er klopfte Wamprechtshammer auf die Schulter, während er zwischen Ape und Küche hin und her wuselte. Er tauchte, mit einer großen Kiste Weinflaschen beladen, wieder auf.

„Also: Nicht verzagen, Gennaro fragen! Und schön aufessen, dann habts ihr euren Mörder bald. Weißwein in den Kühlschrank, Rotwein auf den Tisch?"

Alle drei nickten. Gennaro verteilte die Flaschen, legte die rechte Hand auf seine Brust und verneigte sich.

„Signiora, Signori. Ich empfehle mich. Ciao, pfiad euch und buon appetito!"

Mit zum Abschied erhobener Hand eilte er zur Tür hinaus, um im nächsten Moment noch mal aufzutauchen.

„Ah, momento. Hätt ich beinah vergessen. Die sind für die Verdauung ..." Er drückte Wamprechtshammer drei kleine Fläschchen mit Schnappverschluss in die Hände. „Grappa, selbst destilliert. Geht aufs Haus. Salute!"

Dann war er weg.

„Wow, wenn wir uns mit dem Essen nicht beeilen, bricht der Tisch zusammen!"

Theresa fand als Erste ihre Sprache wieder, während Sigi und Wamprechtshammer noch kopfschüttelnd und -kratzend auf den mit italienischen Leckereien vollgestellten Küchentisch starrten.

„Ja dann. Auf geht's. Sigi, kümmerst du dich ums Besteck? Ich sorg für Teller und Gläser. Theresa, mach doch du schon mal den Rotwein auf", kommandierte Wamprechtshammer, was mit einem zweistimmigen „Yes, Sir, Berti, Sir!" quittiert wurde. Kurz darauf saßen sie am Tisch, prosteten sich zu und begannen damit, sich wie gefräßige Maden durch die Berge an Köstlichkeiten zu probieren.

„Also, legts mal los, Kollegen. Was habts jetzt genau herausgefunden?", fragte Wamprechtshammer neugierig und ließ eine große grüne Olive in seinem Mund verschwinden. Theresa übernahm die Einleitung.

„Also zuallererst: Unseren überaus beliebten Dr. Seltsam können wir leider nicht einknasten, der ist tatsächlich da, wo er auch gerne bleiben könnte – auf einer Leichenfarm in Tennessee ..."

„... ja, sauschad", fuhr Sigi fort, „aber dafür war der Tipp vom Perchtenreiter goldrichtig. Die HBS AG, also die HAUTE BEAUTÉ SCHÖNHEITSKLINIK AG, ist tatsächlich pleitegegangen und der Besitzer Professor Doktor Reinhard Mangold hat sich, einschließlich Gattin Anna-Maria Mangold, kurz darauf umgebracht. Der Sohn und Mitgesellschafter Dr. Sascha Alexander Mangold ist seitdem verschwunden."

Sigi war aufgestanden und hatte begonnen, wie ein Dozent mit auf den Rücken verschränkten Armen in der Küche auf und ab zu wandern. Er hob die rechte Hand mit emporgerecktem Zeigefinger.

„Und jetzt pass auf, jetzt kommt's!"

„Jetzt mach schon, Sigi, wir sind hier nicht im Zirkus. Den

Trommelwirbel kannst dir sparen", maulte Wamprechtshammer ungeduldig und wedelte mit der Hand in Richtung Leininger.

„Und setz dich wieder hin, das macht einen ja ganz wuschig, dein Rumgerenne."

Sigi setzte sich ein wenig pikiert dreinschauend wieder an den Tisch, nahm einen großen Schluck Rotwein und fuhr gleich darauf wieder ganz unverzagt fort.

„Rate mal, wer bis kurz vor der Pleite im Aufsichtsrat saß?"

„Sigi!!"

„Jahaaa, verstanden. Dann halt ned." Er verschränkte beleidigt die Arme vor der Brust und kniff die Lippen zusammen.

„Mei, Sigi, jetzt wein halt", stichelte Wamprechtshammer.

„Pfffh." Sigi blickte empört zur Decke.

„Ohh, ihr seids so kindisch", nölte Theresa, „dann sag's halt ich! Der Hannes Weirather. Der Finanzmanager! Unser erster Leichenfund!"

„Oha, ich hab's zwar noch nicht nachgeprüft, aber ich glaub, den Namen dieser Schönheitsklinik hab ich auch bei den Unterlagen von der Szymanski gesehen. Ich könnt aber gleich mal …"

Wamprechtshammer wollte sich schnell die Akte greifen, aber Theresa hielt ihn am Arm zurück.

„Brauchst nicht, haben wir schon. Ist so."

„Aber wie …?" Wamprechtshammer war erstaunt.

„Mei, glaubst du, ich kopier die Akte nicht, bevor du die mit nach Hause nimmst", unterbrach ihn Sigi, immer noch sichtlich und hörbar beleidigt.

„Ja, ist ja gut. Brav. Fein gemacht. Jetzt krieg dich wieder ein, du beleidigte Leberwurst. Übrigens, ich war echt in Sorge, dass du wegen der Aktion im Fitnesscenter Ärger mit deiner Frau kriegst. Hast deshalb so schnell zugesagt für heut Abend?"

„Ach Schmarrn!" Sigi winkte unwirsch ab und musste grinsen.

„Seitdem bin ich der Gudrun ihr Held. Sie hat mir gesagt, ich soll alles tun und mir alle Zeit der Welt nehmen, um den Mörder zu schnappen. So kuschelig war die schon lang nicht mehr, wenn's ihr versteht, was ich mein."

Theresa und Wamprechtshammer verstanden, angesichts des leicht verklärten Lächelns in Sigis Gesicht. Beide nickten fleißig und hofften auf den Verzicht genauerer Ausführungen. Deshalb beeilte sich Theresa fortzufahren.

„Ja, und die Szymanski hat auch in entscheidender Weise dazu beigetragen, dass der Mangold wegen Steuerhinterziehung angeklagt wurde. Die hat sich da richtig reingekniet. War wohl eine ganz Scharfe. Beruflich wie in Sachen Männer."

„Hätten wir schon das zweite mögliche Opfer, obwohl sie ja bis jetzt nur vermisst wird. Opfer Numero drei, unser feuriger Liebhaber, passt zwar nicht ins Schema, war aber wahrscheinlich einfach Mittel zum Zweck." Wamprechtshammer zählte mit den Fingern hoch.

„Armes Schwein", merkte Sigi an.

„Das kannst laut sagen", stimmte Theresa zu.

Wamprechtshammer fuhr fort und war beim vierten Finger angelangt.

„Gibt's denn irgendwo eventuell ein viertes oder fünftes Opfer?" Fünfter Finger.

„Habts ihr schon in Berlin angefragt? Wenn nicht, mach ich's. Ich kenn da einen Kollegen von früher."

„Den Jens Becker?", fragte Sigi, lehnte sich nach vorn und griff sich ein großes Stück Pizza mit Sardellen.

„Äh, ja. Woher weißt jetzt das schon wieder?" Wamprechtshammer war fast schon ein wenig beeindruckt von dem Wissensvorsprung seiner beiden Kollegen.

„Tjahaha, das würdest jetzt gerne wissen, gell?"

Sigi kostete die Situation voll aus. Kleine Retourkutsche für vorhin, vermutete Wamprechtshammer und ließ ihm den Spaß.

„Ja freilich, jetzt sag schon!"

„Dann will ich mal nicht so sein. Der hat sich bei uns gemeldet. Wir haben eine Anfrage an Kollegen in den großen Städten in Deutschland, Österreich und sogar der Schweiz geschickt, ob die in der letzten Zeit ungeklärte komplexere Tötungsdelikte hatten oder nach vermissten Personen fahnden, die nicht ins übliche Raster passen."

„Und?"

„Bääähm! Volltreffer!"

Sigi schlug mit der flachen Hand auf den Tisch. Theresa konnte gerade noch die Weinflasche vor dem Abgang retten.

„Geh, Sigi. Zefix!", fluchte sie.

„Oh, sorry. Ist mit mir durchgegangen." Er grinste schief, zuckte mit den Schultern und fuhr fort: „Vor knapp zwei Jahren ist dort Dashenka Orlow, genannt Dasha Double Dee und ehemaliges Model, spurlos verschwunden. Jetzt rat mal, mit wem die ein paar Jahre vorher rumgevögelt hat?"

„Ach geh, schon wieder raten, Sigi! Aber schön, weil's grad so gut läuft, sag ich mal: Professor Mangold."

Sigi holte abermals aus, um vor Freude auf den Tisch zu hauen.

„Bing..."

Theresa fing seinen Arm ab und sah in strafend an.

„...go! ... Okay, okay. Ich reiß mich zusammen."

Er hob entschuldigend die Hände und fuhr fort: „Also, das

mit dem Model sagen zumindest die Pressemeldungen. War natürlich nie offiziell, aber die liebe Dashenka war damals halt erst zarte siebzehn. Doch es geht noch weiter. Magst du, Theresa?"

Theresa nickte und übernahm. Sigi schaufelte sich Antipasti auf den Teller.

„Diese Dasha war Inhaberin von TRIPLEDEE ESCORT, ein Nobel-Escortservice mit angeschlossener Beauty-Klinik. Dort wurden nicht nur ihre Mädels, sondern auch potente Privatleute auf Vordermann gebracht. Äußerst profitabel. Und wer, glaubst du, war ihr Teilhaber an der Klinik. Na? Rat mal!"

Vehementes Kopfschütteln.

„Wärst du nie draufgekommen. Der ominöse Dr. Robert Ding!"

„Ja sauber!"

Wamprechtshammer klatschte in die Hände, lehnte sich zufrieden zurück und verschränkte die Arme.

„Wenn wir jetzt eins und eins zusammenzählen, dann würde ich sagen, dass Robert Ding und Sascha Alexander Mangold ein und dieselbe Person sind."

Sigi nahm Wamprechtshammers Satz auf und ergänzte: „Und wenn man davon ausgeht, dass der vorher tatsächlich mit falscher Identität in Venezuela war, dann sieht der bestimmt nicht mehr so aus wie früher. Die haben dort doch die besten Schönheitschirurgen und die gepimpten Mädels da gewinnen regelmäßig alle großen Misswahlen. Weiß keiner besser als du, gell, Berti."

Sigi spielte dabei auf Oriana an, und Wamprechtshammer dachte amüsiert daran, wie der schüchterne Leininger puterrot wurde und kein Wort mehr herausbrachte, als ihn seine venezolanische Haushaltshilfe einmal im Büro besucht hatte. Allerdings war bei Oriana keine Schönheitschirurgie nötig und sie hatte mit ihrem Aussehen selbst jemanden wie Willi von ihren Vorzügen überzeugen können.

„Berti?"

Theresa riss ihn aus seinen Gedanken.

„Ähhh, ja, stimmt, Sigi. Das beste Land für so einen, um unterzutauchen, vor allem weil du dort mit genügend Geld so ziemlich alles bekommst, was du für eine neue Identität brauchst."

Theresa hatte sich gerade ein großes Stück Melone mit Parmaschinken in den Mund geschoben und bedeutete kauend, dass sie gleich etwas zu sagen hatte.

„Mmmmhmmmm hmmmm!!"

„Schon gut, Reserl, lass dir Zeit, wir laufen nicht weg. Nicht wahr, Sigi?"

„Jawoll!"

Sie prosteten sich zu und leerten ihre Gläser. Wamprechtshammer entkorkte die zweite Flasche und auch Theresa trank ihres aus und spülte damit den letzten Rest Schinken mit Melone hinunter.

„Sagt mal, ihr zwei, wenn ich doch meine Identität ändere, wie komm ich dann darauf, mir so einen depperten Namen wie ‚Ding' zu geben – Robert Ding! Das klingt doch echt bescheuert, findet ihr nicht?" Sie sah ihre Kollegen mit großen Augen fragend an.

„Vielleicht hat der Name ja was zu bedeuten und wir müssen ihn nur anders zusammensetzen. Wie heißt der Begriff dafür gleich? Zefix ...!"

Sigi schnippte mehrmals mit den Fingern, als ob er damit die fehlende Synapsenverbindung herbeizaubern wollte.

„Anagramm", beantwortete Wamprechtshammer seine Frage.

„Ja, und jetzt? Ich bin doch kein Kryptologe! Du, Theresa?"

„Ich ned, aber mein iPad schon."

Sie kramte in ihrem Rucksack, den sie neben sich auf den Stuhl gestellt hatte, zog das Tablet heraus und begann darauf herumzuwischen und zu tippen.

„Oha, das ist mal was! Schaut selber!"

Sie drehte das Tablet zu Wamprechtshammer und Leininger um. Was sie da lasen, jagte ihnen einen kalten Schauer über den Rücken.

„TODBRINGER, ja da leckst mich doch am Arsch. Der Saukerl verhöhnt seine Opfer auch noch, indem er ihnen praktisch unter die Nase reibt, was er mit ihnen anstellen wird. Wie viel Hass muss in so jemandem stecken?", schimpfte Wamprechtshammer.

„Gibt's vielleicht noch andere Namen, bei denen dasselbe rauskommt?", fragte Sigi.

„Wir haben nämlich in der Liste des Fitnesscenters keinen Robert Ding gefunden. Ich glaub aber, dass der so getan hat, als wär er dem Weirather sein Spezi und der hat den wahrscheinlich – oder ganz sicher sogar – nicht erkannt."

„Saugute Idee, Sigi. Da kommen eigentlich nur BERT RODING oder ORDING und ROB DINGERT infrage."

Sigi schob die Unterlippe nach vorne und nickte anerkennend ob dieser spontanen Buchstabenakrobatik. Theresa strahlte und ihre Backen glühten vor Aufregung. Auch Wamprechtshammer war ganz hibbelig und verschlang einen Minimozzarella mit Kirschtomate und Basilikum nach dem anderen. Kauend fuchtelte er mit dem Zeigefinger in Richtung Theresas Tablet.

„Komm, schau nach. Schnell!"
Theresa rief die Liste auf und startete den Suchlauf. Sekunden später prosteten sie sich erneut zu.

KAPITEL 41

Die schwere Eisentür fiel hinter ihr ins Schloss. Der laute Knall hallte durch die nicht gerade üppig beleuchtete Tiefgarage, entfernte sich, verklang. Endlich war Ruhe. Sie atmete tief durch, obwohl die Luft hier abgestanden war und nach Benzin roch. Hauptsache Ruhe. Hunderte von Medizinern auf einem Haufen, das war auf längere Zeit fast nicht zu ertragen. Jeder wollte dem anderen zeigen, wer der Bessere und Intelligentere war. Noch dazu waren die selbsternannten Halbgötter in Weiß hier alle im Staatsdienst. Das machte es nicht gerade besser. Vermutlich verliefe ein Kongress der Berufswrestler harmonischer. Sosehr sie ihren Beruf liebte, genauso gingen ihr die werten Kollegen auf die Nerven. Bis auf ein paar natürlich und auf einen davon würde sie jetzt hier in ihrem Auto warten. Sebastian hatte keinen Führerschein und war mit dem Zug nach Salzburg gekommen, nur um ihren Vortrag zu hören und ihr ein wenig Gesellschaft zu leisten. Der arme Kerl war holterdiepolter nach München versetzt worden, nachdem man seine Stelle in der Berliner Charité gestrichen hatte. Der Staatsdienst hatte auch seine Schattenseiten. Jetzt jedenfalls klammerte er sich an sie, da München auch für einen gutaussehenden jungen Arzt ein recht holpriges Pflaster im Hinblick auf soziale Kontakte war. Sie hatte vorsichtshalber gleich zu Beginn klargestellt, dass sie für ihn viel zu alt und außerdem viel zu lesbisch sei, falls er sich irgendwelche Hoffnungen machen sollte. Sie meinte zwar, ein wenig Enttäuschung in seinen Augen aufblitzen gesehen zu haben, das war aber auch schon alles. Sebastian Stankowicz war ein feiner Kerl und sie hatte natürlich eingewilligt. Zuvor war er allerdings nicht vorsichtig genug gewesen und von ein paar schon leicht beschwipsten Kollegen in Beschlag genommen worden. Sie hatte ihm kurz Bescheid gegeben, dass sie lieber in der Tiefgarage des Kongresszentrums auf ihn warten würde, als selbst einem Rudel dieser Kongress-Gschafftler zum Opfer zu fallen. Hier konnte sie sich wenigstens von angenehmer Musik beschallen lassen und kein lallender Mediziner konnte sie dabei stören. Armer Sebastian, dachte Katharina auf dem Weg zu dem knallroten Chevrolet Camaro, den ihr die spinnerte Gertraud mit den Worten „Gscheite Weiber fahrn gscheite Autos!" zum zehnten Jahrestag ihrer Beziehung geschenkt hatte. Wenn sie daran dachte, musste sie immer noch den Kopf schütteln. Sie, Katharina Perlmoser mit ihren gerade mal ein Meter sechzig in einem riesigen amerikanischen Musclecar. Aber der Sound war großartig, das musste sie zugeben und auch die Performance. Deshalb hatte sie das rote Monster dann doch behalten und mittlerweile sogar Spaß daran. Das Knallen der Stahltür ließ sie vor Schreck herumfahren. Als das Echo zwischen den Säulen der Garage verhallt war, hörte sie Schritte. Jemand kam auf sie zu und winkte.

„Hallo! Warten S' kurz!"

Weder der Stimme noch dem Gang nach war das Sebastian und auch rein optisch eher weniger, wie sie sah, als die Gestalt näher kam. Designeranzug, schmal geschnitten, stahlblau. Vollbart mit Kinnzöpfen. Männerdutt. Tattoos. Stylische Umhängetasche. Katharina blickte fragend.

„Frau Doktor Perlmoser? Schön, dass ich Sie noch erwisch. Sie sind doch Frau Doktor Perlmoser, oder?"

„Wer will das wissen?", fragte Katharina ein wenig reserviert.

„Ach Gott, ja. Entschuldigen S', vor lauter Hetze. Ich wollt Sie unbedingt noch erreichen. Dornberger, Alois Dornberger mein Name."

Er reichte ihr die Hand und lächelte sie dabei freundlich an. Seine tiefblauen Augen strahlten. Katharina verlor ein wenig von ihrer Reserviertheit.

„Ja, was ist denn so dringend, dass Sie sich so abhetzen mussten?", fragte sie, als sie sich die Hände schüttelten.

„Ach, eigentlich gar nix." Dornberger winkte gelassen ab. Seine Bartzöpfe wippten vergnügt.

„Ich hab bloß dem Berti, also dem Herbert Wamprechtshammer versprochen, dass ich Sie von ihm grüß, wenn ich Sie hier treffe. Und was ich verspreche, halt ich auch. Ich bin nämlich der neue Gerichtmediziner und wir haben grad recht oft miteinander zu tun, der Berti und ich."

„Ach, Sie sind das. Der Herbert hat mir schon erzählt, dass er sich freut, dass Sie jetzt die Stelle innehaben. Zumindest vorübergehend, bis dieser seltsame Professor wieder im Lande ist."

„Ja, hoffentlich recht lange. Mir gefällt's da nämlich ausgesprochen gut und ich glaub, das wird noch eine interessante Zeit in München."

„Ja, das glaube ich auch. Und? Fahren Sie heute noch zurück nach München?

„Hm, tja ..." Dornberger druckste ein wenig herum. „Wenn ich ehrlich bin, nur wenn ich noch eine Mitfahrgelegenheit finde. Ich hab kein Auto und der Zug war restlos ausgebucht. Hab mich nicht rechtzeitig um ein Ticket gekümmert. Saublöd!"

„Ja, dann haben S' ja grad richtig Dusel. Wollen Sie bei mir mitfahren, Herr Dornberger?"

„Ja, wenn das geht, gern." Er strahlte über das ganze Gesicht.

„Wir müssen nur noch auf einen Kollegen warten, der kommt auch mit."

„Oh, ein Kollege. Ich möcht da aber nicht stören, gell." Dornberger hob abwehrend die Hände.

„Nein, nein, Herr Dornberger, keine Sorge. Ist nur mein Assistent. Der hat auch kein Auto und in meiner Kiste ist ja genug Platz."

Sie klopfte dem Camaro auf das Heck.

„Ach, das ist Ihrer? Alle Achtung, ganz schönes Geschoss. 2015er Camaro, noch ohne den greisligen Heckspoiler." Dornberger schürzte die Lippen und nickte.

„Aha, da kennt sich einer aus ..." Das Knallen der Stahltür unterbrach Katharina.

„Ja schaun S', da kommt er ja schon, der werte Kollege."

Sie winkte ihm zu, er winkte zurück. Er schlingerte ein wenig. Offenbar hatten ihn die Kollegen zu ein paar Gläsern Bier genötigt – oder Schnaps. So genau wusste man das nie. Ärzte waren ein ziemlich versoffener Haufen. Mit jedem Schritt, den er näher kam, schwankte er ein bisschen mehr.

„Ick gloob, et hackt. Hamm mir die Kolleejen abjefüllt ..." Stankowicz berlinerte, was bedeutete, dass die „Kolleejen" ganze Arbeit geleistet hatten. Sein Oberkörper wippte leicht vor und zurück.

Katharinas Augenbrauen wanderten auf Anschlag.

„Schullldije, Katharina, det hab ick ma anders vorjestellt."

Er schloss den Satz mit einem Hickser ab.

„Ja, ich mir auch, Sebastian. Was haben die denn mit dir angestellt?"

„Waren allet ..." Er schüttelte sich und straffte seinen Oberkörper. „Waren alles Berliner. Den Rest kannste dir denken." Stankowicz machte eine wegwerfende Bewegung mit seiner Hand und hickste abermals.

„Wersn ditte?"

Er nickte in Richtung Dornberger. Katharina war das alles ein wenig peinlich. Sie wollte die beiden einander vorstellen, doch Alois kam ihr zuvor.

„Dornberger, Alois Dornberger. Gerichtsmediziner in München. Frau Perlmoser nimmt mich heute auch mit nach München."

Er reichte ihm die Hand, Stankowicz ergriff sie und schüttelte sie ausgiebig. Mit einem plötzlichen Ruck sah er Dornberger an und hielt weiterhin seine Hand fest.

„Alois Dornberger? Mensch Alois, erjennste ma nich? Sebastian Stankowicz, von der Berliner Charité. Na ja, also damals. Jetzt auch in München, leider", fügte er hinzu und zog eine frustrierte Grimasse. Dornberger schaute verdattert. Katharina wusste gar nicht mehr, was los war, und blickte fragend von einem zum anderen.

„Mensch Alter", fuhr Stankowicz fort, „det musste doch noch wissen. Ick schau doch immer noch jenau so aus wie damals. Aber ick muss sagen, dich hätt ick nich wiedererkannt. Du schaust ja total anders aus! Voll abgefahren! Nur der Style stimmt noch. Hast dich operieren lassen? Dein Zinken ist ja furzgerade! Und gewachsen bist auch. Hormone?" Stankowicz wippte neben Dornberger auf die Zehenspitzen und musste über seine eigene Bemerkung lachen, was in einen veritablen Schluckauf überging. Katharina schüttelte entschuldigend den Kopf und klopfte ihm beruhigend auf die Schulter.

„Ich glaub, lieber Sebastian, du musst ganz dringend ausnüchtern." Sie wandte sich an Dornberger.

„Entschuldigen S', ich glaub, das war ein wenig zu viel Schnaps für meinen lieben Kollegen hier."

Der zuckte mit den Schultern und winkte ab.

„Passt schon, ist uns allen schon mal so gegangen. Aber ich glaube, ich sitze freiwillig hinten."

Stankowicz umfasste Katharinas Schulter mit einem Arm, zog sie ein wenig zu sich heran und flüsterte ihr ins Ohr, während er mit einer Hand das Gesprochene gegen Dornberger abschirmte.

„Du, Katharina, ick muss dir wat Wichtijes sagen. Is aber vertraulich, also könnten wir vielleicht ..."

Er deutete mit dem Finger weg von Dornberger. Katharina sah diesen entschuldigend an, der zuckte abermals mit den Schultern und machte ein verständnisvolles Gesicht. Stankowicz drehte sie weg von Dornberger und nötigte Katharina, sich ein paar Schritte mit ihm zu entfernen.

„Was ist denn mit dir los, Sebastian? Was soll der Quatsch?", zischte sie den schielenden Stankowicz leicht entnervt an.

„Ditt is nich der Dornb... nnngnargh!!!!"

Katharina sprang erschrocken zurück, während ihr Kollege in Krämpfen zuckte, die Augen verdrehte, bis man das Weiße sah, und unnatürlich verbogen zu Boden ging. Hinter ihm stand Dornberger, den immer noch blitzenden Taser in der Hand. Er blickte mitleidig auf Stankowicz hinab.

„Ts, ts, ts, Herr Kollege. Betrunkene und kleine Kinder sagen immer die Wahrheit. Aber das war der vollkommen verkehrte Zeitpunkt dafür."

Er blickte Katharina entschuldigend an.

„Tja, liebe Frau Doktor Perlmoser, jetzt wirst du wohl auf der Heimfahrt nur mit mir vorliebnehmen müssen. Ich wollte schon immer mal einen Camaro fahren. Wie praktisch."

Er grinste sie hämisch an. Alles Sympathische war aus seinem Blick gewichen. Seine Augen waren nun eisblau. Katharina löste sich aus ihrer Schockstarre und spurtete in Richtung Eingangstür. Sie kam nicht weit, dann ereilte sie das gleiche Schicksal wie Stankowicz, nur dass in ihrem Rücken zwei kleine Pfeile mit langen dünnen Drähten steckten, die Dornberger aus dem Taser auf sie abgefeuert hatte. Er löste die Drähte, stieg über den noch zuckenden Stankowicz hinweg und verpasste ihm nochmals einen Stromstoß. Katharina lag krampfend und zuckend da. Der Schmerz war phänomenal, als würde sie von einer riesigen Faust geknetet. Sie atmete stoßweise und vor ihren zusammengebissenen Zähnen bildete sich Schaum. Hilflos musste sie zusehen, wie Dornberger auf sie zukam.

„Ach Gottchen, wie niedlich, dein kleiner Fluchtversuch. Aber du glaubst doch nicht ernsthaft, dass ich auf so etwas nicht vorbereitet gewesen wäre."

Er kicherte, steckte den Taser wieder in die Tasche, nahm stattdessen eine bereits befüllte Spritze heraus und entfernte die Schutzkappe. Trotz ihrer Krämpfe spürte Katharina einen leichten Stich im Nacken und fast augenblicklich hörten die Zuckungen auf. Dafür fühlte es sich nun an, als hätte man einer Marionette die Fäden angeschnitten. Sie war gelähmt. Ihre Augen waren offen, sie sah und hörte alles, doch sie konnte sich nicht mehr bewegen. Offenbar ein Gift, das sich nur auf bestimmte Muskelgruppen auswirkt, denn erstaunlicherweise habe ich mich nicht eingenässt, analysierte Katharina und wunderte sich ein wenig über ihren scheinbar noch vorhandenen Zynismus.

Dornberger blickte fasziniert auf die Spritze, die noch zu gut einem Drittel eine durchsichtige Flüssigkeit enthielt.

„Tolles Zeug, was, Katharina? Richtig dosiert, bewirkt das wahre Wunder. Kein Geschrei, kein Um-sich-Schlagen und du bekommst dennoch alles mit. Einfach perfekt."

Er griff unter ihre Achseln, zog sie fast mühelos um Stankowicz herum und lehnte sie mit dem Oberkörper an das Heck des Camaro. Dann ging er neben dem am Boden liegenden Arzt, den immer noch Krämpfe schüttelten, in die Hocke.

„Tja, mein Lieber. Ich glaube, deine Reise ist hier zu Ende. Jetzt weiß ich auch wieder, wer du bist. Von dir hab ich die Idee für das hier."

Er hielt die Spritze in die Höhe.

„Gelsemium sempervirens. Kennst du ja, nicht wahr? Ich mach dir einen Vorschlag. Wir machen das jetzt so: Weil ich dich mag, spielen wir ein wenig – wie soll ich sagen? – Gift-Roulette."

Er kicherte vergnügt.

„Ich verabreiche dir jetzt eine Überdosis von dem Zeug. Gerade so viel, dass du nicht gleich stirbst. Finden dich deine besoffenen Kollegen rechtzeitig und wissen, was zu tun ist, hast du durchaus Chancen, wieder ganz der Alte zu werden. Finden sie dich zu spät ... hm ... dann bist du entweder tot oder zumindest so ähnlich. Dann dreht es dir sozusagen den Schlüssel rum und sperrt dich ein. Dieser Wundersaft heißt ja nicht umsonst ‚Bebo-sito', also der ‚gläserne Sarg'. Aber was rede ich, das weißt du ja alles."

Er zog Stankowicz zu einer der Säulen und lehnte ihn ebenfalls mit dem Oberkörper dagegen. Es sah aus, als wäre er dort im Sitzen eingeschlafen. Dann nahm er den Schlüssel für den Camaro aus Katharinas Tasche, die neben dem Fahrzeug am Boden stand, öffnete den Kofferraum, hob Katharina ohne Mühe hoch und bugsierte sie erstaunlich vorsichtig hinein. Viel größer hätte sie allerdings nicht sein dürfen, denn der Laderaum des US-Boliden war nicht gerade üppig dimensioniert.

„Ruh dich aus, wir fahren ein Stück." Das klang fast zärtlich. Er winkte mit den Fingern und lächelte sie an.

„Bitte nicht!", dachte Katharina, „ich hab doch Klaustro..."

Dann warf er den Kofferraumdeckel zu. Jetzt hätte sie gerne laut geschrien, doch sie konnte nur regungslos ins Dunkel starren. Sie versuchte, ihre Angst zu bekämpfen, indem sie sich auf das „Warum" konzentrierte, das in ihrem Kopf kreiste. Wer war er? Was hatte er vor? Gelsemium! Das war doch auch bei Herberts Ermittlungen im Spiel. Die verschwundene Finanzbeamtin. Die amputierte Leiche mit den Tasermalen. Der brennende Fitnesstrainer – mit Giftjasmin ruhiggestellt. Das alles passte zu dem, was gerade hier geschah. Nur, was hatte sie verdammt noch mal damit zu tun? Und wer war dieser Dr. Alois Dornberger? Der arme Sebastian hatte es ihr nicht mehr sagen können. Das machte sie unendlich traurig und normalerweise hätte sie jetzt geweint, aber auch das ging nicht. Das sonore Grollen des zum Leben erwachten V8-Motors riss sie aus ihren Gedanken. Die Fahrt ging los. Wohin? Sie hatte keine Ahnung. Nur noch das Röhren des Sportauspuffs und die Dunkelheit des Kofferraums. Katharina verlor das Bewusstsein.

KAPITEL 42

Ein anderes Röhren war vermutlich noch am Münchner Marienplatz zu hören – und der war immerhin ein paar Kilometer entfernt. Wamprechtshammer und Leininger guckten Theresa entsetzt an.

„Sag mal, Reserl, spinnst jetzt?", fragte Wamprechtshammer sichtlich erschrocken nach diesem Rülpser, der wieder einmal die oberbayrischen Wurzeln dieser so zierlich daherkommenden Asiatin mit den großen Mandelaugen bestätigte.

„Warum denn? Was reingeht, muss auch wieder raus. Übrigens ist Rülpsen bei den Asiaten kein Fauxpas, sondern die Bekundung, dass es einem geschmeckt hat und man zufrieden ist."

Theresa blickte erst Wamprechtshammer und dann Sigi an, als könne sie kein Wässerchen trüben.

„Ja, aber doch ned mit einer Imitation des Titanic-Nebelhorns. Ich hab ja gleich vor Schreck den Schnaps ned gschmeckt", lamentierte Sigi.

„Mei, ihr zwei seids mir vielleicht Mimoserl", feixte Theresa, gähnte ausgiebig und streckte sich, dass ihr das ohnehin schon reichlich knappe T-Shirt hochrutschte und den Blick auf ziemlich viel Haut ober- und unterhalb eines bauchmuskelgerahmten Nabels freigab.

„Upps!"

Sie zog verschämt das Shirt wieder nach unten. Wamprechtshammer und Leininger taten, als hätten sie nichts gesehen.

„Apropos, ich müsst jetzt ins Bett, wer kommt mit?", fragte sie vollkommen unschuldig und ohne mit der Wimper zu zucken. Wamprechtshammer schluckte und sah sie mit großen Augen fragend an, Leininger klappte die Kinnlade auf Anschlag.

„Was?"

Theresa sah ihre Kollegen entgeistert an. Als sie deren Blicke bemerkte, wurde ihr auf einmal klar, was sie da vom Stapel gelassen hatte.

„Ooooh mei, ihr seids ja soooo deppert. So war das doch nicht gemeint!"

Sie schlug sich mit der Hand auf die Stirn, Sigis und Wamprechtshammers Mundwinkel zuckten kurz, dann brachen sie alle drei in lautes Gelächter aus, bis ihnen die Tränen über die Backen liefen. Theresa hatte sich als Erste wieder gefangen und wischte sich mit der Serviette das Gesicht trocken.

„Also ganz im Ernst, ich darf nicht mehr Auto fahren. Hast du ein Gästebett für mich, Berti?"

„Ja freilich, Reserl, wenn uns der Sigi nicht verpfeift."

Er blinzelte Sigi mit einem Auge zu und grinste.

„Iiiich? Never!", war die Antwort.

„Aber wie schaut's mit dir aus, Sigi? Auf die Couch oder magst heim zur Gudrun?"

„Na, kei Couch. Ich geh zu Fuß heim. Dauert kei halbe Stund. Und ich könnt mir vorstellen, dass mei Gudrun a Zeit lang nach mir hat", beantwortete Sigi die Frage mit diesem neuen verklärten Lächeln. Was so ein sauberer Elektroschock alles auslöst, dachte Wamprechtshammer amüsiert.

Ein paar Minuten später war Sigi bereits auf dem Nachhauseweg und Wamprechtshammer hatte Theresa mit Handtuch und Zahnbürste ausgestattet und sie ins Gästebad bugsiert. Er richtete Theresa das Gästebett her und schlurfte nachdenklich in sein ans Schlafzimmer angeschlossenes Masterbad. Was für ein Tag! Er war zwar müde und ausgelaugt, aber gleichzeitig euphorisiert und er hatte dieses Kribbeln, das ihn immer befiel, kurz bevor sich die Lösung eines Falles abzeichnete. Morgen! Er schaute auf die Uhr. Heute! – würde der Mörder zum Greifen nah sein, das hatte er im Urin, sinnierte er sitzpinkelnd und musste über seinen eigenen Gedanken lachen. Er schlüpfte in den Pyjama, ging hinaus in den Gang und klopfte leise an die Tür des Gästezimmers. Nach einem kaum vernehmbaren „Ja" schielte er durch den Türspalt.

„Komm ruhig rein, ich hab nix an ...", feixte Theresa, die sich bereits gemütlich im Bett räkelte und die Decke hoch bis unters Kinn gezogen hatte.

„Ja, dann basst's, i a ned."

Er trat ein, blieb aber an der Tür stehen und musste unwillkürlich lächeln. Theresa sah gerade wirklich entzückend aus, mit dem breiten Grinsen zwischen ziemlich viel Kissen.

„Oh, schade, hast ja doch was an", entgegnete sie mit einem frechen Lächeln. Wamprechtshammer bekam ein wenig Gänsehaut. Da war etwas, das ihn verwirrte. Etwas, das er seit langer Zeit begraben hatte.

„Kannst du kurz noch herkommen, Chef? Ich muss dir noch was Wichtiges sagen", fragte sie und streckte eine Hand nach ihm aus. Wamprechtshammer war ein wenig mulmig zumute, als er sich ihr näherte. Das ging gerade weiter als das übliche Herumgeflachse. Klar, zu viel Wein und Schnaps, aber bei aller gegenseitiger Sympathie war er immer noch ihr Vorgesetzter. Theresa klopfte mit der Hand auf den Bettrand.

„Setz dich doch bitte kurz."

Fast wie in Trance folgte er der Bitte. Er saß ihr jetzt auf der Bettkante gegenüber. Theresas Blick hatte etwas Melancholisches, das Wamprechtshammer nur schwer deuten konnte. Sie nahm sanft seine Hand und drückte sie.

„Keine Sorge, Berti", sagte sie und sah ihm dabei so intensiv in die Augen, dass Wamprechtshammer ganz weiche Knie bekam. „Ich will dich nicht kompromittieren, auch wenn ich es grad gern tät. Du bist immerhin noch mein Chef, also keine Angst. Aber ich wollte dir sagen, dass du ein ganz großartiger Mensch bist und ich so froh bin, dass es dich gibt."

Wamprechtshammer musste schlucken und seine Augen wurden glasig, als Theresa fortfuhr.

„Aber wenn du jemals nicht mehr mein Vorgesetzter sein solltest, warum auch immer, dann droh ich dir hiermit an, dass du dich auf was gefasst machen kannst, das schwör ich dir. Und das sag ich jetzt nicht, weil ich zu viel getrunken hab, Berti, sondern weil ich dir endlich mal sagen will, wie viel du mir bedeutest."

Wamprechtshammer musste abermals schlucken und brachte kein Wort heraus. Diese kleine Naturgewalt rüttelte sein Gefühlsleben gerade ganz erheblich durcheinander. Theresa setzte sich noch etwas weiter auf, nahm seinen Kopf zwischen ihre zierlichen, aber muskulösen Hände und zog ihn nah zu sich heran.

„So, und jetzt will ich einen Gutenachtkuss, Chef. Und dann geh, bevor ich es mir anders überlege. Du weißt, ich bin stärker als du."

Sie grinste breit und darauf folgte der schönste Kussmund, den Wamprechtshammer seit sehr langer Zeit gesehen hatte. Der Gutenachtkuss fiel daher verständlicherweise etwas länger aus. Als Theresa sich nach einer gefühlten Ewigkeit von ihm löste und selig lächelnd unter der Decke verschwand, stand Wamprechtshammer auf und verließ das Gästezimmer mit einem Gefühl, als hätte ihm jemand seinen Kopf mit Helium aufgepumpt. Er fiel ins Bett und obwohl er so aufgewühlt war, schlief er sofort tief und fest ein.

KAPITEL 43

„Ja sag an, Wamprechtshammer, du Wicht! Was hast du dir denn dabei gedacht?"

Die riesenhafte Gestalt in weißer Toga und mit goldenem Speer bebte vor Zorn und bekam einen hochroten Kopf. Er selbst kniete ihr in demütiger Geste zu Füßen. Weinreben umkränzten sein Haupt und kleine dicke geflügelte Bacchanten wuselten fröhlich beschwipst um ihn herum. Er war Bacchus, der Gott des Weines, zu Füßen des großen Zeus, der frappierende Ähnlichkeit mit seinem Spezl Perchtenreiter hatte. Dieser polterte weiter, während Blitze sein Haupt umzuckten.

„Du Elender, verführst im Rausche unschuldiges Weibsvolk. Dazu lässt sich ein Gott niemals herab!!"

„Des sagt ja grad der Richtige! Grad du, Zeus, hast doch auch ..."

Der Perchten-Zeus brauste auf, ob des Widerspruchs, und zu den Blitzen gesellten sich dunkel dräuende Wolken.

„ICH!! Ich darf das. Quod licet Iovi ... na gut, in dem Fall halt Zeus, ist ja eh das Gleiche ... non licet bovi! Hast verstanden, unwürdiger Wicht! Gott des Weines, dass ich ned lach, a depperte Rauschkugel bist ..."

„Jetzt mach aber mal halblang, Perchten-Zeus! Du säufst des Zeug ja schließlich auch ganz gern, gell!!"

Der Wamprechts-Bacchus erhob sich trotzig.

„WAS! Du willst aufbegehren?! Dann spüre meinen Zorn!"

Perchten-Zeus schleuderte einen Blitz und der traf Wamprechts-Bacchus an seiner empfindlichsten Stelle. Ein Schmerz durchfuhr ihn. Sich unter Qualen krümmend hörte er Perchten-Zeus brüllen.

„Du unwürdiger, kleiner, nichtsnutziger, versoffener Gott des Weines und der Völlerei wirst nie mehr unschuldiges Weibsvolk bum...!!!!"

BUMM! BUMM! BUMM!

Der Traum blieb stehen, verdampfte ins Nichts. Wamprechtshammer schreckte hoch und sprang wie von der Tarantel gestochen aus dem Bett. Er knipste das Licht an. Der Schmerz war immer noch da und jetzt sah er auch warum. Er hatte wohl auf dem Bauch geschlafen und sein kleiner Freund hatte beschlossen, deutlich vor ihm aufzustehen. Aber was war das für ein Krach? Ratlos blickte er sich um. Mit einer mittig derart ausgebeulten Pyjamahose konnte er unmöglich sein Schlafzimmer verlassen. Also quetschte er sich samt Schlafanzug in seine Jeans und rannte hinaus auf den Flur in Richtung Ladentür.

Theresa wollte im selben Moment aus ihrem Zimmer stürmen und lief auf Wamprechtshammer auf. Newton behielt wie üblich recht. Körper in schneller Bewegung – und gerade solche mit großer Masse – sind weitaus schwerer aus ihrer Bahn zu bringen als langsamere Körper – und noch dazu viel leichtere. Theresa prallte zurück und landete also nur wegen dieses blöden newtonschen Gesetzes und einer saudoofen Koinzidenz zweier Ereignisse unsanft auf ihren vier Buchstaben.

„Sorry, Reserl, alles gut?", rief Wamprechtshammer besorgt über die Schulter, während er die letzten Meter zur Ladentür im Spurt zurücklegte.

„Ja, ja. Bin ja ned aus Zucker."

Theresa stand auf und rieb sich den Hintern. Wamprechtshammer öffnete unterdessen die Tür und machte damit dem Krach ein Ende. Vor ihm stand ein großes bebendes Gebirge, die Hand zur Faust erhoben, bereit die Ladentür ein weiteres Mal zu traktieren.

„Ja Gerdl, was machst du denn hier für einen Krach in aller Herrgottsfrüh?", fragte Wamprechtshammer erstaunt und brachte die Arme nicht mehr rechtzeitig auseinander, so schnell hatte Gertraud ihn an ihren bebenden Busen gequetscht.

„Berti, die Katharina is ned hoamkomma und ich erreich's auch ned aufm Handy", brüllte sie ihm schluchzend ins Ohr.

„Des hat's noch nie gmacht. Kannst ma weiterhelfen? Bitte! Ich mach mir solche Sorgen!"

Jetzt schüttelte sie Wamprechtshammer und der versuchte sich verzweifelt aus der Stahlklammer zu lösen.

„Jetzt, Gerdl, lass mich erst mal los und komm rein. Du weckst ja die ganze Straßn auf mit deinem Gschroa."

Gertraud lockerte ihren Griff und Wamprechtshammer bekam wieder Luft. Sie blickte über seine Schulter in Richtung Flur und bekam große Augen.

„Oha, Berti, du hast ja Besuch!"

Wamprechtshammer hatte Theresas Anwesenheit doch tatsächlich für einen kurzen Moment vollkommen ausgeblendet und sah sich erstaunt um. Sie stand in Jeans und Sportbustier auf der kleinen Treppe. Ihre Haare waren zerzaust. Sie blickte ein wenig ratlos auf Wamprechtshammer und Gertraud herab.

„Ach so, ja, äh. Das ist Kriminalkommissarin Theresa Gruber, meine Kollegin", stellte er sie förmlich vor und merkte, wie ihm dabei das Blut in den Kopf schoss. Theresa blickte verlegen zu Boden und bekam, auch von weitem deutlich sichtbar, rote Ohren.

„Alle Achtung, Berti. Bei dem Haserl hätt ich auch nicht Nein gesagt."

Gertraud blickte bewundernd von Wamprechtshammer zu Theresa. Anscheinend hatte sie für einen Augenblick ihre Sorgen um Katharina vergessen. Wamprechtshammer hingegen hatte sich wieder gefangen. Warum sollte er sich denn gerade vor ihr schämen? Es war ja a) nichts passiert und b) selbst wenn es so gewesen wäre, Gertraud war wirklich alles andere als ein Moralapostel.

„He, Gerdl, mach mal halblang. Ich denk, du hast uns" – er blinzelte Theresa zu – „wegen der Kathi so früh und unsanft aus den Federn geholt?"

Theresa verstand den Hinweis, dass hier wohl so weit alles in Ordnung war. Sie nickte zurück, kam zum Küchentisch und streckte Gertraud ihre Hand hin.

„Servus, ich bin die Theresa. Magst einen Kaffee?"

Die Selbstverständlichkeit, die sie dabei an den Tag legte, gefiel Wamprechtshammer ausnehmend gut.

„Griaß di, Theresa. Gertraud. Oder einfach Gerdl, wenns'd magst. Und ja, gern. An starken bitte!"

Gertraud war aufgestanden, ergriff Theresas Hand und schüttelte sie ausgiebig. Sie war kurz davor, die kleine Asiatin voller Zuneigung an ihren ausladenden Busen zu quetschen. Wamprechtshammer traute Theresa zwar allerhand zu, aber hier hätte sie denkbar schlechte Karten gehabt. Bevor seine ihm mehr als wertvolle Kollegin zwischen Gertrauds Brüsten zerquetscht werden würde, musste er etwas unternehmen. Also räusperte er sich lautstark. Theresa war Gertrauds wogendem Busen bereits gefährlich nahe gekommen, als diese innehielt. Beide schauten Wamprechtshammer an. Theresa dankbar, Gertraud fragend.

„Tja, Mädels. Freut mich, dass ihr euch so gut versteht. Aber könnten wir jetzt wieder zum eigentlichen Thema kommen?"

Gertraud hatte Theresa losgelassen und sich wieder an den Küchentisch gesetzt. Theresa hantierte nun mit der Kapselmaschine.

„Gerdl, was ist denn jetzt eigentlich los? Die Katharina ist nicht heimgekommen von ihrem Vortrag und erreichen kannst du sie auch nicht. So weit verstanden. Und dass du dir Sorgen machst, auch. Aber die Katharina ist ein großes Mädchen. Meinst du nicht, dass es dafür triftige Gründe gibt? Vielleicht hat's ja länger gedauert und sie wollte nicht mehr heimfahren. Oder ihr Handy-Akku ist alle. Gründe gibt's also viele."

Während Wamprechtshammers Ausführungen begann Gertraud immer heftiger den Kopf zu schütteln. Als er fertig war, standen ihr die Tränen in den Augen. Ein sehr ungewohnter Anblick, fand Wamprechtshammer. Hatte er Bud Spencer jemals weinen sehen?

„Nein, nein, nein. Ganz bestimmt nicht. Immer wenn sich etwas am Plan ändert, informieren wir den anderen. Das haben wir uns ganz fest versprochen und uns bisher auch immer daran gehalten."

„Dann bleibt uns jetzt nur eins: Wir rufen bei den Kollegen in Salzburg an und fragen, ob bei denen irgendetwas vorgefallen ist. Die Nummer vom Leiter der Salzburger Mordkommission hab ich auf meinem Handy. Wenn ich jetzt bloß wüßt, wo ..."

Hinter ihnen ratterte die Kapselmaschine los.

„... ich des blöde Ding hingschmissen hab?"

Er nahm sein Festnetztelefon und rief seine Nummer an. Nichts! Nur die Ansage, dass die Nummer zurzeit nicht erreichbar sei. Wahrscheinlich war es immer noch aus.

Wamprechtshammer fasste sich mit der Hand an die Stirn, schloss die Augen und überlegte angestrengt. Er konnte sich einfach nicht mehr erinnern.

„Herrschaft, mir fällt's ned ein. Reserl?"

„Ja, was? Das Teil hier ist so laut!"

Theresa hielt sich eine Hand ans Ohr und deutete auf die betagte Kapselmaschine.

„RESERL! KANNST! DU! MEIN! HANDY! ORTEN!", brüllte Wamprechtshammer in die Stille, denn der Kaffee war just in diesem Moment fertig.

„Ja schrei halt ned so, Berti. Ich bin ja ned dorert. Freilich kann ich das."

Theresa grinste ihn fröhlich an. Sie reichte Gertraud den Doppio und verschwand kurz ins Gästezimmer. Die schürzte die Lippen, hob den Daumen und nickte Wamprechtshammer zu.

„Top, die Kleine. Lass da bloß nix anbrennen. Wird eh mal wieder Zeit, dass da was geht bei dir", flüsterte sie ihm verschwörerisch zu. Wamprechtshammer winkte energisch ab und hob den Zeigefinger an die Lippen.

Gleich darauf war Theresa zurück und tippte auf ihrem Smartphone herum. Gertraud nippte unschuldig an ihrem Kaffee.

„Ja geht denn das auch, wenn's aus ist?", fragte Wamprechtshammer verwundert.

„Yepp. Ich könnt's dir damit sogar einschalten. Und anbeepen auch. Das mach ich jetzt."

Sie tippte auf ihr Smartphone und im nächsten Augenblick begann es irgendwo in der Wohnung zu piepen. Wamprechtshammer lief in den Flur und von dort aus dem Piepen nach. Es rumpelte. Wamprechtshammer fluchte. Hektisches Papierrascheln. Kurz darauf war er wieder in der Küche. Ein wenig außer Atem hielt er das Smartphone triumphierend in die Höhe.

„Hab's. Danke, Reserl! War unter meinem Papierstapel. Klassiker."

Er blickte auf die riesige Uhr an der Backsteinwand, die nur aus Zeigern und Ziffern bestand, und nickte zufrieden.

„Passt! Halb sieben. Der hockt jetzt schon an seinem Tischerl, der Streber."

Er suchte den Leiter der Salzburger Mordkommission aus seinen Kontakten und wählte dessen Nummer.

„Ja, servus, Kurti, Herbert hier. Ja, gut. Hoffe, dir auch. Ja, wird Zeit, dass ich mal wieder nach Salzburg komm. Aber Kurti, ganz kurz. Ich brauch eine Auskunft von dir."

Wamprechtshammer schilderte seinem österreichischen Kollegen den Sachverhalt, und der hatte darauf scheinbar die richtige, wenn auch unerfreuliche Antwort, denn kurz darauf zogen sich tiefe Sorgenfalten über Wamprechtshammers Stirn.

„Ja Himmelarschundzwirn, was für ein Riesenscheiß. So wie du den Zustand von dem armen Kerl beschreibst, sollen die Ärzte bei dem mal irgendwas gegen Gelsemium sempervirens ausprobieren. Giftjasmin, genau. Ja Herrschaft, woher kennst du jetzt des Zeug? … Aha, Discovery Chanel … Reportage über die Indianer Mittelamerikas … ja, ja, klar, vor Kolumbus."

Wamprechtshammer verdrehte die Augen, der Österreicher war wirklich ein arger Klugscheißer.

„Hätt ich dir gar nicht zugetraut. Was? Ja, gern geschehen. Aber Spaß beiseite. Ich hab da so ein Gefühl und schaden kann's ja nicht. Du, ich muss jetzt Schluss machen. Danke dir, Kurti. Ich halt dich auf dem Laufenden."

Mit einem Seufzer ließ er sich auf den nächstgelegenen Stuhl plumpsen. Er nahm die Brille ab und knetete mit der rechten Hand sein Gesicht. Als er damit fertig war, sah er Gertraud und Theresa sorgenvoll an. Die guckten nicht minder besorgt und fragend zurück.

KAPITEL 44

Ein paar Stunden zuvor

Das gleichbleibende Piepen drang langsam, aber kontinuierlich in ihr Unterbewusstsein. Wie Wassertropfen in Stein fraß sich jedes „Piep" weiter in die harte Schale ihrer Ohnmacht. Als es diese durchbrochen hatte, traf es auf die spiegelglatte Oberfläche ihrer schlafenden Psyche, schlug dort Wellen und spülte Gedankenfetzen durch die Hemisphären ihres paralysierten Gehirns. Langsam, sehr langsam fand Katharina zurück ins Hier und Jetzt. Ihre Augenlider zitterten, als sie versuchte, sie zu öffnen. Hell, dunkel, hell, dunkel ... hell! Neonhell. Katharina saß in einem Behandlungsstuhl mit dem Rücken zum Raum. Das rhythmische Piepen kam von dort. Sie kannte diesen Ton gut, er kam von einem Narkosegerät. Doch sie war an keines angeschlossen. In ihrem Arm steckte lediglich ein peripherer Venenkatheter, an dem zwei Infusionsbeutel hingen. Katharina konnte sie am Ständer baumeln sehen, wenn sie nach rechts oben schielte. Mehr Bewegungsspielraum blieb ihr nicht, denn ihr Kopf und ihre Arme und Beine waren fixiert und es fühlte sich auch nicht an, als könnte sie diese alleine bewegen. Das Gift war immer noch wirksam. Faszinierend aus ärztlicher Sicht, aber nicht in meiner gegenwärtigen Situation als Laborratte, dachte Katharina sarkastisch. Sie richtete den Blick wieder nach vorne und starrte auf die samtig-schwarze Oberfläche des TFT-Monitors mit integrierter Kamera, der an der lindgrün gefliesten Wand hing. Das Kontrolllicht blinkte dreimal und der Monitor erwachte zum Leben.

„Hallo, Katharina!"

Vor ihr erschien ein Gesicht, das entfernte Ähnlichkeit mit dem des vermeintlichen Alois Dornberger hatte.

Es fehlten der Bart und der Dutt, seine Augen waren nun nicht mehr blau, sondern grün. Hätte sie seine Arme gesehen – die Tattoos waren verschwunden.

„Ich hoffe, du hast gut geschlafen, Katharina. Leider kann ich dich nicht persönlich begrüßen, deshalb habe ich das hier schon vor ein paar Tagen für dich aufgezeichnet. Ganz ohne Verkleidung, damit du mich mal persönlich kennenlernst ..." Er kicherte und fuhr fort: „Du fragst dich jetzt sicher, warum du hier in diesem leidlich bequemen Stuhl sitzt und was das alles mit dir zu tun hat, nicht wahr?"

Katharina wollte nicken und ihm ein „Ja, was glaubst denn du, du Riesenarschloch!!", ins Gesicht schreien, doch nichts davon geschah. Nur eine einzelne Träne fand ihren Weg, rann langsam über ihre Wange, tropfte auf ihren grauen Rock und hinterließ dort einen dunklen Fleck.

„Gib dir keine Mühe, du kannst nicht schreien und hören könnte ich dich ja sowieso nicht. Aber ich möchte dir kurz erklären, warum du hier bist."

Und auch Katharina, wie all den anderen zuvor, erklärte er in aller Ausführlichkeit den Grund ihres Leidens. Sie war damals die Vorsitzende des Gremiums gewesen, das Reinhard Margold, trotz der Einwände des Anwalts der Familie, für voll haftfähig erklärte. Für sie und auch für das Gremium war die Suizidgefahr nicht eminent, zumal Mangold ja in Haft unter fast lückenloser Beobachtung stand. Dass er allerdings Freigang bekam und diesen dazu nutzte, hatte niemand ahnen können. Katharina wurde übel. Aber wie kotzt man, wenn so gut wie kein Muskel funktioniert, fragte sie sich mit medizinischer Rationalität? Besser gar nicht, war die ebenso rationale Antwort darauf.

„Eines noch, bevor ich von diesem Monitor verschwinde. Du wirst es nicht so komfortabel haben wie die gute Margot hinter dir ..."

Das Bild auf dem Monitor wechselte. Katharina erkannte darauf den Raum hinter sich – und sie sah Margot. Auf dem OP-Tisch, der keine drei Meter von ihr entfernt stand, lag, was von Margot Szymanski noch übrig war – und das war nicht viel: ein Körper ohne Beine. Die Arme hatte er ihr gelassen, doch die Hände fehlten. Sie war nackt.

Deshalb ist es hier auch so unerträglich warm, dachte Katharina, um sich von dem Gesehenen abzulenken, was ihr nur mäßig gelang. Das Bild wechselte wieder auf Mangold.

„Keine Sorge, Katharina, Margot spürt nichts. Aber du dafür bald umso mehr. Siehst du die Infusionen? Natürlich siehst du sie ... hihi ... In dem einen Beutel ist nur Kochsalzlösung, aaaber in dem anderen, da ist was ganz Feines drin – Salvia divinorum, Aztekensalbei. Extrahiert und in seiner Wirkung vervielfacht. Der beschert dir Wachträume, wie du sie noch nie zuvor erlebt hast ... und freilich wirkt er dem Gelsemium entgegen. Gerade so viel, dass du als halluzinierender Zombie durch dieses Labor tapst."

Er machte eine kurze Pause, atmete tief ein und schloss die Augen. Er genoss seinen Triumph in vollen Zügen.

„Ach ja, liebe Katharina, du wirst die gesamte Arbeit selbst erledigen. Margot wird dir so leidtun, dass du ihr die lebenserhaltenden Systeme abschalten wirst. Hinterher nimmst du dir mit irgendeinem dieser netten Instrumente hier in diesem Raum selbst das Leben. Warum? Vielleicht aus Angst vor den Halluzinationen? Vielleicht aus Selbstmitleid. Wer weiß das schon?"

Er zuckte mit den Schultern und zog eine Schnute. Katharina konnte ihm dabei nur regungslos zusehen. Sie hätte ihm zu gerne die Visage zerkratzt.

„Oh, und falls du glaubst, das könne ja alles gar nicht sein, weil du auf dem Stuhl fixiert bist ... Irrtum. Die Fixierbänder sind locker, aktuell verhindert nur die Wirkung des Giftjasmins, dass du dich bewegen kannst. Aber das wird sich ändern. Du siehst also, dem großen Finale steht nichts im Weg. Viel Spaß dabei, liebe Katharina."

Er winkte ihr noch kurz zu, dann war der Bildschirm wieder samtschwarz.

KAPITEL 45

„Jetzt sag schon! Spann uns nicht auf die Folter", drängelte Theresa. „Was ist passiert?"

Gertraud nickte beipflichtend.

„Komm, auf geht's, Berti. Ich platz gleich!"

„Ja, ja, is scho recht."

Wamprechtshammer holte tief Luft.

„Also: Ein Arztkollege hat beim Wegfahren Katharinas Assistenten Stankowicz gefunden. In der Tiefgarage von dem Kongresszentrum, wo sie ihren Vortrag gehalten hat. Der lebt zwar, ist aber ziemlich haudig beieinand. So wie's der Kurti beschreibt, tipp ich auf eine Überdosis Giftjasmin. Ansonsten wissen die Österreicher freilich nix über den Verbleib von der Katharina. Aber schlimme Unfälle oder Ähnliches hat's auf der Strecke, die sie heimfährt, zumindest in Österreich, keine gegeben. Von ihr fehlt also jede Spur.

„Wenn einer meiner Kathi nur ein Haar krümmt, dann werd ich zum Viech, des sag ich euch! Der Dreggsau reiß i sein Schädl oba und scheiß eahm in sein Hois."

„Ja, Gerdl, gerne. Aber nicht jetzt"

„Was?"

„Hälse abreißen, rein ... na ja, und zum Viech werden. Bist eh schon nah dran."

„Naa, Berti, keine Sorge. Hab mich schon wieder im Griff. Aber was machen wir denn jetzt?"

„Zuerst mal Ruhe bewahren. Weil der Stankowicz grad in den Seilen hängt, heißt das ja noch lang nicht, dass die Katharina davon irgendwie betroffen ist."

Gertraud und Theresa sahen ihn ziemlich skeptisch an. Wamprechtshammer hob entschuldigend die Schultern.

„Ja, ich weiß, ihr brauchts gar nicht so schaun, ich möcht halt bloß nicht gleich den Teufel an die Wand malen."

„Aber Berti, die Katharina verschwindet ned einfach, glaub mir des. Und wenn die dieser Narrische hat, wer weiß, was der mit ihr anstellt ..."

Gertraud bekam jetzt einen Blick wie eine Bulldogge, der man die Wurst nicht gab. Theresa legte ihr beruhigend die Hand auf die Schulter.

„Keine Sorge, Gertraud, wir finden Katharina rechtzeitig, bevor was passiert." Sie wandte sich an Wamprechtshammer.

„Ich glaub, ich schmeiß jetzt mal den Sigi aus dem Bett, der soll schon mal alles Nötige und Mögliche in die Wege leiten, bis wir da sind. Was meinst?"

Wamprechtshammer nickte geistesabwesend. Was – wenn es denn stimmte, dass dieser Sascha Alexander Mangold der Killer war und sie entführt hatte – , was in aller Welt hatte Katharina mit der Sache zu tun? Vermutlich konnte ihnen das nur dieser Wahnsinnige erklären. Als wen gab sich das Phantom aus? Er war sich fast sicher, dass er ihn kennen musste. Irgendwo in seinem Hinterkopf rumorte es. Da war etwas. Er hatte im Verlauf dieser Ermittlungen etwas registriert, das ihm komisch vorgekommen war. Eine kleine Nebensächlichkeit, nur ein ...

BLING! BLING! BLING!

Bling, bling, bling? Wamprechtshammer schüttelte verwirrt den Kopf.

„Komisch." Theresa nestelte auf ihrem Smartphone herum und murmelte vor sich hin. Dann zog sie den Tablet-Computer aus ihrem Rucksack und begann auch darauf herumzuwischen.

„Was ist komisch, Reserl?"

„Ich hab die Ortungs-App noch offen ghabt. Das war der Signalton dafür, dass eines der Handys, die ich gespeichert hab, nicht mehr ortbar ist. Hast du deines?"

„Ja, jetzt schon. Hier."

Wamprechtshammer hielt sein Smartphone hoch.

SPROIOIOING!

„Oha, da isses ja wieder", kommentierte Theresa den seltsamen Ton und kratzte sich nachdenklich am Kopf.

„Berti, dich gibt's zweimal!"
„Willst mich pflanzn? Ich bin einmalig!"
„Geh, des weiß ich doch. Aber im Ernst, schau."
Theresa drehte das Tablet um und Wamprechtshammer sah darauf alle Handys der Kollegen, zwei blinkten rot. Auf beiden war der Marker „HerWAmHK_pk2911" deutlich zu sehen. Auch Gertraud war herangerückt und schaute fasziniert auf den Bildschirm.
„Ja Sacklzefix. Ich glaub, ich spinn. Wie gibt's denn so was?"
„Das geht nur, wenn jemand heimlich dein Handy geklont hat", beantwortete Theresa prompt die Frage.
„Ge... – was? Geklont! Du meinst, es gibt eine Kopie von meinem Handy? Ja geht des so leicht?"
„Total easy. Und wenn er einen richtig aufwendigen Klon erstellt hat – was er zum Glück hat – , dann gaukelt diese Software jedem anderen Programm und Server sogar die Mac-Adresse deines Handys vor. Perfekte Mimikry. Aber jetzt unser Glück."
Theresa strahlte übers ganze Gesicht, während Wamprechtshammers und Gertrauds jeweils beinahe die Form eines Fragezeichens angenommen hätten.
„Mei, seids ihr schwer von Begriff. Überlegt mal. Wir können den jetzt *orten!*"
„Ja, mei, klar!", stöhnten Wamprechtshammer und Gertraud unisono und klatschten sich dazu auch noch zeitgleich auf die Stirn.
„Aber wieso war's dann zuvor weg?", fragte Gertraud.
Theresa wollte zu einer Antwort ansetzen, aber Wamprechtshammer fasste sie am Arm und hielt sie zurück.
„Wart!"
Er blinzelte konzentriert. Er wusste jetzt, was sich da so hart-

näckig in einer seiner Hirnwindungen verfangen hatte. Etwas, das ihn schon die ganze Zeit gestört hatte, von dem er aber nicht mehr wusste, was es war.

„Der Dornberger ist der Mangold!!!", platzte es aus ihm heraus und er schlug dabei mit der flachen Hand auf den Tisch, dass Theresa und Gertraud zusammenzuckten.

„Dieser Saubeutel, dieser elendigliche. Jetzt weiß ich, was mich gestört hat!"

„Meinst wirklich, Berti!"

„Ja sicher, schau nach. Der Punkt blinkt garantiert in der Gerichtsmedizin. Deshalb war er zuvor auch kurz weg. Im Aufzug runter in die Katakomben ist nämlich kein Empfang. Nur unten gibt's dann wieder welchen. Da hamm's so Repeadingsbums oder wie der Scheiß heißt installiert. Ist auch wurscht."

Wamprechtshammer war aufgesprungen und fuchtelte mit der Hand aufgeregt durch die Luft, während Theresa den Punkt auf der Karte heranzoomte und ein erstauntes Gesicht machte. Wamprechtshammer holte tief Luft und fuhr aufgeregt fort: „Wenn der mein Handy geklont hat, dann konnte der ja auch alle meine Nachrichten abhören. Deshalb hat der Kerl auch gewusst, dass es sich um einen Kollegen handelt, als wir Hals über Kopf losgeflitzt sind, um unseren Electric Sigi zu retten. Gesagt hab ich's ihm nämlich nicht. Mein Gott, ich Depp. Dabei passt das ja alles wie Arsch auf Eimer."

Er hielt sich mit einer Hand die Stirn und schüttelte fassungslos den Kopf.

„Stimmt doch. Oder, Theresa? Mein Handy-Zwilling ist in der Gerichtsmedizin. Alois Dornberger ist ganz bestimmt Sascha Alexander Mangold."

„Also auf jeden Fall ist derjenige, der dein Handy geklont hat, jetzt in der Gerichtsmedizin. Und ins dortige WLAN ist es auch eingeloggt. Deshalb kann ich sogar ziemlich genau sehen, dass er sich munter hin und her bewegt."

Theresa deutete auf den Punkt auf ihrem Smartphone.

„Sagt dir des alles unsere Ortungs-App?", fragte Wamprechtshammer fasziniert.

„Ja freilich. Modernste Technik. Geil, oder?", entgegnete Theresa mit leuchtenden Augen.

„Kommts, jetzt ratschts ned so lang. Auf was wart ma noch. Da fahrn ma hin!", rief Gertraud ungeduldig.

„Wenn ich den erwisch, dann bewegt der sich garantiert nimma. Dem reiß ich die Haxen einzeln aus!"

„Gerdl, ganz ruhig. Erst müssen wir noch was verifizieren und dann können wir los. Aber du kannst nicht mit."

Er versuchte, Gertraud mit aller Kraft auf den Stuhl zurückzudrücken, doch die sprang hoch, baute sich vor ihm auf und stemme die Fäuste in die Hüften. Ein bisserl wie der Perchten-Zeus, dachte Wamprechtshammer, sagte aber nichts.

„Ja, spinnst du, Berti. Ich hock doch ned rum und dreh Däumchen! Ich komm mit, da halten mich keine zehn Pferde davon ab! Auch ned du, Berti, so gern ich dich hab, aber dazu musst mich schon erschießen."

Sie reckte trotzig das Kinn nach oben. Wamprechtshammer glaubte, Barthaare zu erkennen. Er machte eine beschwichtigende Geste und sah Gertraud tief in die Augen. Sie funkelten feucht. Er konnte ihr diesen Wunsch unmöglich abschlagen, Gerdl würde toben und er würde es sogar verstehen.

„Schon gut, Gerdl, du kannst mitkommen, bleibst aber im Auto. Wenn du dich ned dran hältst, lernst mich von der dienstlichen Seite kennen, aber von der unangenehmen, verstanden!"

Gertraud nickte und gab klein bei. Während ihrer Ausspreche war Theresa ins Gästezimmer gegangen und komplett abmarschbereit wieder zurückgekehrt.

„Wollts ihr noch länger ...?"

„Naa, Theresa. Alles gut. Könntest du mir einen Gefallen tun und in der Wiener Gerichtsmedizin anrufen. Die sollen uns sofort ein Bild von Dr. Alois Dornberger rüberschicken, sofern es den überhaupt gibt. Und informier den Sigi, dass der die Kollegen in Bereitschaft versetzt. Ich mach mich nur schnell fertig, dann können wir los.

„Mach ich, Berti."

Wamprechtshammer verzog sich in sein Schlafzimmer, um sich anzuziehen. Gertraud hatte sich verkehrt herum auf einen der Küchenstühle gesetzt und wippte nervös mit dem Bein. Theresa holte zuallererst den vom Vorabend noch ziemlich lädierten Sigi aus den Federn. Sie ließ ihn gar nicht erst lange lamentieren und informierte ihn kurz und knapp über alles. Als sie auflegte, war er hellwach. Als Nächstes rief sie bei der Wiener Gerichtsmedizin an.

„Waans fuhm Hean Doggda Duahnbeaga a Buidl wuin, dohn braach i a uhffizielles Doggumend. Waans seng wuin wia da Duahnbeaga ousschood, dohn schoogn's ohf Yuudiub undda seim Dschännl ‚Häschdägg Duahnbeagas – Aanderskoor – Doude', ‚Doude' wia mas schpriechd und ‚Duahnbeaga' wia mas schrääbd. Yo, mied, ‚OU', wia denn suunsd? Bah Bah, Frou Gruaba, habe die Ehr", war die stark dialektlastige Auskunft der Sekretariatsleiterin der Wiener Gerichtsmedizin.

Theresa drückte das Gespräch weg und atmete erst mal tief durch. Dann rief sie Youtube auf und gab „#Dornbergers_Doude" ein. Sofort erschien Dornbergers Seite. Auf seinem Channel sezierte der doch tatsächlich echte Leichen, daher musste sie sich zunächst unter ihrem Account anmelden. Die Bilder waren alles andere als jugendfrei und Dornberger sah tatsächlich ziemlich freakig aus. Doch eines war klar, der Dornberger aus der Münchner Gerichtsmedizin war das nicht.

Dutt, Tattoos und Bart stimmten zwar in etwa, ebenso wie der Kleidungsstil, aber der echte Dornberger hatte einen ziemlich ausgeprägten Zinken im Gesicht, dazu gesellten sich zwei stahlblaue Augen. Er war auch erheblich kleiner. Das sah man, wenn er am Seziertisch stand. Seine Stimme war tief und knarzig, als würde er gerne Zigarillos inhalieren und dazu Whiskey trinken. Kein Vergleich mit dem schmeichlerischen Singsang seiner Münchner Kopie. Theresa schauderte. Der Killer hätte ihr doch beinah die Hand abgebusselt. Unbewusst wischte sie ihre Rechte am Hosenbein ab.

„Ois kloar, ich hab's. Mia können los."

Wamprechtshammer stand auf dem Treppenabsatz zum Wohnbereich. Theresa und Gertraud starrten ihn an.

„Was? So?"

„Ja, wie?"

Wamprechtshammer hob die Arme und blickte ratlos in den Raum.

„Na so, Berti. Magst du wirklich so los?"

Theresa deutete auf Wamprechtshammers Hose und trotz der alles andere als lustigen Umstände, mussten Gertraud und sie herzlich lachen. Wamprechtshammer blickte an sich herunter.

„Ja, Kreizkruzifix ..."

Er hatte immer noch die gestreifte Schlafanzughose unter der Jeans an. Ein Zipfel davon lugte aus dem Hosenschlitz hervor und deren Bund schaute oben aus seiner Hose heraus. Wamprechtshammer spurtete fluchend zurück ins Schlafzimmer. Kurz darauf war er dann endlich startklar.

Theresa war bereits vorausgegangen, um ihren Dodge zu holen. Als Gertraud und Wamprechtshammer aus der Tür traten, konnten sie sie bereits lautstark fluchen hören.

„Scheiße! Himmelarschundzwirn! Die haben doch tatsächlich mein Auto abgeschleppt."

„Geh komm, Theresa. Jetzt echt? Wo hast den geparkt?"

„Ja, da drüben halt."

Theresa deutete auf eine Einfahrt auf der gegenüberliegenden Straßenseite.

„Oh mei, Reserl. Des is a Feuerwehrzufahrt. Des is doch klar, dass die dich da abschleppen. Dein Polizeifahrzeug-im-Einsatz-Zettel ist ja auch alles andere als ein offizielles Dokument."

„So ein Mist, des is immer gleich so teuer. So dick hab ich's auch nicht." Theresa stampfte trotzig wie ein kleines Mädchen mit dem Fuß auf.

„Keine Sorge, Reserl. War ja praktisch im dienstlichen Einsatz. Da fällt mir schon was ein."

Theresas Finstermiene erhellte sich.

„Mei, des wär toll, Berti. Bist halt einfach der Beste", flötete sie dankbar.

„Ich möcht' mich ja nicht aufdrängen, aber ich hab des Gfühl, jetzt muss ich aushelfen", meldete sich Gertraud zu Wort. „Dann nehmen wir halt meinen. Ich steh gleich da drüben."

Sie deutete auf ein mattgraues Monster mit verdunkelten Scheiben, gegen das der Dodge von Theresa fast wie ein Kleinwagen gewirkt hätte, stünde er jetzt daneben und nicht in der Kfz-Verwahrstelle.

„Woah. Des is ja a Hummer H1 Widebody. Geil! In so einem

wollt ich schon immer mal mitfahren", rief Theresa und bekam leuchtende Augen.

„Ihr Weiber seids doch ned ganz sauber!", moserte Wamprechtshammer und schüttelte verständnislos den Kopf.

„Jetzt beschwer dich ned, Berti. Auf dein klapprigs Radl pass ma halt ned alle drauf, gell", konterte Gertraud und grinste. Zumindest war ihre Laune jetzt wieder besser.

„Na also, dann pack mas. Mia hamm ja ned ewig Zeit." Wamprechtshammer klatschte in die Hände und sie kletterten in den grauen Koloss. Im Innenraum sah es eher aus wie im Cockpit eines Schwerlastwagens, nur edler. Alles war in feinstem Holz, Aluminium und Leder gehalten. Wamprechtshammer pfiff erstaunt.

„A echter Luxuspanzer. Genau des Richtige für München. Ned bremsen, einfach drüberfahren über die ganzen Deppen in ihren SUVs", bemerkte er unverhohlen sarkastisch.

Gertraud lachte zustimmend und startete den Motor. Der erwachte mit einem dunklen Grollen zum Leben. Jetzt fehlt bloß noch ein Außenlautsprecher, aus dem der Walkürenritt scheppert, und ich fühl mich wie ein GI im Kriegsgebiet, dachte Wamprechtshammer und schüttelte abermals den Kopf.

Das Monster setzte sich in Bewegung. In noch nicht einmal zehn Minuten hatten sie den Hof der Gerichtsmedizin erreicht und Gertrauds „High Mobility Multipurpose Wheeled Vehicle" oder kurz Humvee, hielt mit quietschenden Bremsen und aufheulendem Motor vor dem Hintereingang. Ein Panzerbataillon hätte das vermutlich dezenter hinbekommen.

KAPITEL 46

„*You're the head on the spear*
You're the nail on the cross
You're the fly in my beer
You're the key that got lost
You're the letter from Jesus on the bathroom wall
You're mother superior in only a bra
You're the same kind of bad as me"

Der schwere Blues von Tom Waits' ‚As bad as me' rollte durch die Gänge der Katakomben und wurde noch lauter, als sich die Aufzugtüren öffneten. Wamprechtshammer und Theresa waren auf dem Weg nach unten, während Gertraud hoch und heilig geschworen hatte, im Auto zu bleiben. Der Widerwillen darüber stand ihr allerdings deutlich ins Gesicht geschrieben.

Auf dem Weg zum Sektionssaal war die Musik schließlich so laut, dass sich Wamprechtshammer zu Theresa hinunterbücken musste, damit sie ihn hören konnte.

„Du, Reserl, wir Helden haben übrigens keine Waffen dabei, falls dir das schon aufgefallen sein sollte."

„Kein Problem, Berti. Das bekommen wir auch damit hin."

Theresa zog aus ihrer Hosentasche ein fünfzehn Zentimeter langes Plastikteil und ließ es mit einer Handbewegung zum Schlagstock mutieren. Wamprechtshammer machte große Augen.

„Teleskopschlagstock. Haut rein!", beantwortete sie seinen fragenden Blick, schob das Teil wieder auf Taschengröße zusammen und ließ dabei frech die Augenbrauen hüpfen.

„Na, dann kann uns ja nix mehr passieren", war Wamprechtshammers wenig überzeugt klingende Antwort.

Sie öffneten die Tür zum Sektionssaal und Tom Waits röhrte ihnen die nächste Strophe entgegen. Mitten drin in dieser Sound-Wand stand Dornfelder und packte die Innereien einer geöffneten Leiche zurück an ihren ungefähren Platz. Als er ihre Präsenz bemerkte, blickte er auf und grinste. Er hob einen behandschuhten blutigen Finger, was Wamprechtshammer und Theresa bedeuten sollte, kurz zu warten, und sprach mit der linken Brusttasche seines weißen Arztkittels. Im nächsten Moment hatte Tom Waits ausgeröchelt. Dornberger strahlte sie an.

„Geil, oder? Siri versteht mich beim größten Krach. Hammer!"

Theresa und Wamprechtshammer sahen sich ein wenig hilflos an. Irgendwie konnten sie es kaum glauben, dass dieser Typ ein total durchgeknallter Serienmörder war. Wamprechtshammer dachte kurz nach, wie er das Ganze angehen sollte, doch er wusste es ohnehin schon. Er hatte keine Lust auf Spielchen. Also räusperte er sich und holte tief Luft.

„Hallo, Sascha, wie geht's deinen Eltern?"

Es waren nur diese sechs Worte, doch es zerbrach etwas in Dornfelders Blick und zeigte den Wahnsinn hinter der fröhlichen Fassade. Er versuchte dennoch Contenance zu bewahren und blickte Wamprechtshammer mit einer Mischung aus Überraschung und Verwunderung an.

„Äh, Berti, du weißt schon … Alois … Dornberger. Ned Sascha. Wer soll denn dieser Sascha sein? Und, äh, meine Eltern? Wieso willst du wissen, wie es meinen Eltern geht? Aber wenn's dich interessiert, den Eltern von Alois Dornberger geht's gut."

Während er sprach, zog er langsam seine Latexhandschuhe aus und bewegte sich fast unmerklich rückwärts vom Seziertisch weg.

„Da magst vielleicht sogar recht haben", entgegnete Wamprechtshammer in einem Ton, der nichts Gutes verhieß, „aber vermutlich nimmer lang, wenn s' erfahren, was du mit ihrem Sohn angestellt hast. Aber deine Eltern, mein lieber Sascha Alexander Mangold, deine Eltern sind tot. Dein Vater hat deine Mutter erschossen und danach sich selbst den Belli weggeballert. So schaut's aus. Und jetzt hör auf, uns zu verarschen, und verrat uns auf der Stelle, wo du Katharina Perlmoser und vielleicht auch Margot Szymanski versteckt hast, sonst nehm nicht ich dich fest, sondern lass das meine süße kleine Kollegin hier erledigen. Und glaub mir, die prügelt die Antwort aus dir raus und ich werd bestimmt überhaupt nix dagegen tun können. Die ist nämlich ziemlich flink."

Theresa verlieh Wamprechtshammers Worten Nachdruck, indem sie den Teleskopschlagstock mit einer schnellen Handbewegung zischend ausfahren ließ.

Der falsche Dornberger zuckte sichtlich zusammen und seine Fassade begann zu bröckeln. Doch er spielte auf Zeit und bewegte sich weiterhin in Zeitlupe rückwärts. Hinter ihm befand sich ein Tresen mit einer Vielzahl an Laborgeräten und dort lag etwas, das ihn aus dieser misslichen Lage möglicherweise befreien konnte. Das wollte er keinesfalls unversucht lassen.

„Geh sag mal, Berti, was hast du denn geraucht? Des is jetzt aber nimmer lustig. Hör bittschön auf mit dem Scheiß."

Seine Stimme zitterte. Er versuchte ein unschuldiges Grinsen, welches ihm gehörig misslang. Er konnte nicht mehr länger den Dornberger geben, das schien er nun selbst zu merken.

„Der glaubt doch wirklich, mia sind auf der Brennsuppn dahergschwommen. Magst ihm noch einen letzten Schubser geben, damit er's endlich kapiert, dass wir keine Deppen sind, Theresa?"

Theresa nickte, aktivierte mit der linken Hand die Ortungs-App auf ihrem Smartphone und pingte das geklonte Wamprechtshammer-Handy an. In der Brusttasche des falschen Gerichtsmediziners vibrierte es und über die Lautsprecher dröhnte das Sonar eines U-Boots. Er zuckte erneut zusammen.

„Wie? Was soll denn das? Was ist das?"

„Gell, da schaust, du Nasenbohrer?", brüllte Wamprechtshammer ihm triumphierend entgegen. „Mein Handy hast geklont. Ausspioniert hast mich, werter Herr Mangold. Verarschen wolltest uns. Aber der Schuss is nach hinten losgangen. Wir haben dich geortet, mia Trottel von der Polizei. Damit hast nicht gerechnet, gell. So und jetzt raus mit der Wahrheit."

„Wie?"

Mangold starrte entgeistert auf sein Smartphone und schüttelte ungläubig den Kopf.

„Ja, so ein Scheißdreck!"

Er warf das Handy in Richtung der beiden Polizisten, verfehlte diese aber um Längen und es zerschellte an der Wand. Das ohrenbetäubende Gepinge verstummte im selben Moment.

„Na, ist ja auch schon egal."

Er hob resigniert die Schultern und ließ sie kraftlos wieder nach unten sinken. Es sah aus, als wolle er aufgeben. Doch die rechte Hand hinter seinem Rücken hatte gefunden, wonach sie suchte. Blitzschnell brachte er den Taser in Anschlag und schoss auf Theresa. Ebenso schnell jedoch sprang Wamprechtshammer, der mit so etwas schon gerechnet hatte, vor diese. Die Pfeile, die eigentlich Theresas Brust hätten treffen sollen, bohrten sich in seinen Bauch. Man hörte die elektrischen Entladungen des Tasers und Mangold grinste satanisch, doch nichts geschah. Wamprechtshammer stand da, wie eine Eiche im Sturm. Theresa, die immer noch hinter ihm stand, sah ihn mit einer Mischung aus Schreck, Erstaunen und Bewunderung an. Das Ticken des Tasers erstarb. Mangolds Grinsen ebenfalls. Er pfefferte das Gerät auf den Boden und begann wie ein Irrer darauf einzutreten.

„Berti, geht's dir gut?", fragte Theresa, während sie die Taserpfeile aus seinem Bauch entfernte. Sie befühlte die Stelle vorsichtig und zog neugierig Wamprechtshammers Sweatshirt hoch. Sie staunte nicht schlecht, als sie seinen kevlarbewährten Bauch sah.

„Keine Sorge, Reserl. Ich hab mir daheim noch schnell meine alte schusssichere Weste druntergezogen. Hat mir ja wieder gepasst. War zwar ein bisserl unbequem, hat sich aber gelohnt."

„Mensch Berti, hast du mir einen Schreck ..."

„Pass auf!", rief Wamprechtshammer und schob Theresa zur Seite. In dem kurzen Moment, als sie nicht auf Mangold geachtet hatten, stemmte sich dieser mit aller Kraft gegen den Seziertisch und schaffte es tatsächlich, ihn samt der darauf befindlichen Leiche umzukippen. Mit einem hässlichen Klatschen landete der malträtierte Kadaver auf dem Fliesenboden und entledigte sich seiner gerade zuvor wieder eingefüllten Innereien. Gleich darauf folgte ein ohrenbetäubendes Krachen, als der stählerne Seziertisch auf dem Boden aufschlug. Wamprechtshammer und Theresa hatten alle Mühe, der Flut aus Blut und Gekröse auszuweichen. Mangold nutzte das Chaos, um durch eine Seitentür in die Kühlkammer und von dort aus nach draußen in den Flur zu entwischen.

„Scheiße, der Zipfeklatscher geht stiften!", rief Wamprechtshammer und beeilte sich, Theresa hinterherzukommen. Diese war geschickt über die Eingeweide gehüpft und bereits bei der Tür, doch Wamprechtshammer trat auf irgendetwas Glitschiges, das aussah wie eine große Bohne. Er schlitterte auf der plattgetretenen Niere in Theresas Richtung und konnte sich noch gerade so am Türgriff festhalten. Der Nierenrest flog haarscharf an Theresas Kopf vorbei und platschte an die gegenüberliegende Flurwand. Wamprechtshammer landete unsanft auf seinem Allerwertesten.

„Ja Kruzifix, schon das zweite Mal diese Woch. Himmelarschundzwirn ...", schimpfte er. Theresa hielt ihm die Hand hin.

„Hör auf zu schimpfen, Berti, und komm hoch. Die Sau entwischt uns."

Wamprechtshammer rappelte sich auf und sie spurteten den Flur hinunter, dem Lift zum Ausgang entgegen. Mangold fuhr bereits nach oben und sie mussten die Treppe nehmen. Oben angekommen – Wamprechtshammers Puls war bei gefühlten dreihundert Schlägen pro Minute angelangt – hörten sie draußen im Hof Mangolds schnelle Schritte, ein Klacken und einen dumpfen, aber doch recht lauten Schlag. Stille.

„Hob i di, du Oaschloch, du greisligs!"

Das Organ gehörte zweifelsohne zu Gertraud.

„Du sagst mir jetzt auf der Stell', wo du die Katharina hinverzogen hast, sonst hau i dir dein Wirsching oba!"

Wamprechtshammer und Theresa traten ins Freie und sahen einen arg lädierten Mangold an Gertrauds Hummer baumeln. Die hatte anscheinend genau im richtigen Moment die Fahrertür ihres Minipanzers geöffnet und Mangold war in vollem Lauf dagegengeknallt. Sie hatte ihn am Schlafittchen gepackt und so weit nach oben gegen ihren Hummer gestemmt, dass Mangold den Boden nur noch mit den Zehenspitzen berührte und langsam bedenklich rot anlief. Gertraud war drauf und dran, ihm auch noch die restlichen Konturen aus dem zermatschten Gesicht zu schlagen.

„Gerdl!", rief Wamprechtshammer. Sie hielt im Schlag inne und blickte ihn mit großen Augen und Unschuldsmiene an, ohne Mangold loszulassen.

„Du, der hat mir mei Tür verbeult. Ich bin bloß ausgstiegen, um zu schaun …"

„Ja, ja, schon gut. Aber jetzt kannst ihn uns überlassen."

„Erst, wenn er mir sagt, wo er die Katharina versteckt hat! Komm! Spuck's aus!"

Sie schüttelte ihn wie eine Puppe und holte abermals aus.

„Wart, Gerdl." Wamprechtshammer legte seine Hand auf ihre Faust.

„Magst du uns jetzt nicht sagen, wo du sie hast?", fragte er Mangold mit so viel Mitgefühl wie eben möglich.

„Iff schag nix. Die ffinds ihr niemalff …", lispelte er und spuckte den Rest seines Schneidezahns vor Wamprechtshammers Füße. Der kniff die Lippen zusammen, nickte verständnisvoll und zuckte mit den Schultern.

„Tja, da kann man dann halt nix machen … Sag mal, Reserl, kannst du eigentlich die Route abrufen, die unser werter Herr Doktor hier mit meinem geklonten Handy zurückgelegt hat und wie lang er wo war?"

„Ja freilich kann ich des. Saugute Idee, Berti!"

Sie begann auf ihrem Smartphone herumzufingern. Nach noch nicht mal einer Minute hatte sie alle Daten und hielt Wamprechtshammer den Bildschirm entgegen.

„Da schau! Da war er. Da, da und da."

Sie deutete nacheinander auf die einzelnen Punkte.

„Der da ist interessant. Der ist in Grünwald. Da war doch die Schönheitsklinik. Und da war er fast zwei Stunden. Ich bin mir ziemlich sicher, dass wir Katharina dort finden."

Er wandte sich an Mangold.

„Tja, Sascha Alexander. Ich glaub, wir benötigen deine Auskunft gar nicht mehr. Da bleibt mir nichts weiter, als dir an dieser Stelle eine gute Nacht zu wünschen."

„Wiiee? Waff? Gute Nafft?"

„Gerdl, wenns'd magst ..."

Wamprechtshammer nickte mit dem Kopf in Richtung Mangold. Gertraud strahlte ihn an.

„Danke, Berti!"

Wamprechtshammer wandte sich ab. Das musste er nun wirklich nicht mit ansehen. Mangold kreischte noch einmal kurz auf, dann gab es einen dumpfen Schlag, und irgendein plastischer Chirurg würde demnächst jede Menge Arbeit damit haben, Mangolds Gesicht wieder halbwegs menschlich aussehen zu lassen.

Als er sich umdrehte, ließ Gertraud gerade den bewusstlosen Arzt zu Boden sinken und schüttelte die Finger ihrer rechten Hand aus. Wie auf Kommando trafen endlich auch Sigi und die Kollegen nebst Krankenwagen ein. Als Leininger den zerstörten Mangold sah, schüttelte er fassungslos den Kopf.

„Ei, ei, ei, wer ist dem denn übers Gsicht gfahren?"

„Notwehr. Der wollt abhauen und die Getraud entführen", beantwortete Wamprechtshammer die Frage mit einem verschmitzten Lächeln. Theresa musste sich umdrehen, um nicht laut loszuprusten.

„Was, echt? A wirklich ganz saublöde Idee. Nix für ungut, Gertraud."

„Bassd scho."

Gertraud winkte lässig ab und grinste.

„Jetzt aber dalli. Wir müssen Katharina finden", drängelte Wamprechtshammer.

„Sigi, kümmerst du dich hier um alles? Ich glaub, da unten im Keller muss ein bisserl aufgeräumt werden. Und wenn du fertig bist, kommst du nach. Theresa schickt dir die Adresse."

„Alles klar, Berti. Ich glaub, ich verfracht erst mal den Spezi da in einen Sanka, sonst nippelt der uns noch ab", antwortete Leininger mit einem mitleidigen Blick auf Mangold.

„Schad wär's ja ned um ihn, aber so hat die Justiz auch ein bisserl was zu tun. Reserl, kommst du? Ich kümmer mich schnell um einen fahrbaren Untersatz."

Wamprechtshammer wandte sich um und ging auf einen der uniformierten Kollegen im Streifenwagen zu. Auf einmal hörte er hinter sich Gertraud lamentieren.

„Ja Berti, spinnst jetzt? Ich bleib doch nicht hier. Ich komm mit, mia nehmen mein Auto!"

„Gerdl, ich kann dich nicht ..."

Wamprechtshammer drehte um und sah Gertraud, die Fäuste in die breiten Hüften gestemmt.

„Nix da, ich komm mit!"

Jetzt bockt die schon wieder, dachte Wamprechtshammer und verdrehte die Augen. So stur wie Gerdl war, würde er wohl oder übel klein beigeben müssen.

„Also gut, Gerdl. Aber du weißt ..."

„Ja, ja, ich bleib im Auto. Is recht", blaffte sie maulig.

„Genau! Also, auf geht's. Uns läuft die Zeit davon!"

Sie kletterten in den Hummer und machten sich auf den Weg nach Grünwald.

„So, Gerdl, start deinen Panzer. Jetzt haben wir's bald geschafft und außerdem krieg ich langsam Hunger."

KAPITEL 47

Die Halluzinationen kamen plötzlich. Katharina hatte versucht, sich mit psychologischer Logik davor zu wappnen. Sie hatte nicht die geringste Chance. Plötzlich huschten Schatten über die Wände. Der Raum pulsierte, dehnte sich in die Länge und zog sich wieder zusammen. Ihre Arme waren wie Gummi, sie flossen förmlich aus den Fixierbändern, um danach wieder ihre ursprüngliche Form anzunehmen. Katharina stemmte sich hoch, hielt sich am Ständer für ihren Infusionsbeutel fest und drehte sich langsam um zu dem schmatzenden Geräusch hinter sich. Margots Körper lag nicht mehr auf dem OP-Tisch. Er kroch langsam mit blutenden Stümpfen auf Katharina zu. Margots Augen waren weit aufgerissen und sie röchelte blubbernd – „Erlös mich, erlös mich, erlös mich …"

Katharina hielt sich die Augen zu und schrie. Als sie die Hände wieder von ihnen nahm, lag der geschundene Körper auf seinem Platz, als wäre nichts geschehen. Dafür ergriff Katharina eine unendliche Traurigkeit. Jetzt war ihr alles klar. Sie musste diesem Wahnsinn ein für alle Mal ein Ende setzen. Das Leid, die Qualen – und sie war an all dem mit schuld. Katharina schluchzte. Sie schlurfte wie in Trance, den Infusionsständer vor sich her schiebend, auf den Tisch mit den Laborgeräten zu. Wieder hörte sie Margot hinter sich flüstern.

„Erlös mich, erlös mich. Du bist an all dem schuld. Erlös mich …"

„Hör auf!", schrie Katharina und hielt sich die Ohren zu. Es half nichts. Sie fegte mit beiden Händen die Laborgeräte, Schalen, Reagenzgläser und Operationsbestecke vom Tresen und schlug mit der flachen Hand auf die grün gefliese Arbeitsplatte ein. Sie bückte sich und hob ein Skalpell auf.

Fasziniert blickte sie es an. Sollte sie sich die Pulsadern aufschlitzen? Nein! Erst musste sie Margot von ihrem Leid erlösen. Also die lebenserhaltenden Geräte abschalten? Aber dann würde sie womöglich noch mehr leiden. Sie wusste nicht, was sie tun sollte. Wieder huschte ein Schatten über die Wand. Mit einem Mal bekamen die Fliesen Risse, fleischiges Rot wurde dahinter sichtbar. Die Risse formten ein diabolisches Gesicht. Die Wand sprach zu Katharina. Diese torkelte erschrocken zurück, stolperte und landete wieder auf dem OP-Stuhl, auf dem sie zuvor gesessen hatte. Katharina starrte die Fratze an der Wand an.

„FEEEEUUUUERRRR! Verbrenne deine Schuld! FEEEUU-EEERRR!"

Katharina nickte. Die Fratze hatte recht. Sie musste das alles verbrennen. Margot, sich selbst, diesen Raum. Alles. Sie hatte so viel Unglück über andere Menschen gebracht, das alles würde jetzt bald vorbei sein. Gertraud würde glücklich sein. Herbert würde sich freuen. Wenn sie brannte, würde das schön aussehen. Sie würde eine hübsche, knusprige Leiche abgeben. Sie musste lachen. Sie lachte, bis sie einen Hustenanfall bekam, dann begann sie wieder zu weinen. Sie sah zur Wand. Die grünen Fliesen waren so glatt wie eh und je. Sie stand auf und sah sich um. Eine fröhliche Leichtigkeit ergriff sie und Katharina sang leise vor sich hin.

„Burn, motherfucker, burn ..."

Sie hatte gefunden, wonach sie suchte. Damit sollte es funktionieren. Es würde ein schönes Feuerchen werden.

„The roof, the roof, the roof is on fire. We don't need no water, let the motherfucker burn, burn motherfucker, burn ...", begann sie wieder zu singen.

Was für ein schönes Lied.

KAPITEL 48

„Halt, stopp, Gerdl. Mia san da!", rief Wamprechtshammer und Gertraud stieg in die Eisen. Der Porsche, der ihnen im Schritttempo merklich unwillig folgen musste, hatte alle Mühe, nicht auf sie aufzufahren. Sein Fahrer, ein Businesskasper, wie man ihn schöner nicht hätte malen können, hupte und gestikulierte wild. Gertraud parkte ihre rollende Festung in aller Seelenruhe zu Dreiviertel auf dem Bürgersteig. Als der Porschefahrer hektisch und mit nervösem Gasfuß passieren wollte, öffnete sie die Fahrertür und er musste abermals bremsen. Er stieg wutentbrannt aus. Sein Gesicht unter den stylisch gegelten Haaren war krebsrot und er selbst kaum größer als sein Zuffenhausener Sportwagen hoch. Mit Mühe und Not stemmte er die Arme aufs Dach und sah nun wirklich ein wenig aus wie der Kasperl, wenn er im Kindertheater über den Bühnenrand guckt.

„Ja, sagen Sie mal, das geht jetzt aber zu weit, Sie Idiot können hier doch nicht einfach mit ihrer Schwarzenegger-Proletenschleuder ..."

Weiter kam er nicht, denn Gertraud war schneller, als Wamprechtshammer hätte eingreifen können, aus dem Hummer gesprungen und baute sich davor auf.

„Wos konn i ned, du Breznsoizer? Mach koan Zwergerlaufstand, steig wieda ei und schleich di. Sonst foid da Watschnbaum um, du Ruamzuzler, du greisliger!", brüllte sie ihn an.

„Ja ... das ... also ... Sie ... das wird ..." stotterte er.

„Wos wuisd?!", knurrte Gertraud und machte einen Schritt nach vorne.

„Ähhh, nix ..."

Der Businesskasper bekam große Augen, seine Gesichtsfarbe wechselte von Rot zu Weiß und er beeilte sich, wieder ins Auto zu steigen. Scheinbar zitterten ihm auch die Knie, denn sein Porsche machte erst mal einen gewaltigen Satz nach vorne, bevor er röhrend mit ihm davonpreschte. Zufrieden grinsend kletterte Gertraud wieder zurück in den Hummer.

„Geht doch, oder?"

Sie sah dabei erst Wamprechtshammer und dann Theresa fröhlich an.

„Also, Gerdl, über richtiges Verhalten im Straßenverkehr müssen wir noch mal reden", erwiderte Wamprechtshammer tadelnd und schmunzelte amüsiert.

„Ach geh, Berti. Irgendjemand muss dem doch mal sagen, dass er ein Depp ist. Sonst meint der doch Wunder, wie wichtig er wär, oder was sagst du, Theresa?"

„,Wahre Worte sind nicht angenehm, angenehme Worte sind nicht wahr' sagt zumindest Laotse", antwortete Theresa vielsagend.

„Siehst, Berti, sag ich's doch!"

„Ihr raubts mir den letzten Nerv." Wamprechtshammer hatte beide Hände vors Gesicht geschlagen und schüttelte theatralisch den Kopf. „Sag mir lieber, ob uns eine deiner asiatischen Weisheiten da drüben reinbringt, Reserl."

Wamprechtshammer deutete auf die hohe Mauer, die das Grundstück der ehemaligen Schönheitsklinik von der Außenwelt abschottete.

„Spontan fällt mir dazu nix ein. Aber rein kommen wir am besten durch die Tür", antwortete Theresa mit Blick auf das große Tor und die kleine danebenliegende Eingangstür.

„Aha, klopfe, dann wird dir aufgetan. Oder soll ich jetzt vielleicht ‚den Kevin' anfordern?", entgegnete Wamprechtshammer leicht genervt.

„Den brauchen wir nicht. Selbst ist die Frau!"

Theresa hielt ihr ihr Profi-Pick-Set hoch, mit dem sie jedes Türschloss in Sekunden knacken konnte.

„Mei, Reserl, du wieder. Von dir könnt ja der MacGyver noch was lernen!"

„Der wer?"

„Ach nix, is wurscht. Komm, auf geht's jetzt. Gerdl, du bleibst derweil ..."

„... im Wagen. Alles klar, Berti!", komplettierte diese ein wenig maulig den Satz.

„Und wenn der Sigi eintrifft, sagst ihm, dass wir schon drin sind."

„Jawoll, Herr Kriminalhauptkommissar!" Gertraud salutierte.

Sie stiegen aus und Theresa machte sich sofort daran, das Schloss der Tür zu bearbeiten. Wamprechtshammer platzierte sich vor ihr, um neugierige Blicke von hier eher unwahrscheinlichen Passanten abzuschirmen. Obgleich der Koloss von Geländewagen ohnehin jegliche Sicht versperrte. Es dauerte keine dreißig Sekunden und die Tür war offen. Theresa packte das

Pick-Set weg, verneigte sich und bedeutete Wamprechtshammer mit einer ausladenden Geste einzutreten.

„Entrez, s'il vous plaît."

„Sauba, sog i, Reserl. Machst ja dem Kevin richtig Konkurrenz."

Er ging vor und Theresa folgte ihm. Vor ihnen lag der ausladende Innenhof mit üppigen Grünflächen und einer gekiesten Auffahrt, die an ein schottisches Herrenhaus erinnerte. Im Kontrast dazu stand die moderne Fassade mit den großen Glasflächen und dunklen Stahlträgern. Die moderne Interpretation einer fürstlichen Villa, der allerdings seit Jahren die nötige Pflege fehlte. Gras und Unkraut hatten einen großen Teil des Kieses zurückerobert, die Glasflächen hatten blinde Flächen und die Stahlträger Rost angesetzt. Im Inneren konnte man zurückgelassene, vertrocknete Pflanzen erahnen. Der Rasen hatte vermutlich einst Golfplatzqualität gehabt, jetzt wucherte er hüfthoch. Theresas und Wamprechtshammers Schritte knirschten im Kies.

„Irgendwie ganz schön gruselig."

„Du brauchst ned flüstern, Reserl, hier ist niemand."

„Oh, stimmt."

Da waren sie wieder, die roten Ohren. Wamprechtshammer musste grinsen.

„Grins ned so fies. Ich find's voll unheimlich. Außerdem hätt ich jetzt trotzdem gern meine Walther dabei."

„Die wirst nicht brauchen. Aber wir müssen jetzt rausfinden, wo die Katharina hier sein könnte. Hier vorne kommen wir jedenfalls nicht rein."

Er deutete auf die schlossgesicherte, massive Stahlkette, die um die Griffe der großen gläsernen Tür gewickelt war, die ehemals in das beeindruckende Foyer geführt hatte. Die gleiche Kette fand sich auch innen an der Eingangstür wieder.

„Also, wenn die auch innen ist, muss es ja logischerweise einen zweiten Ausgang geben", stellte Theresa fest.

„Und ich weiß auch schon wo."

Wamprechtshammer deutete auf den asphaltierten Weg, der rechts neben der Klinik, zwischen dem betonierten Fundament und einer langen Reihe hoher, seit geraumer Zeit nicht mehr beschnittener Thujen, zur Rückseite des beeindruckenden Baus führte. Die Äste der Ziersträucher ragten weit in den Weg hinein und ließen ihn fast verschwinden, obwohl er sicherlich gut drei Meter breit war.

„Ja dann, auf geht's!", rief Theresa und lief los. Wamprechtshammer hinterher.

„Scheiß Rennerei. Kruzifix, a oida Mo is koa D-Zug!"

Plötzlich trat aus dem Schatten der Thujen eine Gestalt, eine Pistole im Anschlag und zielte auf Theresa.

„STOP! Keinen Schritt weiter!", brüllte die Gestalt mit deutlichem Ostakzent. Theresa bremste, dass die Kiesel flogen, und riss die Hände nach oben.

„Scheiße, Berti, hast du nicht gesagt, hier is niemand? Hau ab, schnell!", rief sie über die Schulter. Wamprechtshammer bremste, ruderte mit den Armen und streckte sie ebenfalls Richtung Himmel.

„Polizei, Waffe runter!", schrie er den in Schwarz gekleideten Typen mit der Stoppelfrisur an. Einen Versuch war's wert. Der Söldner jedoch schüttelte nur ganz langsam den Kopf und zielte jetzt auf Wamprechtshammer.

„Hau ab, Berti, der kann nicht zwei Leut anvisieren."

„Nix da, Reserl! Ich lass dich doch hier nicht hängen."

Es knirschte links neben Wamprechtshammer.

„Außerdem ist der ned allein!"

Zu seiner Linken war ein zweiter Kerl in Schwarz aufgetaucht. Der hatte eine Glatze, dichten Vollbart und war von beeindruckender Größe und enormen Umfang. Er zielte mit einer ebenso beeindruckenden Waffe auf ihn. Wamprechtshammer starrte auf die Desert Eagle in seinen Pranken. Dieses mattschwarze Mistding wurde gerne von Söldnern aus aller Herren Länder verwendet und beeindruckte nicht nur durch seine Größe, sondern auch durch seine Durchschlagskraft. Wenn jetzt nicht irgendein Wunder geschah, waren sie im Arsch. Die Jungs kamen sicher von keinem herkömmlichen Bewachungsdienst. Das waren Killer. Mangold hatte sie ein letztes Mal verarscht. Wamprechtshammer knirschte vor Wut mit den Zähnen. Er startete einen neuen Versuch.

„Hört mal, Jungs, wir sind Polizisten. Wenn ihr uns hier abknallt, geht das ganz bestimmt übel für euch aus. Ich mach euch einen Vorschlag. Wir drehen uns kurz um, ihr verschwindet und wir haben euch niemals gesehen. Was haltet ihr davon?"

„Shut up! On your knees!"

Der Große – er war eindeutig Amerikaner – deutete mit seiner Zimmerflak auf den Boden.

Den Satz hätt ich mir auch sparen können, dachte Wamprechtshammer frustriert.

„Freunde, ich hab's im Kreuz, zefix!", fluchte er. Der Amerikaner spannte den Hahn seiner Halbautomatik.

„Berti, tu, was die sagen!", rief Theresa und kniete bereits mit hinter dem Kopf verschränkten Händen. Wamprechtshammer tat es ihr ächzend gleich, als plötzlich ein schriller Pfiff ertönte. Fast zeitgleich tauchte auf der Brust des Amerikaners ein fröhlicher roter Punkt auf.

„Waffn wech. Drob yoa Wäbbns, aber dalli!"

Der Dialekt gehörte eindeutig zu Sigi Leininger. Der Ami schielte kurz nach unten auf seinen Oberkörper, dann schaute er zur Eingangstür, aus deren Schatten der Lauf eines Heckler-&-Koch-Scharfschützengewehrs mit Leuchtpunktvisier ragte. Als er wieder auf seine Brust blickte, war der Punkt verschwunden, aber er wusste ganz genau, wo er sich jetzt befand. Der Ami schluckte schwer, zielte aber weiterhin auf Wamprechtshammer. Der Stoppelkopf hatte sich in den Schatten der Thujen zurückgezogen und zielte ebenfalls weiterhin auf Theresa. Wamprechtshammer atmete ein wenig auf, obwohl die Situation kaum besser schien.

Aber er kannte ein paar Details aus der Vita des sensiblen Sigi und daher hatte sich ihr Blatt in seinen Augen entscheidend gewendet. Der grundfriedliche und konfliktscheue Sigi Leininger war, bevor er sich in Wamprechtshammers Abteilung hatte versetzen lassen, lange Zeit bei den Präzisionsschützen der bayrischen Polizei gewesen und immer noch einer der besten in Deutschland. Seinen Spitznamen „Bullseye" hatte er sich nicht umsonst erworben. Er war fast schon erschreckend zielsicher. Doch eines konnte Sigi nicht: Er konnte nicht töten. Und als er bei einem Einsatz den finalen Rettungsschuss abgeben sollte, ballerte er der Zielperson aus fünfhundert Meter Entfernung stattdessen das rechte Ohr weg, was auch vollkommen genügt hatte, um diese schachmatt zu setzen. Seine Vorgesetzten waren da allerdings anderer Meinung und seine Kollegen verpassten ihm prompt einen neuen Spitznamen. Daraufhin wechselte Siegfried „Earplug" Leininger die Abteilung – ein Segen, wie Wamprechtshammer fand.

„Sigi, dich schickt der Himmel! Was machst denn du schon hier? Hat dich die Gertraud angerufen?"

„Shut up!!", schnauzte der Ami.

„Klabbe, Fettsack!", rief Sigi. „Erzähl ich dir nachher, Chef! Die Gertraud hab ich ned gsehn."

Wamprechtshammer schwante nichts Gutes. Dieses Weib war ungefähr so folgsam wie ein bayrischer Rauhaardackel. Kaum hatte er das zu Ende gedacht, röhrte, krachte und schepperte es auf der Rückseite des Klinikgebäudes. Das Röhren verstärkte sich und die Thujen fingen an, bedenklich zu wackeln. Der Ami blickte nervös von rechts nach links und wusste nicht, was geschah. Sein Kollege jedoch schon. Als er bemerkte, was da auf ihn zukam, gab er zwei Schüsse in Richtung des Lärms ab und spurtete in die entgegengesetzte los. Er kam nicht weit. Ein mattgraues Monster brach durch die Thujen, der Motor des Hummers brüllte auf und er vollführte einen Neunzig-Grad-Slide, dass der Kies nur so davonstob. Der hintere Teil der mächtigen Fahrerkabine traf den flüchtenden Söldner wie ein „Siebener Eisen" einen Golfball. Er flog in hohem Bogen über die immer noch kniende Theresa hinweg und blieb zwischen ihr und Wamprechtshammer seltsam verrenkt am Boden liegen. Sein Kollege feuerte jetzt ebenfalls zwei wummernde Schüsse mit der Zimmerflak auf den Hummer ab. Genauso gut hätte er Wattebäuschchen werfen können. Nicht umsonst war der Humvee das bevorzugte Fahrzeug der US-Armee in Krisengebieten. Bevor er einen dritten Schuss abgeben konnte, war Sigi an der Reihe. Das Vollmantelgeschoss aus seinem Präzisionsgewehr durchschlug die Führhand des Amerikaners, prallte auf den Stahl der Desert

Eagle und zersplitterte. Die Waffe wurde daraufhin nach links weggerissen und die Geschosssplitter zerfetzten die rechte Hand des Amerikaners zu einem blutigen Stumpf. Der brüllte auf und ging mit schmerzverzerrtem Gesicht zu Boden. Geschieht dir recht, du Saukerl. Wirst wohl zukünftig mit links abschütteln müssen, dachte Wamprechtshammer mit immer noch zugehaltenen Ohren sarkastisch. Sigi spurtete aus seiner Deckung zu dem Amerikaner und schickte ihn mit dem Gewehrkolben ins Reich der Träume. Theresa war zu dem Stoppelkopf gelaufen, fühlte seinen Puls und wiegte kritisch den Kopf.

„Lebt, aber abhauen tut der nimmer."

Wamprechtshammer war aufgestanden.

„Gerdl!!"

Gertraud war aus ihrem Panzer geklettert.

„Nicht schimpfen, Berti. Ich bin auch nicht ausgestiegen. Genauso wie du gsagt hast!", rief sie ihm entschuldigend, mit so viel Kleinmädchenblick, wie bei ihrem Aussehen eben möglich war, entgegen.

„Gerdl, du narrische Urschl. Du kannst halt einfach nicht folgen. Wo bist du denn hergekommen?", tadelte Wamprechtshammer die noch immer ein wenig beschämt dreinguckende Gertraud. Als sie merkte, dass dieser alles andere als böse auf sie war, hellte sich ihr Blick auf.

„Ich hab euch brüllen hören, da bin ich ums Haus rum und hab auf der anderen Seite den Lieferanteneingang entdeckt. Des kleine Gittertor war kein Problem, den Rest kennst ja."

„Der Wahnsinn", entgegnete Wamprechtshammer kopfschüttelnd und wandte sich an Sigi, der ihm zu Gertraud gefolgt war.

„Und du, Sigi? Wieso warst du so schnell da?"

„Der Mangold ist noch mal aufgwacht und hat so was wie ‚Die werden sich noch wundern' und ‚Überraschung' gelallt. Da hab ich mir gedacht, ich fahr den Kollegen mal voraus. Mein Baby hier hab ich ja zu Glück immer dabei."

Er tätschelte stolz den Schaft seiner Heckler & Koch. Theresa kam heran und klopfte ihm anerkennend auf die Schulter.

„Der Wahnsinn, Sigi. Seit wann kannst du denn so gut schießen?"

„Ach, ich hab eigentlich auf den Kopf gezielt", entgegnete der bescheiden und zwinkerte Wamprechtshammer unmerklich zu.

Dieser beschäftigte sich intensiv mit dem Kiesstaub auf seiner Jeans, damit ihn Theresa nicht grinsen sah. Als er damit fertig war, blickte er entschlossen in die Runde.

„So, langsam reicht's mir aber. Auf geht's jetzt, wir müssen Katharina finden. Theresa, wir beide versuchen, von hinten in diesen vermaledeiten Glasbunker zu kommen. Sigi, du wartest auf die Kollegen und sicherst den vorderen Bereich – man kann ja nie wissen. Und pass ein bisserl auf Gerdl auf, die ist heut ein wenig unfolgsam."

Sigi nickte. Wamprechtshammer und Theresa machten sich auf den Weg zur Rückseite der Klinik. Gertraud hob mit Blick auf Sigi entschuldigend die Schultern.

„Ich mach schon nix. Aber wenn ich schon warten muss, dann wenigstens mit einem Bier. Magst auch eins, Sigi? Der Hummer hat a Riesenkühlbox."

„Ich glaub, des könnt jetzt ned schaden. Hast vielleicht auch a alkoholfreies?", antwortete Sigi mit einem erleichterten Seufzer.

KAPITEL 49

Auf der Rückseite der Klinik, die weitaus weniger glamourös aussah als deren Front, lagen die Reste des Gittertores, das Gertraud niedergewalzt hatte, kreuz und quer. In die Rückwand des Haupttraktes war ein großes Rolltor eingelassen, das von außen nicht per Hand geöffnet werden konnte. Rechts davon, im Seitentrakt des L-förmigen Gebäudes, sahen sie eine doppelte Glastür mit einer Rampe für Liegendtransporte und Rollstuhlfahrer. Theresa klopfte Wamprechtshammer auf die Schulter und deutete darauf.

„Die nehmen wir!"

Sie lief zur Tür, zückte ihr Pick-Set und machte sich ans Werk. Wamprechtshammer blickte sich sorgenvoll um. Auf seiner wenig einladenden Kehrseite wirkte dieses verlassene Zeugnis von Größen- und Schönheitswahn trist und furchteinflößend. Obwohl sie fast am Ziel waren, schauderte es ihn. Was für ein Irrsinn. Welchen Schrecken eine einzelne Person verbreiten konnte! Und das alles nur wegen einer banalen Klinikpleite. Einer Pleite mit weitreichenden Folgen.

„Offen!"

Theresa riss ihn aus seinen Gedanken. Er folgte ihr in den durch das Tageslicht der Glastür spärlich beleuchteten quadratischen Vorraum, von dem links eine Tür in den Haupttrakt abging und sich auf der rechten Seite ein Lastenaufzug befand. Gegenüber der Eingangstür standen sie nun vor einer breiten Schiebetür, die sich mit einem Zischen automatisch öffnete, als sie näher herantraten. In erhabenen verchromten Lettern stand darüber:

ZU DEN OPERATIONSSÄLEN.

„Na, wenigstens das funktioniert mal problemlos", frotzelte Wamprechtshammer, als er Theresa in den breiten Flur hinterherschlich. Nach ungefähr zehn Metern mündete dieser in einen weiteren breiten Gang. Auf dessen Außenseite waren mehrere bodentiefe, schmale Fenster platziert, die den Blick auf eine ehemals vermutlich sehr gepflegte Grünanlage freigaben. Theresa und Wamprechtshammer blieben stehen und blickten erst zur einen, dann zur anderen Seite. Linker und rechter Hand waren jeweils drei breite Schiebetüren aus Edelstahl – vermutlich die Zugänge zu den OP-Sälen. Plötzlich hob Wamprechtshammer den Kopf und schnupperte.

„Sag mal, riechst des auch, Reserl? Des riecht doch, als würd da irgendwo was brennen!"

Theresa schnupperte jetzt ebenfalls.

„Tatsache! Jetzt riech ich's auch! Ich glaub, des kommt aus der Richtung." Sie drehte ihren Kopf nach rechts und schnupperte abermals. Wamprechtshammer tat es ihr gleich. Ein kurzer Blick – es waren keine Worte nötig. Sie spurteten zum ersten OP-Saal und zogen die Tür auf. Er war dunkel und leer. Ebenso der zweite. Die dritte Tür aber ließ sich nicht öffnen. An ihrer Oberseite jedoch drang Rauch nach draußen. Nicht viel, aber riech- und sichtbar.

„Scheiße!", rief Wamprechtshammer und zerrte an der Tür. „Wie kriegen wir das Mistding jetzt auf? Ah, da!"

Er drückte auf den „Open"-Knopf, aber nichts geschah.

„Himmelarschundzwirn, Scheißdreck, elektronischer!!"

Wamprechtshammer trat gegen die Tür, was seinem großen Zeh gar nicht gefiel. Er sog scharf Luft durch die Zähne.

„Berti, wart! Ganz ruhig." Theresa schob ihn ein Stück von der Tür zurück und klopfte ihm beruhigend auf die Brust. „Ich glaub, ich weiß was."

Wamprechtshammer entspannte sich ein wenig. Unterhalb des Schalters befand sich eine kleine Edelstahlbox. Theresa öffnete sie. Darin war ein großer roter Knopf mit dem Hinweis „Emergency Override. Push to close!". Theresa drückte den Knopf, es klackte und Wamprechtshammer öffnete die schwere Stahlschiebetür mit solchem Schwung, dass diese mit lautem Krachen in den Anschlag rauschte. Sowohl er als auch Theresa brauchten einige Sekunden, um die Szenerie, die sich ihnen bot, zu erfassen. Der Operationssaal war grell erleuchtet. Ein Feuer brannte auf der gegenüberliegenden Seite des Raumes. Genährt wurde es von allerhand OP-Kitteln und Tüchern, die vermutlich mit Alkohol getränkt worden waren. Es hatte sich zum Glück noch nicht viel Rauch entwickelt, doch durch den neu zugeführten Sauerstoff flammte es auf und der Qualm wurde mehr. Das Feuer alleine war allerdings nicht das Problem. Darauf platziert war eine Vielzahl von Laborgasflaschen, die der zunehmenden Hitze nicht mehr allzu lange standhalten würden. Schräg vor dem Feuer stand der OP-Tisch mit dem kläglichen, aber noch lebendigen Rest der ehemals attraktiven Margot Szymanski. In der linken hinteren Ecke kauerte, immer noch am Tropf hängend und mit gesenktem Kopf vor sich hin summend, Katharina. Sie blickte auf und sah Wamprechtshammer und Theresa. Ein Schleier unendlicher Traurigkeit legte sich über ihr Gesicht, eine Träne löste sich aus ihrem rechten Auge. Alles geschah innerhalb weniger Sekunden. Doch weder Theresa noch Wamprechtshammer würden diesen Anblick jemals vergessen können.

„Geht! Bitte! Ich bin schuld. Das Feuer tilgt die Schuld! Geht!", schrie sie ihnen entgegen.

Ein Ruck ging durch Wamprechtshammer und er löste sich aus seiner Schockstarre. Die sonst durch nichts zu erschütternde Theresa stand stocksteif neben ihm. Das alles musste einen Punkt in ihr getroffen haben, den Wamprechtshammer nicht kannte, denn sie starrte mit weit aufgerissen Augen durch Katharina hindurch ins Leere.

„He, Reserl!"

Er knuffte sie mit dem Ellenbogen in den Oberarm.

„Ned jetzt schlappmachen!"

Theresa blinzelte, schüttelte den Kopf und erwachte aus ihrer Trance.

„Ach du Scheiße, Berti! Ich ..."

„Wurscht! Schnapp dir die Szymanski, ich kümmer mich um Katharina!"

„Aber Berti! Das Feuer! Soll ich nicht ...?"

„Theresa! Das war keine Bitte!"

Theresa kannte diesen Ton und auch den Ausdruck in Wamprechtshammers sonst freundlichen wasserblauen Augen. Beides zusammen verhieß nichts Gutes, und wenn er so dreinsah, duldete er keinen Widerspruch. Deshalb nickte sie, lief zu dem fahrbaren OP-Tisch und löste alle Stecker, die diesen mit den lebenserhaltenden Systemen verbanden. Draußen wartete hoffentlich schon der Notarzt, dann würde die Szymanski die kurze Unterbrechung wahrscheinlich überleben. Bei Wamprechtshammer und Katharina war sich Theresa jedoch nicht so sicher. Sie schob den schweren OP-Tisch so schnell sie nur konnte den langen Flur hinunter in Richtung Ausgang. Sie schmeckte Salz auf ihren Lippen. Es war kein Schweiß. Theresa weinte bitterlich.

„Katharina, ich bin's, der Herbert!"

Wamprechtshammer ging langsam auf die immer noch wirr blickende Katharina zu.

„Ja, Herbert, ich weiß. Du musst gehen. Leben. Ich muss büßen. Der Mangold hat recht. Ich bin schuld."

Wamprechtshammer blickte hinüber zum Feuer. Ein Ventil begann zu zischen.

„Kathi, bitte. So ein Schmarrn!"

Er war in die Knie gegangen und streckte ihr seine Hand entgegen. Katharina schlug wild um sich.

„Geh! Hau ab!"

Wamprechtshammer wurde klar, dass hier die sanfte Art nichts nutzte. So würde er sie niemals aus diesem Inferno hinausschaffen können. Tut mir leid, Katharina, dachte er entschuldigend, während er ihre wild fuchtelnden Arme einfing, diese festhielt und Katharina vorsichtig, aber mit aller Kraft umdrehte. Er war nun in der Lage, sie rücklings zu umklammern. Mit einem Ruck entfernte er die Infusion. Katharina strampelte zum Glück eher kraftlos mit den Beinen, so konnte Wamprechtshammer seinen rechten Arm um ihren Hals und den linken Unterarm in ihren Nacken legen. Dann drückte er langsam zu. Es dauerte keine zehn Sekunden, und der Druck auf ihre Halsschlagadern ließ Katharina in eine tiefe Ohnmacht fallen. Ihr Körper erschlaffte und Wamprechtshammer löste den Griff. Plötzlich gab es einen ohrenbetäubenden Knall und er warf sich schützend über sie. Das Ventil einer kleinen Gasflasche hatte sich gelöst. Diese schoss wie eine Rakete durch den Raum, prallte, ein tiefes Loch hinterlassend, an der gefliesten Wand ab, flog durch die offene Tür und durchschlug eines der Fenster auf der gegenüberliegenden Seite des Flurs. Wamprechtshammer rappelte sich auf, hob Katharina hoch und dachte sich dabei, dass entweder sie damals in ihrer Hochzeitsnacht um einiges leichter oder aber er wesentlich kräftiger gewesen sein musste. Seinem Kreuz war der Grund egal, es protestierte vehement, und er fühlte sich, als würde er jeden Moment in der Mitte auseinanderbrechen. Der Rauch war mittlerweile unerträglich geworden und das Atmen fiel ihm zusehends schwerer. Er hustete und lief, Katharina auf den Armen, aus dem OP-Saal.

Schwankend und humpelnd – denn jetzt rebellierte auch noch sein malträtierter Zeh – rannte er so schnell wie eben möglich den Gang hinunter in Richtung Ausgang. Der aus dem OP strömende heiße Qualm löste ausgerechnet jetzt die Sprinkleranlage aus, die sich jedoch nur in den Fluren befand. Dadurch wurde zwar der Rauch weniger, der Boden aber dafür glitschiger, während das Feuer im OP munter weiterloderte.

Na toll, dachte Wamprechtshammer, der jetzt vor lauter Wasser nichts mehr sah und auf dem nassen, schlüpfrigen Linoleum beinahe ausgerutscht wäre. Ersaufen, ersticken, verbrennen oder sich den Schädel einschlagen. Vier wunderbare Alternativen.

Er bog schlitternd um die Ecke – die Schiebetür stand offen und ebenso die Tür ins Freie –, als der Gang hinter ihm für den Bruchteil einer Sekunde gleißend hell wurde. Er erblickte vor der Tür kurz die erschrockenen Gesichter von Theresa, Sigi und Gertraud, dann erfasste ihn eine heiße Druckwelle, die ihn zusammen mit Katharina in seinen Armen, wie ein Riesenfön eine Feder, aus dem Klinikausgang hinausblies. Als er die Augen wieder aufschlug, blickte er in das besorgte Gesicht von Theresa, die seinen Kopf auf ihre Oberschenkel gebettet hatte und seine Wange tätschelte.

„Berti? Alles okay? Kannst du mich hören?"

Theresas hübsches Gesicht stand kopf. Wamprechtshammer musste husten.

„Ähhh, servus, Reserl. Glaub schon. Und die Kathi?"

„Ist schon im Sanka. Die kriegen sie wieder hin. Gertraud ist bei ihr ..."

„Und die Szymanski?"

„Lebt. Bloß wie halt. Aber immerhin."

„Na dann, lass mich mal aufstehen, ich hab einen mordsmäßigen Kohldampf."

Wamprechtshammer hob den Kopf und wollte sich aufsetzen, als ein infernalischer Schmerz durch seinen Rücken schoss. Stöhnend ließ er sich in Theresas Schoß zurücksinken.

„Um Gottes willen, Berti? Was ist los?"

„Scheiße, Reserl. Ich glaub, des war zu viel für mein Kreuz. Wärst du so lieb und rufst mir auch einen Sanka?"

KAPITEL 50

Drei Wochen und eine Bandscheibenoperation später saß Wamprechtshammer äußerst entspannt in seinen Liegestuhl mit Blick auf ein atemberaubendes Bergpanorama. Die Reha-Klinik im oberbayrischen Krün hatte wirklich keine Kosten und Mühen gescheut, um ihren Patienten die Genesung so angenehm wie möglich zu gestalten. Er nippte an seinem ungesüßten Ingwer-Minze-Limette-Grüntee und verzog das Gesicht. Allzu lange würde er dieses Zeug nicht mehr trinken können, ohne bleibenden Schaden zu nehmen, da war er sich sicher. Aber die Aussicht belohnte ihn für seine Qualen. Außerdem war ja nicht alles schlecht. Das sonntägliche Kuchenbüffet zum Beispiel war ausgezeichnet, und da heute Sonntag war und er nur noch eine Woche hier verbringen musste, gab es gleich zwei Dinge, auf die er sich freuen konnte. Jemand fasste ihn von hinten an die Schulter. Er drehte sich um; es war eine der Schwestern. Das strenge nordische Modell mit zurückgebundenen graublonden Haaren und hervortretenden Basedow-Augen.

„Herr Wamprechtshammer, Sie haben mal wieder Besuch."

„Aha, wer ist es denn diesmal?"

„Sie sollten lieber fragen, wie viele."

„Oh, also dann: Wie viele?"

„Sieben! Und ein riesiger Fresskorb! Herr Wamprechtshammer, Ihnen ist schon klar, dass eine Reha eigentlich zur Genesung da ist und nicht, um Partys zu feiern. Ich hoffe, dass diesmal nicht wieder jemand versucht, Brathendl und Bier hier hereinzuschmuggeln! Und auch noch der Polizeipräsident höchstpersönlich!", lamentierte sie mit steifer Oberlippe. Denn sie war es auch gewesen, die beim letzten Besuch seines Kumpels Perchtenreiter auf den intensiven Hendlgeruch aufmerksam geworden war, den sein als Früchtekorb getarntes Mitbringsel verströmt hatte. Perchtenreiter war unter Protest gefilzt und das leckere Hendl nebst Kartoffel-Gurken-Salat und sechs Flaschen eiskaltem Giesinger entsorgt worden. Wamprechtshammer hätte sich noch immer vor Lachen ausschütten können, wenn er an diese Szene dachte.

„Versprochen, hoch und heilig. Passiert nie wieder, Schwester Sylvia."

„Silke!"

„'tschuldigung. Schwester Silke."

Sie drehte sich um und rauschte hocherhobenen Hauptes und mit durchgedrückten Schultern davon. Wamprechtshammer schüttelte amüsiert den Kopf, als er hinter sich bereits fröhliches Stimmengewirr vernahm. Die glorreichen Sieben waren im Anmarsch. Gertraud mit Katharina, die sich wieder voll und ganz erholt hatte, Sigi mit seiner Frau Gudrun, ein vollkommen verwandelter Willi mit Oriana, die gemeinsam den gigantischen Fresskorb trugen, und allen voran Theresa, die ihn hier in seinem Gesundheitsexil schon mehrmals besucht hatte. Es gab das übliche große Hallo und dank Gertraud eine Beinahe-Brustkorbquetschung. Hinter ihnen schepperte es. Ein Krankenpfleger hatte anscheinend zu lange auf Orianas äußerst appetitlich verpackten Po gestarrt und war gegen die Glastür gelaufen, die von der Terrasse in die Aula führte. Er saß am Boden und rieb sich verschämt unter allgemeinem Gelächter die Stirn. Wamprechtshammer freute sich. Alles wie immer. Nur Willi war vollkommen verändert. Er kam ihm irgendwie männlicher vor, wie er so, mit stolzgeschwellter Brust den Fresskorb stemmend, dastand.

„Und, gibt's noch irgendwelche Neuigkeiten?", fragte er in die Runde, nachdem sie an einem ausreichend großen Tisch auf der Terrasse Platz genommen hatten. Sigi meldete sich zu Wort.

„Ja, ein paar. Also den echten Dornberger haben die Kollegen aus Wien gefunden. Er lebt und er sollte tatsächlich nach München kommen. Die in Wien haben auch geglaubt, dass er hier ist. Aber es war halt der Mangold, der seinen Platz eingenommen hatte. Vorher hat er dem armen Kerl eine Droge namens Scopolamin verabreicht. Anscheinend in einer derart hohen Dosis, dass der Dornberger mehr als drei Monate als Penner unter einer Brücke gelebt hat, bis ihm irgendwie klar wurde, dass das nicht sein eigentliches Leben war, und er sich letzte Woche, immer noch reichlich verwirrt, auf einer Polizeistation gemeldet hat. Ein bisserl wird's allerdings noch dauern, bis er wieder ganz der Alte ist. Ähnlich geht's dem Stankowicz, der schafft's auch ohne bleibende Schäden. Berti, er lässt dir ausrichten, dass er sich auf ein Bier auf der Herbstdult freut. Die Einzige, die wahrlich nix zu lachen hat, ist die Szymanski. Die hat zwar auch überlebt, aber ohne Hände und Beine ist das eher nicht so prickelnd."

Alle am Tisch nickten beipflichtend. Nur Gertraud warf ein, dass sie doch ein wenig froh sei, jetzt eine andere Steuersachbearbeiterin zu bekommen. Denn Margot Szymanski war, wie es der Zufall wollte, tatsächlich diejenige, die ihr seit langer Zeit mit gnadenlosen Steuerbescheiden das Leben schwermachte.

„Freu dich nicht zu früh", meinte Wamprechtshammer, „ihren Kopf hat sie schließlich noch."

Gertraud machte große Augen und in ihren Blick mischte sich ein Quäntchen Verzweiflung. Sigi fuhr fort.

„Und last but not least, meine Herrschaften, hat der Mangold endlich ausgepackt und verraten, wo diese Dashenka ‚DoubleDee' Orlow abgeblieben ist …"

„Und wo?"

Wamprechtshammer und der Rest des Tisches reckten neugierig die Köpfe nach vorne.

„Des erzähl ich jetzt besser ned, sonst verdreht's mir noch mal den Magen und euch vermutlich auch."

„Na, dann lieber nicht, Sigi. Hat ja Zeit. Aber sag mal, Willi, was habts ihr mir denn da für einen Wahnsinnsfresskorb mitgebracht?", wechselte Wamprechtshammer das Thema.

„Toll, gell?", antwortete Willi stolz. „Haben die Oriana und ich zusammengestellt. Ist alles saugsund und lecker, vor allem die da."

Er reichte Wamprechtshammer einen tiefroten Apfel. Der blickte ihn fragend an.

„One apple a day keeps the doctor away, gell. Sind Sommeräpfel von meiner Oma aus dem Garten. Sollst ja gsund bleiben. Wir brauchen dich schließlich noch als Namensgeber und

Stammgast. Wir hamm jetzt nämlich tatsächlich an Platz für unser Lokal gfunden ...", verkündete Willi.

„Un eine Name haben wir auch – soll heißen ‚Bertis Brotzeitbrettl', gibt auch die ‚Pollo asado', extra fur dich, und gute Bier, Tio Berti", ergänzte Oriana.

Die beiden strahlten ihn an und platzten fast vor Stolz.

„Ja, des sind ja Neuigkeiten! Kaum is ma mal drei Wochen weg! Und wenn des ‚Pollo dingsda' genauso gut ist wie im Stüberl, dann habts mich jeden Tag da sitzen", freute sich Wamprechtshammer.

„Aber über den Namen reden wir noch mal, der stößt dem Bernie mit seinem ‚Brotzeitkneiperl' sicher sauer auf. Wenn schon, dann nennts es doch ‚Zum Wamprechtshammer'. Des hätt doch was. Wenn schon, denn schon. Oder?"

Willi und Oriana schauten sich an. Am Tisch war es mucksmäuschenstill. Man hätte eine Stecknadel fallen hören.

„Zum Wamprechtshammer! Ja, dass wir da nicht früher draufkommen sind! Des machma, Oriana, oder?", rief Willi und seine Stimme überschlug sich dabei fast vor Begeisterung.

„Pues si! Aber klar. Grandioso! Und du bekommst einen eigenen Stammtisch!", lachte Oriana und klatschte in die Hände.

Auf die Stille folgte großes Gejubel, und Rufe nach Champagner und Schnaps wurden laut, wovon es natürlich keines von beidem an diesem Hort absoluter Gesundheit gab. Stattdessen hob Schwester Silke den Kopf. Ihr Giraffenhals reckte sich. Sie blickte mahnend zum Tisch und fixierte Wamprechtshammer mit ihren Basedow-Augen. Der stand auf und hob fröhlich den roten Apfel in die Höhe.

„Keine Sorge, Schwester Saskia. Alles ganz gesund. Schaun S'!"

Er biss demonstrativ in den Apfel, dass es nur so spritzte.

Eigentlich ganz lecker, dachte er. Dann setzte er sich wieder hin und blickte fröhlich kauend in die lustige Runde.

EPILOG

Friedhelm Gustav Ferdinand August Graf zu Hohenberg, von seinen Freunden auch Friedl genannt, hatte einen Lauf. Anders konnte man es nicht nennen. Zuerst hatte der, dank Papas Beziehungen, frisch gebackene Senior-Partner einer großen Berliner Heuschrecken-Kanzlei von diesem Schönheitschirurgen aus Venezuela eine traumhafte Stadtwohnung zum Schnäppchenpreis erstanden. Dann durfte er bei der Übernahme eines prosperierenden Mittelständlers durch eine chinesische Investmentgruppe die halbe, in seinen Augen unnütze und ohnehin nur schmarotzende Belegschaft entlassen. Die Abläufe im Unternehmen hatte er vorübergehend gestrafft und so geschickt kaschiert, dass man diese zumindest für ein paar Wochen als effizient bezeichnen würde. Er hatte die Braut richtig hübsch gemacht. Was nach der Hochzeitsnacht geschah, lag nicht in seinen Händen. Aber auf seinem Konto lagen dafür nun ein paar Milliönchen und auf dem der Heuschrecke noch ein paar hundert mehr. Dafür wollte er sich heute richtig belohnen. In der schicken Altbauwohnung im Herzen Berlins, die für ihn so etwas wie das Hideaway vor seiner nervigen Alten und den plärrenden Kindern war, kniete er jetzt am Boden. Sein feister Körper war in einen Latexanzug gezwängt, der an den relevanten Körperöffnungen gut zugänglich war. In seinem Mund steckte ein Ballknebel und hinter ihm kniete, in roten lacklederen Overknees und schwarzer Latexcorsage, die Königin der Berliner Dominaszene, Mistress Pandemonia, und besorgte es ihm mit einem riesigen umgeschnallten Latexpenis. Mistress P. war gerade richtig in Fahrt, und zu Hohenberg verdrehte lustvoll die Augen, als plötzlich die Schlafzimmertür mit einem Knall aufsprang und dabei fast aus den Angeln gerissen wurde. Die Mistress hörte auf zu pumpen und zu Hohenberg hatte die Augen jetzt wieder nach vorne gerichtet. Vier Männer eines Spezialkommandos der Berliner Polizei stürmten in den Raum und richteten ihre Pistolen auf den gezüchtigten Grafen und seine Herrin. Mindestens zehn sehr peinliche Sekunden verstrichen, hier und da war ein amüsiertes Glucksen zu hören. Irgendjemand räusperte sich nach einer gefühlten Ewigkeit und rief, ein Lachen unterdrückend: „Gesichert!"

Um der ohnehin schon kuriosen Szenerie noch den letzten Schliff zu verleihen, durchschritt nun ein Advokat im Businesszwirn die Reihen. Der Berliner Staatsanwalt für Gewaltdelikte, Heiko Södersen, ging auf die beiden zu und legte vor dem in Hundestellung knienden Grafen einen weißen Umschlag auf den Boden.

„Es tut mir leid, Sie stören zu müssen, Herr Graf zu Hohenberg, aber diese Wohnung ist ein Tatort und wird vorübergehend von der Staatsanwaltschaft beschlagnahmt. Bitte verlassen Sie diese, so schnell es Ihnen eben möglich ist."

Nach seiner förmlichen Ansprache beeilte er sich, den Raum zu verlassen. Die vier Männer der Spezialeinheit folgten ihm und schlossen die lädierte Tür so gut es ging, bevor das gesamte Einsatzteam im Flur der Wohnung in wildes Gelächter ausbrach. Södersen gab prustend die Anweisung, dass unverzüglich mit der Beweissicherung begonnen werden solle.

„Uff, na dann fangen wir mal damit an, Dashenka Orlow auszubuddeln. Beginnt am besten mit den Fliesen und dem Estrich im Bad", wies er atemlos vor Lachen die Kollegen von der Spurensicherung an, die mit Presslufthammer und anderem schwerem Gerät bereitstanden. Dann machte er sich schleunigst auf den Weg zurück in sein Büro. Er musste das unbedingt den Kollegen bei der Staatsanwaltschaft erzählen.

Im Schlafzimmer starrte Friedl zu Hohenberg verwirrt auf den weißen Umschlag auf dem Boden vor ihm. Er steckte geistesabwesend den Daumen seiner rechten Hand in den Mund und begann daran zu nuckeln. Das hatte ihn schon immer beruhigt.

Ein paar Wochen später hackte sich eine Gruppe namens „Cult of the Dead Goat" in den zentralen Server der Polizei und entwendete etliche tausend Bodycam-Files, die zwar verschlüsselt, aber für die Nerds kinderleicht zu knacken waren. Kurz darauf kursierte ein fröhliches und an den wesentlichen Stellen mit schwarzen Balken kaschiertes Filmchen in den sozialen Medien, auf dem der bei seinem Amüsierstündchen gestörte Friedhelm Gustav Ferdinand August Graf zu Hohenberg mehr als deutlich zu erkennen war. Der millionenfach geteilte Filmschnipsel brachte diesem nicht nur den Spitznamen „Graf Dildo" ein, sondern bescherte dem geilen Adligen auch eine äußerst kostspielige Scheidung und einen veritablen Karriereknick, von dem er sich nie mehr erholte. Schließlich setzte er seinem Leben mit der historischen Mauser C96 seines Vaters ein Ende. Hätte Sascha Alexander Mangold davon jemals erfahren, es hätte ihn sicherlich gefreut.

GLOSSAR

auf der Brennsuppn dahergschwommen
unerfahren sein; ein Mensch, der keine Ahnung hat; Mensch ohne Bedeutung; beschränkter Mensch

auf der Roas sein
unterwegs sein, auf Reisen sein

ausgschamt
unverschämt, rücksichtslos

Baatzi, der
Lump – eher ein Kosewort als eine Beleidigung

Bagage, die
sprich: Bagaasch – Gesindel, Sippe, siehe auch „Gschwerl"

Belli, der
Kopf

jemandem zeigen, wo der Bartl den Most holt
jemandem zeigen, wo der Frosch die Locken hat;
… zeigen, wo der Hammer hängt; … sagen, was Sache ist

Breznsoizer, der
ein richtiger Trottel, siehe auch „Loamsieder"

Brunzkachl, die
hässliche, scheußliche Frau. Eines der schlimmsten bayrischen

Schimpfwörter, die man für eine Frau finden kann. Wird auch gerne mit „ogsoachte", also „angepinkelte" verstärkt.

damisch
dumm, dämlich

Deifi, der
Teufel

Dipferlscheißer, der
Mensch, der die Dinge ziemlich genau nimmt, Erbsenzähler

Diridari, das
Geld, Kohle, Kies, Penunse

dorert sein
taub sein, schwerhörig sein

Fleischpflanzerl, das
Bullette, Frikadelle, Fleischküchle – immer lecker!

Gfrett, das
Getue, umständliche Situation, Aufwand

Gloifl, der
Unerzogene Person, Mensch ohne Benehmen

Goaßgschau, das
starrer und abwesender Blick

Goschn, die
Mund, Maul – „Halt die Goschn!"

Gratler, der
äußerst ungepflegte und ungehobelte Person, Prolet

greislig
hässlich, eklig, grausig

Grischperl, das
dünner, kleiner Mensch

Gschaftlhuber, der
Person, die sich besonders wichtig nimmt

Gschpusi, das
Geliebte, ganz selten männlicher „Geliebter" siehe auch „Tschamsdara"

Gschroa, das
Geschrei, Gebrüll

Gschwerl, das
Gesindel, Proleten

Gwamperter, der – Gwamperte, die
ziemlich dicker Mensch

Gwuisl, das
Gewinsle, Wehklagen

haudig beeinand sein
in schlechtem Zustand sein (gesundheitlich)

Hundskrüppl, der
(auch Hunzgrippe) unerzogenes, unfolgsames Kind; gerne auch:
Hundskrüppl verreckter!

Hutzlbria, die
scheußliches Gesöff, meistens dünner greisliger (s.o.) Kaffee

Jemanden in der Reißen haben
sich mit jemanden ziemlich intensiv (und auf unschöne Weise)
beschäftigen

lack
geschmacklose, fade Speise oder Getränk, z.B. abgestandenes
Bier

Loamsiada, der
ein echter Volldepp

Mistpritschn, die
bösartige Frau

ogsoacht
angepinkelt, siehe auch „Brunzkachl"

pflanzn
verarschen, verkackeiern

resch
knusprig

Ruamzuzler, der
schon wieder ein echter Volldepp, siehe auch „Loamsieder" …
etc.

Schäßn, die
kaputtes Gefährt (Fahrrad, Auto). Wird aber auch gerne mal für eine alte Frau verwendet – „de oide Schäßn"

schepps
schief, krumm

Schmarrn, der
Blödsinn, Quatsch. Jemand, der Blödsinn redet, ist demnach ein „Schmarrer". Wenn ein „Kaiser" davorsteht, ist es allerdings was zum Essen.

Stamperl, das
kleines Schnapsglas

Tschamsdara, der
Geliebter, siehe auch weiblich „Gschpusi"

Ungustl, der
unfreundliche, nicht ehrenwerte Person

wenn der Watschnbaum umfällt
… setzt es gleich eine Tracht Prügel, oder man bekommt eine

„Watschn" oder eine „Bockfotzn". Eine Ohrfeige wirkt dagegen eher zärtlich.

Zipfeklatscher, der
ein richtig dummer Mensch, siehe auch „Breznsoizer", „Loamsieder" oder „Ruamzuzler"

zwider
wenn einem etwas „zwider" ist, dann ist ihm das alles andere als recht

zefix
Fluch (abgeschwächte Form von Kruzifix)

ICH DANKE EUCH RECHT SAKRISCH!

„Jetzt red halt ned immer nur drüber, fang endlich mit der Gschicht an!" So oder so ähnlich lautete der Satz meiner geliebten Lebenspartnerin Iris, der meine vielen Konjunktive übers Bücherschreiben im Allgemeinen und meinen Münchner Kommissar im Besonderen schon so manchen Nerv geraubt hatten. Viele gespannte Geduldsfäden und etliche verbale Tritte in den Allerwertesten später wurde daraus tatsächlich mein erster Kriminalroman. Dafür und dass sie alle meine Spinnereien immer noch geduldig aushält, bin ich ihr unendlich dankbar. Aber da sich so ein Buch ja auch nicht ganz von alleine schreibt und am Ende etwas halbwegs Lesbares dabei herauskommen soll, gibt's noch ein paar Leute mehr, denen ich an dieser Stelle danken möchte. Allen voran dem lieben Robert Wiesinger – selbst Autor von fantastischen Kurzgeschichten und somit ein alter Hase im Autorengeschäft. Sein Engagement, sein Rat und seine Korrekturen waren Gold wert und ein echter Glücksfall für mich. Und da es immer jemandem gibt, der dem Glück auf die Sprünge hilft, danke ich hier umgehend Michael Utzt, der mich mit Robert bekannt gemacht hat. Michael, ebenso wie meine geschätzten Freunde Sevgi Kirik, Michael Albrecht, Tine Kraus, Roxane Bicker, mein Sohn Pascal Mai und noch ein paar mehr, die ich hier leider nicht mehr unterbringe, haben mich während des Schreibens tatkräftig mit ihren Ideen, ihrem Wissen, ihrer Geduld und vor allem mit viel Humor unterstützt. Ein besonderes Dankeschön an dieser Stelle auch an Klaus Bückle für seine wertvollen Tipps in Sachen Polizeiarbeit und an Diana Hillebrand von Schreib&Weise. Und ganz am Ende, aber bestimmt nicht zuletzt, geht mein Dank an Roman Pliske und seine großartigen Mitarbeiter beim Mitteldeutschen Verlag – zefix, seids ihr guad!

AUTOR

ROLF MAI, geboren 1966, stammt aus München und wohnte dort schon in den verschiedensten Stadtteilen – und zuletzt bis vor ein paar Jahren im schönen Untersendling. Heute lebt er zusammen mit seiner Frau Iris in einem kleinen Ort vor den Toren der Landeshauptstadt mit Blick auf die bayrischen Alpen. Er hat zwei Söhne und eine ziemlich quirlige Enkeltochter. Mit dem Schreiben begann er, weil ihm nahegelegt wurde, doch nicht immer nur zu sagen: „Da könnte man echt ein Buch drüber schreiben!", sondern es einfach zu tun. Heraus kam 2019 „Brunzkachl", sein Romandebüt, das inzwischen seine 4. Auflage erreichte.

www.wamprechtshammer-krimi.de

Rolf Mai

Beidlschneider

Wamprechtshammers zweiter Fall
Ein München-Krimi

Ein Bürgermeister, der schlichtweg Pech hatte. Ein gefräßiger Dackel. Ein Motorradfahrer, der da hängt, wo man ihn zuallerletzt vermuten würde, und eine Kugel auf Umwegen. All das versaut Herbert Wamprechtshammer gehörig das Wochenende. Aber auch Gertrauds Sonderwünsche und ein veritables Rockerproblem sorgen nicht gerade für Hochstimmung. Schlimmer kann's eigentlich nicht kommen, denkt sich der Berti – doch da täuscht er sich gewaltig: Eine Gruppe renitenter Rentner macht Jagd auf Münchens „großkopferte Beidlschneider". Und weil es um einige von denen gar nicht so schade wäre, braucht's einfach manchmal das eine oder andere Motivationsbier für das Münchner Ermittlerteam.

„Beidlschneider" ist die vielgewünschte Fortsetzung und der zweite Fall des Münchner Kommissars „Berti" Wamprechtshammer und kommt ebenso deftig daher wie sein Vorgänger.

Das gesamte Programm gibt es unter
www.mitteldeutscherverlag.de